विद्रोही होगा हमारा कवि

कवि की यादें और
कविता पर बातें...

अनबाउंड स्क्रिप्ट का उपक्रम

विद्रोही होगा हमारा कवि

अनबाउंड स्क्रिप्ट से प्रथम संस्करण : मई, 2025

ISBN : 978-93-48497-29-1

प्रकाशक : अनबाउंड स्क्रिप्ट
2/41, अंसारी रोड,
दरियागंज, दिल्ली - 110002
वेबसाइट : www.unboundscript.com
ई-मेल : books@unboundscript.com
फोन नं. : 011-35807601

VIDROHI HOGA HAMARA KAVI
Edited *by* Santosh Arsh

मुद्रक : यश प्रिंटोग्राफ़िक्स, नोएडा, उ.प्र.

मूल्य : ₹ 275/-

विद्रोही होगा हमारा कवि

संपादक

संतोष अर्श

विद्रोही की छोटी बहन

नन्हका देवी

को सादर समर्पित

जिन्हें वो बहुत प्यार करते थे

संपादकीय

सच्चा बोहेमियन कवि

अपने देश को, 'मेघवर्णी' कहने वाले विद्रोही जी ने इस देश के लोगों से अन्याय और उपेक्षा के सिवाय क्या ही पाया? या कि जान-बूझकर उन्होंने सीमित लिया? ज़माने में उनकी संलिप्तता परिमित रही कि सचमुच के वे सर्वहारा बने? जीवन के भीतरी और बाहरी, दोनों ही मोर्चों पर उनकी पराजय हुई। उन्होंने स्वयं को,'पराजित योद्धा' स्वीकार किया। इस योद्धा को बस इतना-सा यक़ीन था कि सम्भवतः कविता उसे बचा लेगी, किन्तु हिन्दी के खिलते-महकते, निर्मम-क्रूर उद्यान तले न जाने कितने 'रमाशंकर' दबे पड़े हैं, जिनके प्रतिभाशाली जीवन की खाद से यह पुष्पित-सुगन्धित है। कवियों-कलाकारों, लेखकों, अनुवादकों, साहित्यिक शुल्काजीविकों से भरी दिल्ली में विद्रोही जी के कवि को स्वीकार करने से इनकार किया गया। किसी ने उन्हें भिखारी समझा, किसी ने विक्षिप्त, किसी ने नशेड़ी, किसी ने अनागरिक। कवि रूप में जनता द्वारा अपनाये जाने पर भी किसी ने कहा वे कवि नहीं है, किसी ने कहा कि केवल,'पोस्टरबाज़ कवि' हैं। एक टूटे हुए कवि पर कैसे-कैसे वार, प्रहार किये गये। जो वर्चस्व की सांस्थानिकताओं में बहुत अशक्त, अदना और अकेला था। जिसके मामूली अस्तित्त्व से किसी को कुछ ख़तरा-चुनौती नहीं थी। निरीह, वध्य प्राणी। 1983 में ही जिसकी हत्या की जा चुकी थी। 2015 तक जिसका प्रेत जेएनयू में चक्कर काटता रहा। मुक्ति के रास्ते खोजता रहा। प्रेत जो कविता में अब पितृ है।

"जब वतन जेल है, तब कहाँ जाऊँगा?"

जनश्रुति है कि हिन्दी आलोचना के शिखर पुरुष नामवर सिंह जेएनयू में पढ़ने के दिनों रमाशंकर जी को, 'बैल' कहा करते थे। बैल के इस आधिपत्यवादी वृत्तान्त को छोड़ दें तो ख़ैर, उन्हें हिन्दी से एम.ए. पूर्ण नहीं करने दिया गया। अभिजात प्रोफ़ेसरों, कुलपतियों, कुलसचिवों से उनकी फ़रियादें नहीं सुनी गयीं। आख़िर तक आते-आते उनके लबों पर या तो गालियाँ शेष रह गयी थीं या कविताएँ। परिदृश्य से उन्हें अदृश्य कर दिये जाने की क़वायदों के बीचोबीच वे काव्य-चेतस मानवीय अस्तित्त्व-बिन्दु की भाँति टिमटिमाते रहे। कविता मगर, बहुत शानदार चीज़ है। यह नैसर्गिक मानवीय ऊर्जा से रचित ऐसा शक्तिपुंज है जो अस्तित्त्व की सतह पर ज़माने के थोपे गये समस्त अन्याय, अपवंचन के कलुष को परे हटा देता है। जीवन को माँज कर चाँदी-सी चमका देती है अहं के ख़मीर से निचुड़ी कविता। कुदरती इंसाफ़ को काव्यात्मक न्याय इसीलिए कहा गया है। कविता से विद्रोही जी का सम्बन्ध गहन है। अविभाज्य, अटूट, अतिरेकी और आवेगमय। एक स्थान पर उन्होंने कहा है कि,'जान की बाज़ी लगा कर शायरी की जाएगी', चुनाँचे कविता के लिए वे जान पर खेल गये।

हिन्दी भाषा की मौज़ूदा कविता में रमाशंकर यादव 'विद्रोही' की उत्तरजीविता (survival) विस्मयादिबोधक है। निजी जीवन में उनकी मृत्यु बहुत पहले हो चुकी थी। वे बस किसी विमुक्त, शापित यक्ष की तरह एक बीहड़ विश्वविद्यालय की छाती पर उगे असंग बबूलपन के झाड़-जंगल में भटकते रहते थे। दिल्ली की सड़कों पर गाहे-बगाहे उनकी कवि-छाया एक पीले, रुग्ण चंद्रमा (luminary) की तरह उगकर जीवित मनुष्य का विभ्रम (illusion) रचती रहती थी। एक मनुष्य के रूप में विद्रोही अपनी ख़ुदी के ख़ूनी थे, परंतु हम जानते हैं कि उनकी हत्या की कुमंत्रणाओं में सम्मिलित हिन्दी-भाषा-साहित्य के

तमाम सुपैदपोश व्यक्तित्त्व और सांस्थानिकताओं के कुटिल मस्तिष्क अब तक हरकत में हैं।

विद्रोही होने की पहली शर्त जीवन की लिप्सा त्यागकर अपने स्व (अहं) का क़त्ल करना है। 'रमाशंकर' ने यह किया, किन्तु 'विद्रोही' उसी राजधानी में मारे गये जहाँ एक मारी जा चुकी भाषा के बहुत सारे कवि, आलोचक, पत्रकार, लेखक, संपादक, प्रकाशक, संस्थाध्यक्ष, तमाम रिसाले, अख़बार, किताबें छापाखानों से उगलते रहते थे। अकादमियाँ गोष्ठी, संगोष्ठी, काव्य-पाठ, परिचर्चाओं का नित-प्रति आयोजन करती थीं। विद्रोही जी उन सभी के लिए अदृश्य (invisible) थे। और यह अनायास नहीं था! योजित- (कु) नियोजित ढंग से विद्रोही जी को देखने-सुनने-समझने से इनकार किया जाता रहा। अब तक किया जा रहा है। हिन्दी के प्रतिष्ठितों और प्रतिष्ठानों के लिए वह 'इनविज़िबल मैन' थे।

कवि के रूप में उनका जीवित रहने का स्वाँग इतना निर्दोष और निर्लिप्त रहा कि अब वे ध्रुव तारे की तरह नज़र आते हैं। उनकी ज़िंदगी भी अत्यंत सुंदर, लययुक्त प्रतिकार की कविता की देर तक गूँजती हुई अर्थ-ध्वनि लगती है। बल्कि विद्रोही जी की जीवनलीला उनकी कविता की अर्थान्विति बन गयी है। उन्होंने जीवन और कविता में जो अभेद स्थापित किया वह नाटकीय (dramatic) और त्रासदीपूर्ण (tragic) तो है, लेकिन किसी भाषा में उदात्त कवि-अस्तित्त्व का सत्त्व भी है। हिन्दी-सदन से बहिष्कृत, निर्वासित 'अन्यों' (others) के साथ हिन्दी-समाज जो सुलूक करता आया है, वह सब विद्रोही जी के साथ हुआ। उन्हें सारी सज़ाएँ दी गयीं। बस आदि-विद्रोहियों की भाँति 'गिलोटिन' से उनका सिर धड़ से अलग कर राजधानी के प्रवेश द्वार पर नहीं सजाया गया। उनकी शीर्ण-दुर्बल देह के टुकड़े साम्राज्य की सीमांतक दिशाओं में नहीं फेंके गये, मगर गौर से; अन्योक्तिपूर्ण

ढंग से देखने पर उनका जीवन-दर्शन भी एक विद्रोह की आला, किन्तु शुष्क कविता के सिवाय क्या है? और ये क्या? उसे जनता का प्यार-दुलार भी मिला...! अस्ल में सदा ही सच्चे प्रतिवाद को उत्पीड़ित जनता का समर्थन मिलता आया है।

विद्रोही जी हिन्दी की बहिष्कृत कविता के होनहार हैं। वे स्वर्ण-कलशों से चमकती हुई धनाढ्य राजधानी में देश के अंतिम व्यक्ति के प्रवक्ता हैं। इस भूमंडलीकृत दुनिया के शोर और प्रचार के मध्य उन्होंने विराट वर्गीय चेतना को स्व-अर्जित, ध्वन्यात्मक भाषा से अपनी कविता में अभिव्यक्त किया। उनका लोकोन्मुख, अनगढ़ किन्तु नैसर्गिक सलीक़ा अभिजात महानगरीय परिवेश में ग्रामीण उत्साह, दुस्साहस, निर्भीकता और ईमान से उपजे आत्माभिमान का प्रस्तुतीकरण है। दुनियावी-दिमाग़ी फ़िरावानियों से उपजी विक्षिप्तता जैसी प्रतीत होती साधु-चैतन्यता में उन्होंने अपनी कविता को ज़बानी रच कर, दुर्दमनीय और विकट जिजीविषा का प्रमाण दिया। उनकी कविता के रचाव में जन-साधारण का असाधारण (कृषक-श्रमिक) उल्लास उसके समूचे जीवट के साथ नैरंतर्य अर्जित करता है। विद्रोही की कविता कोलतार जैसे गाढ़े, निविड़ अंधकार में प्रकाश की बूँद की तरह नमूदार होती है। अब समय आ गया है कि विद्रोही की कविता को विचारधारात्मक जकड़बंदी से छुड़ाकर उस जन को सौंप दिया जाय, जिसकी यह धरोहर है। उन लिजलिजी राजनीतिक दुरभिसंधियों से मुक्त कर; जो उत्पीड़न के विरुद्ध रहते-रहते उत्पीड़क बन जाती हैं। जेएनयू जिसकी ख़ानकाह थी, उस सुकरात, मंसूर, दरवेश कवि की दरवेशी कविता का ठाठ हमें विवश कर रहा है कि अंत में हम विद्रोही जी से क्षमा माँग लें और उनकी बहुत सच्ची कविता के जश्न (celebration) में डूबे रहें।

विद्रोही को हिन्दी कविता की सरणियों से संबद्ध किया जा सकता है, उसमें पिन्हा (हिडेन) किया जा सकता है, अलगाया जा सकता है,

किन्तु इससे कोई महती सार्थकता या उसकी विलोम निरर्थकता हमारी हिन्दी कविता के बरखुरदारों के हाथ नहीं लगेगी। विद्रोही न तो कोई पासंग हैं और न ही कोई खीप हैं, जिससे किसी पलड़े को बराबर कर दिया जाए या किसी रिक्ति की पूर्ति कर दी जाय। वास्तव में विद्रोही को किसी खांचे में फिट करने से उनके जीवन-संघर्ष और रचना-विवेक का अवमूल्यन होगा। यह कवि लोकोन्मुख जन-कविता का ऐसा नायाब हीरा है जो कविता की समझ, जीवन की सतत प्रतिरोधी शक्ति, संघर्ष की क्षमताओं और भाषिक व्यंजना की अनुगूँज से परिचित लोगों को ही दस्तयाब होगा।

विद्रोही ने इस समझौतावादी लावारिस समाज का मूषक-स्पर्धी हिस्सा बनने से इंकार कर भाषा और कविता का संघर्षशील मार्ग चुना। अपना मार्ग चुनकर उसने अपनी चुनौतियाँ भी चुनीं। हिन्दी के लगभग कृत्रिम हो चुके कविता संसार में उसकी उपस्थिति दर्ज करने वाला कोई नहीं है, इस सत्य से भी कवि वाकिफ़ था, किन्तु उसने न्यूनतम भाषा और कागद-लेखी का प्रयोग कर भी अपनी कविता को लोकप्रियता के उस शिखर पर पहुँचाया, जहाँ उसका यह चुनाव कारगर सिद्ध हुआ।

विद्रोही की कविता की व्याख्याएँ विशद नहीं हो सकतीं। यद्यपि उसकी दुरूह और सरल, बौद्धिक और सतही, ग्लोबल और लोकल व्याख्याएँ करने की कोशिशें की जा रही हैं। शब्दों को ज़ाया किया जा रहा है। विद्रोही की कविता स्वयं ही इसकी व्याख्या है और आलोचना भी। साफ़ नज़र आता है कि उसने भाषा के इल्यूज़न को नकार कर एक सहज वर्नाक्युलर खड़ंजा या डायलेक्टिकल पगडंडी चुनी। न उसके पास विचार की कमी है, न ध्वन्यात्मकता की, न विज़न की और न ही सौंदर्यबोध की। लेकिन जन की सूखी जा रही खेती-बाड़ी में उसने प्रतिस्थापनाओं की बेड़ी उलची। उसकी कविता में बिखरा इतिहास

और भूगोल, कालिक उत्थान-पतन उत्पीड़ितों का ही है। उनके लिए शिक्षाएँ भी हैं। जब तक धरती पर उत्पीड़ित हैं, विद्रोही कविता का आदि-पुरुष बनकर खड़ा रहेगा।

विद्रोही के पोएटिक कैनवस पर कलात्मक प्रतिच्छवियाँ तैरती हुई नज़र आती हैं। वह सच्चा लोक-कवि है, बल्कि वह कबीर और रैदास के शज़रे में नवासा है जो लोक का निहत्थापन लेकर वेद और शास्त्र की हिंसक हथियारबंद पताका के सामने खड़ा है। एशियाई भाव-धारा और संवेदना के बहुत सच्चे कवि विद्रोही का होना आंदोलनकारी काव्य-चेष्टाओं का जीवित रहना है। विद्रोही कविता के मेले में खड़े किसी ऊँचे क्राफ्ट जैसा है, जिसे बच्चे-बूढ़े औरतें बिना गर्दन उठाए दूर से देख सकते हैं। मेहनतकश उसे अपने अलमबरदार के रूप में चीन्ह सकते हैं। उसे अपना लम्बर (प्राइड) समझ सकते हैं। वे बूढ़े मज़दूर भी जिनकी आँखों की बीनाई धुंधला चुकी है।

विद्रोही के काव्यात्मक घनत्त्व में कविता पढ़ने के उस ओज को भी धनात्मक दृष्टि से देखना पड़ेगा, जो अब के इस काव्य-संसार में विलुप्ति के कगार पर है। उस आदिम-उत्तेज़ना को जोड़ना होगा जो उसकी साँसों के उतार-चढ़ाव में भाप के इंजन की तरह घरघराती थी। यह वह प्राचीन स्वनिम है जब मनुष्य भी चौपाये की तरह गुर्राता था। विद्रोही का स्वर सभ्यताओं के मुहाने पर खड़ा चीखता हुआ हरकारा है। इस लिहाज़ से काव्य-सम्प्रेषण विद्रोही की कविता में अतुलनीय है। वह कविता का माओ है... माओत्से तुंग...। क्योंकि अपनी कविता में वह प्रखर कम्युनिकेटर है। मासलाइन कम्युनिकेटर। इस मास या फ़ोक की पोयज़ी ही फ़ोक-पोयज़ी है। जनकविता है, जो सामंती वीरगीतों को झुठला रही है।

विद्रोही अपनी कविता में वृहत्तर वैश्विक, वैज्ञानिक भौतिकवाद और पश्चिमी एनलाइटेनमेंट (ज्ञानोदय) में जिस प्रकार देशी भारतीय

ग्रामीण ह्यूमर इस्तेमाल करते हैं, वह उनकी कविता का अत्यंत मौलिक और उजला पक्ष है। उसके प्रतीक भारतीय श्रमिक जीवन की बड़ी दुलारी निगाह से देखी गयी प्रकृति और सामान्य ग्राम्य-डायरी से निर्मित हुए हैं। इन सब काव्य प्रवृत्तियों के लिए भाषा की दरकार ही नहीं है। भाषा का चमत्कार एक अमूर्त इंद्रियबोध को प्रस्तुत करने के लिए है। विद्रोही ग्लोबल कवि होते हुए भी इतना लोकल है कि स्थानीयता उसकी कविता की लय बन जाती है। इतना अधिक काव्यात्मक रेजिस्टेंस कि वर्चस्ववाद उसके सामने हाँफने लगता है। चाहे वह आधुनिकता-विरोधी सामंती वर्चस्ववाद हो या उच्च-आधुनिक बाज़ारवादी वैश्विक नव-साम्राज्यवाद।

विद्रोही इस सदी का सबसे सच्चा बोहेमियन कवि है। यह बात भावातिरेक में नहीं, बल्कि कला-साहित्य में बोहेमियनिज़्म के लंबे इतिहास की बुनियाद पर कही जाएगी। उसने सुस्थापनाओं और प्रतिस्थापनाओं को नकार कर अपने कवि-जीवन से एक महती एंटीएस्टैब्लिश्मेन्ट की अवधारणा हिन्दी कविता में प्रस्तुत की। वह वैश्विकताओं के मध्य अपने ग्रामीण ह्यूमर के साथ खड़ा, 'ग्लोकल' ऑरेटर है। भारतीय विश्वविद्यालयों के कैम्पस के शिक्षुओं का सबसे प्यारा लिट्रेरी जिप्सी! हिन्दी कविता का एज़रा पाउण्ड वह नहीं, वरन मैक्सवेल बोडेनहाइम है।

विद्रोही पर यह विलंबित संकलन-सम्पादन एक बड़ी योजना के रूप में सामने आया था। जिनकी कविताएँ जनता की ज़ुबान पर हैं, किन्तु जिनके रचनात्मक विवेक और आत्म-संघर्ष पर हिन्दी जगत की चुप्पी उनके चाहने वालों को अखरती रही है। यह कुजात हिन्दी कवि को कविता की दुनिया से खारिज़ करने का षड्यंत्र था, साथ ही कविता में 'अन्यों' की आवाज़ को न व्याप्त होने देने की राजनीति तो थी ही। यह सम्पादन उपस्थिति में उनकी अनुपस्थिति को समुचित रूप से उपस्थित

करने के लिए है। अब से काफ़ी समय पूर्व हिन्दी के एक अंतरराष्ट्रीय सेमिनार (केरल) में मैंने विद्रोही की कविताओं पर आलेख प्रस्तुत किया था। तभी से विद्रोही की कविता के सम्यक मूल्यांकन की बात मन में बनी रही। हिन्दी पत्रिका 'गाँव के लोग' के संपादक और लेखक रामजी यादव के सद्प्रयत्नों से वर्ष 2020 में पहली बार यह योजना आधी-अधूरी सफल हो सकी थी। अपने प्रतिष्ठान 'अगोरा प्रकाशन' से यह क़ीमती पुस्तक निकाल कर उन्होंने समय सापेक्ष कार्य किया था। जनकवि विद्रोही पर यह पुस्तक उनके साथ काव्यात्मक न्याय करने, उनकी वृहत्तर ऐतिहासिक, वर्गीय विश्वदृष्टि को विस्तार देने और न्यायकारी संवेदना से पुष्ट जनकविता की परंपरा को निरन्तर रखने में अवांगार्द भूमिका निभाएगी, ऐसी उम्मीद की गयी थी और बात सही निकली, बल्कि दूर तक गयी।

नये अवतार में फिर से शाया हो रही इस पुस्तक की निर्मिति को साकार करने में अब तक अनेक लोग मेरे साथ रहे हैं। स्नेह और संगर में वे सब, अनुज, अग्रज, मित्र और आत्म-छाया चित्र हैं। पुस्तक के संशोधित, परिवर्द्धित संस्करण के बनने में युवा आलोचक और अनबाउंड स्क्रिप्ट के सम्पादक आशीष मिश्र की बड़ी भूमिका है। प्रकाशन-गृह के स्वामी श्री अलिन्द महेश्वरी जी ने भी इस कार्य में रुचि दिखायी और सहयोग किया। इन दोनों के प्रति आभार से कुछ अधिक प्रकट किया जा सकता है। जन संस्कृति मंच और उसके सांस्कृतिक संकुल के 2011 में फिर नवारुण प्रकाशन द्वारा 2018 में प्रकाशित विद्रोही जी के कविता संग्रह 'नयी खेती' ने इस पुस्तक के लिए आधार ग्रन्थ का काम किया है। इस हेतु प्रणय कृष्ण, संजय जोशी, बृजेश यादव जी के प्रति कृतज्ञता ज्ञापित की जाती है। प्रो.चौथीराम यादव जी की पुस्तक, 'आधुनिकता का लोकपक्ष' और 'हंस' पत्रिका में प्रो. आशुतोष कुमार के प्रकाशित आलेखों का उल्लेख आवश्यक है। अनुज दिनेश कबीर

और मित्र शालू यादव का भी विशेष आभार। वर्ष 2020 से अब तक वे इस कार्य में शामिल रहे और ऊबे नहीं। विद्रोही जी की बेटी अमिता कुमारी ने भी इस परियोजना में निरन्तर सहयोग किया है, उनका हृदय से आभार।

एक कविता में विद्रोही जी ने आवाज़ दी:

> **मेरे लोगों तुम मुझे बचाओ,**
> **क्योंकि मैं तुम्हारा कवि हूँ!**

इस पर कहेंगे कि विद्रोही जी हम आपको नहीं बचा रहे हैं। यह आपकी कविता है जो हमें बचाए हुए है। और हम यह भी कहेंगे कि विद्रोही कविता का आदिपुरुष है। वह हम सब का कवि है। विद्रोही ही होगा हमारा कवि!

संतोष अर्श

मज़दूर दिवस, 2025

कविता

जीवन

आलोचना

कविता

नयी खेती

मैं किसान हूँ
आसमान में धान बो रहा हूँ
कुछ लोग कह रहे हैं
कि पगले आसमान में धान नहीं जमता
मैं कहता हूँ कि
गेगले-गोगले
अगर ज़मीन पर भगवान जम सकता है
तो आसमान में धान भी जम सकता है
और अब तो
दोनों में एक होकर रहेगा–
या तो ज़मीन से भगवान उखड़ेगा
या आसमान में धान जमेगा।

जन-गण-मन

मुझे माफ़ करना मेरे दोस्तो!
मैं एक पराजित योद्धा हूँ
मेरे पास तुम्हें देने के लिए
कोई उपदेश नहीं है
इसलिए नहीं
कि मुझे बिठा दिया गया है
प्यास के पहाड़ों पर
कि मेरी आँखों में टाँग दिया गया है
भूख का भूगोल
कि मेरी अँतड़ियों को मरोड़कर भींच दिया गया है
मुट्ठियों के बीच
कि मेरी आत्मा पर पतन का अंतिम प्रहार
कर दिया गया है-
वरन इसलिए कि
न तो मौत आती है
न मैं यह बात भूल पाता हूँ
कि मैं एक योद्धा हूँ
और पराजित हो गया हूँ।

***

मैं एक पराजित योद्धा हूँ
और पड़ गया हूँ
मौत का बिस्तर बिछाकर
जलते हुए समन्दर की बड़वाग्नि में

मैं सोचता हूँ कि मैं बुरे फँसा
मौत सोचती है कि मैं बुरे फँसी
समन्दर सोचता है कि मैं बुरे फँसा
अग्नि समझती है कि मैं बुरे फँसी

मैं सोचता हूँ
कि यह मौत मुझे मारे बिना छोड़ेगी नहीं
मौत सोचती है
कि यह आदमी तो मरेगा नहीं
समन्दर सोचता है
कि इस झगड़े का तो कोई अन्त ही नहीं है
अग्नि सोचती है
कि जब तक अन्त नहीं होगा
तब तक जलना पड़ेगा

फिलहाल, मैं एक पराजित योद्धा हूँ
और पड़ गया हूँ
मौत का बिस्तर बिछाकर
जलते हुए समन्दर की बड़वाग्नि में।

***

मैं भी मरूँगा
भारत भाग्य विधाता भी मरेगा
मरना जन-गण-मन अधिनायक को भी पड़ेगा
लेकिन मैं चाहता हूँ कि पहले
जन-गण-मन अधिनायक मरें
फिर भारत भाग्य विधाता मरें
फिर साधू के काका मरें
यानी सारे बड़े-बड़े लोग
पहले मर लें
फिर मैं मरूँ
उधर चलकर बसंत ऋतु में
जब दानों में दूध और
आमों में बौर आ जाता है
या फिर तब
जब महुआ चूने लगता है
या फिर तब
जब बनबेला फूलती है
नदी किनारे मेरी चिता दहककर महके
और मित्र सब करें दिल्लगी-
कि यह विद्रोही भी क्या तगड़ा कवि था
जो सारे बड़े-बड़े लोगों को मारकर तब मरा।

औरत

कुछ औरतों ने
अपनी इच्छा से
कुएँ में कूदकर जान दी थी–
ऐसा पुलिस के रिकार्डों में दर्ज है
कुछ औरतें चिता में जलकर मरी थीं–
ऐसा धर्म की किताबों में लिखा है

मैं कवि हूँ कर्त्ता हूँ
क्या जल्दी है
मैं एक दिन पुलिस और पुरोहित
दोनों को एक ही साथ
औरतों की अदालत में तलब करूँगा
और बीच की सारी अदालतों को मंसूख़ कर दूँगा।
मैं उन दावों को भी मंसूख़ कर दूँगा
जो श्रीमानों ने औरतों और बच्चों के ख़िलाफ़ पेश किए हैं
मैं उन डिक्रियों को निरस्त कर दूँगा
जिन्हें लेकर फ़ौजें और तुलबा चलते हैं
मैं उन वसीयतों को ख़ारिज कर दूँगा
जिन्हें दुर्बल, भुजबल के नाम किये हुए हैं

मैं उन औरतों को, जो
कुएँ में कूदकर या चिता में जलकर मरी हैं

फिर से ज़िंदा करूँगा
और उनके बयानों को दोबारा क़लमबंद करूँगा
कि कहीं कुछ छूट तो नहीं गया
कि कहीं कुछ बाक़ी तो नहीं रह गया
कि कहीं कोई भूल तो नहीं हुई

क्योंकि मैं उस औरत के बारे में जानता हूँ
जो अपने एक बित्ते के आँगन में
अपनी सात बित्ते की देह को
ता-ज़िन्दगी समोये रही और
कभी भूलकर बाहर की तरफ़ झाँका भी नहीं
और जब बाहर निकली तो
औरत नहीं, उसकी लाश निकली
जो खुले में पसर गई है माँ मेदिनी की तरह
एक औरत की लाश
धरती माता की तरह होती है दोस्तो!
जो खुले में फैल जाती है
थानों से लेकर अदालतों तक
मैं देख रहा हूँ कि
जुल्म के सारे सबूतों को मिटाया जा रहा है
चंदन चर्चित मस्तक को उठाए हुए पुरोहित
तमगों से लैस सीनों को फुलाए हुए सैनिक
महाराज की जय बोल रहे हैं
वे महाराज जो मर चुके हैं
और महारानियाँ सती होने की तैयारियाँ कर रही हैं
जब महारानियाँ नहीं रहेंगी
तो नौकरानियाँ क्या करेंगी

इसलिए वे भी तैयारियाँ कर रही हैं
मुझे महारानियों से ज़्यादा चिंता
नौकरानियों की होती है
जिनके पति ज़िंदा हैं
और बेचारे रो रहे हैं
कितना ख़राब लगता है एक औरत को
अपने रोते हुए पति को छोड़कर मरना
जबकि मर्दों को रोती हुई औरतों को
मारना भी ख़राब नहीं लगता
औरतें रोती जाती हैं मरद मारते जाते हैं
औरतें और ज़ोर से रोती हैं
मरद और ज़ोर से मारते हैं
औरतें ख़ूब ज़ोर से रोती हैं
मरद इतने ज़ोर से मारते हैं कि वे मर जाती हैं

इतिहास में वह पहली औरत कौन थी
जिसे सबसे पहले जलाया गया
मैं नहीं जानता
लेकिन जो भी रही होगी मेरी माँ रही होगी
लेकिन मेरी चिंता यह है कि
भविष्य में वह आख़िरी औरत कौन होगी
जिसे सबसे अन्त में जलाया जाएगा
मैं नहीं जानता
लेकिन जो भी होगी मेरी बेटी होगी
और मैं यह नहीं होने दूँगा।

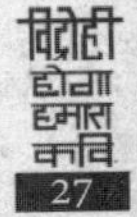

मोहनजोदड़ो की आख़िरी सीढ़ी से

मैं साइमन
न्याय के कटघरे में खड़ा हूँ
प्रकृति और मनुष्य मेरी गवाही दें।

मैं वहाँ से बोल रहा हूँ
जहाँ मोदनजोदड़ो के तालाब की आख़िरी सीढ़ी है
जिस पर एक औरत की जली हुई लाश पड़ी है
और तालाब में इंसानों की हड्डियाँ बिखरी पड़ी हैं
इसी तरह एक औरत की जली हुई लाश
आपको बेबीलोनिया में भी मिल जाएगी
और इसी तरह इंसानों की बिखरी हुई हड्डियाँ
मेसोपोटामिया में भी मिल जाएँगी

मैं सोचता हूँ और बारहा सोचता हूँ
कि आख़िर क्या बात है
कि प्राचीन सभ्यताओं के मुहाने पर
एक औरत की जली हुई लाश मिलती है
और इंसानों की बिखरी हुई हड्डियाँ मिलती हैं
जिनका सिलसिला
सीथिया की चट्टानों से लेकर
सवाना के जंगलों तक फैला है।

एक औरत जो माँ हो सकती है
बहन हो सकती है
बीवी हो सकती है
बेटी हो सकती है, मैं कहता हूँ
तुम हट जाओ मेरे सामने से
मेरा ख़ून कलकला रहा है
मेरा कलेजा सुलग रहा है
मेरी देह जल रही है
मेरी माँ को, मेरी बहन को, मेरी बीवी को
मेरी बेटी को मारा गया है
मेरी पुरखिनें आसमान में आर्तनाद कर रही हैं
मैं इस औरत की जली हुई लाश पर
सिर पटककर जान दे देता
अगर मेरी एक बेटी न होती तो,
और बेटी है कि कहती है
कि पापा तुम बेवजह ही हम लड़कियों के बारे में
इतने भावुक होते हो
हम लड़कियाँ तो लकड़ियाँ होती हैं
जो बड़ी होने पर चूल्हे में लगा दी जाती हैं।

और ये इंसानों की बिखरी हुई हड्डियाँ
रोमन ग़ुलामों की भी हो सकती हैं
और बंगाल के जुलाहों की भी
या अति आधुनिक वियतनामी, फिलिस्तीनी, ईराकी
बच्चों की भी
साम्राज्य आख़िर साम्राज्य ही होता है
चाहे वो रोमन साम्राज्य हो

या अति आधुनिक अमरीकी साम्राज्य हो
जिसका एक ही काम है कि
पहाड़ों पर, पठारों पर
नदी किनारे, सागर तीरे, मैदानों में
इंसानों की हड्डियाँ बिखेर देना–
जो इतिहास को तीन वाक्यों में
पूरा करने का दावा पेश करता है–
कि हमने धरती पर शोले भड़का दिए
कि हमने धरती में शरारे भर दिए
कि हमने धरती पर इंसानों की हड्डियाँ बिखेर दी
लेकिन मैं स्पार्टकस का वंशज
स्पार्टकस की प्रतिज्ञाओं के साथ जीता हूँ
कि जाओ कह दो सीनेट से
कि हम सारी दुनिया के ग़ुलामों को इकट्ठा करेंगे
और एक दिन रोम आएँगे ज़रूर।

लेकिन हम कहीं नहीं जाएँगे
क्योंकि ठीक इसी समय जब मैं
यह कविता आपको सुना रहा हूँ
लातिन अमरीकी मजदूर
महान भारतीय साम्राज्य के लिए क़ब्र खोद रहा है
और भारतीय मजदूर उसके
पालतू चूहों के बिलों में पानी भर रहा है
एशिया से लेकर अफ्रीका तक
घृणा की जो आग लगी है
वह आग बुझ नहीं सकती है दोस्त!
क्योंकि वो आग

एक औरत की जली हुई लाश की आग है
वह आग इंसानों की बिखरी हुई हड्डियों की आग है।

इतिहास में पहली स्त्री हत्या
उसके बेटे ने अपने बाप के कहने पर की
जमदग्नि ने कहा, ओ परशुराम!
मैं तुमसे कहता हूँ कि अपनी माँ का वध कर दो
और परशुराम ने कर दिया
इस तरह पुत्र, पिता का हुआ
और पितृसत्ता आयी
तब पिता ने अपने पुत्रों को मारा
जाह्नवी ने अपने पति से कहा
मैं तुमसे कहती हूँ
मेरी संतानों को मुझमें डुबो दो
और राजा शांतनु ने अपनी संतानों को
गंगा में डुबो दिया
लेकिन शांतनु जाह्नवी का नहीं हुआ
क्योंकि राजा किसी का नहीं होता
लक्ष्मी किसी की नहीं होती
धर्म किसी का नहीं होता
लेकिन सब राजा के होते हैं
गाय भी, गंगा भी, गीता भी और गायत्री भी

ईश्वर तो ख़ैर! राजा के घोड़ों की घास ही छीलता रहा
बड़ा नेक था ईश्वर!
अफ़सोस कि अब नहीं रहा
बहुत दिन हुए मर गया

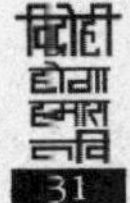

और जब मरा तो
राजा ने उसे कफ़न भी नहीं दिया
दफ़न के लिए दो गज ज़मीन भी नहीं दी
किसी को नहीं पता
ईश्वर को कहाँ दफ़नाया गया है,
खैर, ईश्वर मरा अंततोगत्वा
और उसका मरना ऐतिहासिक सिद्ध हुआ –
ऐसा इतिहासकारों का मत है
इतिहासकारों का मत यह भी है
कि राजा भी मरा अंततोगत्वा
उसकी रानी भी मरी
और उसका बेटा भी मर गया
राजा लड़ाई में मर गया
रानी कड़ाही में मर गई
और बेटा, कहते हैं पढ़ाई में मर गया
लेकिन राजा का दिया हुआ धन रहा
धन वचन हुआ और बढ़ता गया
और फिर वही बात!
कि हर सभ्यता के मुहाने पर एक औरत की
जली हुई लाश
और इंसानों की बिखरी हुई हड्डियाँ।

यह लाश जली नहीं है, जलाई गयी है
ये हड्डियाँ बिखरी नहीं हैं बिखेरी गयी हैं
ये आग लगी नहीं है, लगायी गयी है
ये लड़ाई छिड़ी नहीं है, छेड़ी गयी है
लेकिन कविता भी लिखी नहीं है, लिखायी गयी है

और जब कविता लिखी जाती है
तो आग भड़क जाती है
मैं कहता हूँ तुम मुझे इस आग से बचाओ मेरे दोस्तो!
तुम मेरे पूरब के लोगो! मुझे इस आग से बचाओ
जिनके सुन्दर खेतों को तलवार की नोकों से जोता गया
जिनकी फ़सलों को रथों के चक्कों तले रौंदा गया
तुम पश्चिम के लोगो! मुझे इस आग से बचाओ
जिनकी स्त्रियों को बाज़ारों में बेचा गया
जिनके बच्चों को चिमनियों में झोंका गया
तुम उत्तर के लोगो! मुझे इस आग से बचाओ
जिनकी बस्तियों को दावाग्नि में झोंका गया
जिनकी नावों को अतल जलराशियों में डुबोया गया
तुम वे सारे लोग मिलकर मुझे बचाओ
जिनके ख़ून के गारे से
पिरामिड बने, मीनारें बनीं, दीवारें बनीं
क्योंकि मुझको बचाना उस औरत को बचाना है
जिसकी लाश
मोहनजोदड़ो के तालाब की आख़िरी सीढ़ी पर पड़ी है
मुझको बचाना उन इंसानों को बचाना है
जिनकी हड्डियाँ तालाब में बिखरी पड़ी हैं
मुझको बचाना अपने पुरखों को बचाना है
मुझको बचाना अपने बच्चों को बचाना है
तुम मुझे बचाओ

मैं तुम्हारा कवि हूँ।

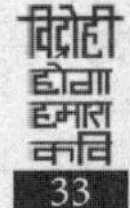

ग़ुलाम

वह तो देवयानी का ही मर्तबा था कि
सह लिया साँच की आँच
वरना बहुत लम्बी नाक थी ययाति की
नाक में नासूर है और नाक की फुफकार है
नाक विद्रोही की भी शमशीर है तलवार है
जज़्बात कुछ ऐसा कि सातों समन्दर पार है
यह सर नहीं गुंबद है कोई, पीसा की मीनार है
यह गिरा तो आदमियत का अक़ीदा गिर पड़ेगा
यह गिरा तो बलंदियों का पेंदा गिर पड़ेगा
यह गिरा तो मोहब्बत का घरौंदा गिर पड़ेगा
इश्क़ और हुस्न दोनों का दीदा गिर पड़ेगा
इसलिए रहता हूँ जिंदा
वरना कब का मर चुका हूँ
मैं काशी में ही नहीं, रुमान में भी बिक चुका हूँ

हर जगह ऐसी ही ज़िल्लत
हर जगह ऐसी जहालत
हर जगह पर है पुलिस
हर जगह पर है अदालत
हर जगह पर है पुरोहित

हर जगह नरमेध है
हर जगह कमज़ोर मारा जा रहा है
खेद है
सूलियाँ ही हर जगह पर हैं निज़ामों की निशान
हर जगह पर फाँसियाँ लटकाये जाते हैं ग़ुलाम
हर जगह पर औरतों को मारा पीटा जा रहा है
जिंदा जलाया जा रहा है
खोदा-गाड़ा जा रहा है
हर जगह पर ख़ून है और हर जगह आँसू बिछे हैं
यह क़लम है, सरहदों के पार भी नग़मे लिखे हैं

आपको बतलाऊँ मैं इतिहास की शुरुआत को
किसलिए बारात दरवाजे पे आयी रात को
ले गयी दुल्हन उठाकर
और मंडप को गिराकर,
एक दुल्हन के लिए आए कई दूल्हे मिलाकर
जंग कुछ ऐसी मचायी कि तंग दुनिया हो गयी
मरने वाले की चिता पर जिंदा औरत सो गयी
तब बजे घड़ियाल
पंडे शंख-घंटे घनघनाए
फ़ौजों ने भोंपू बजाए, पुलिस ने तुरही बजायी
मंत्रोच्चारण यूँ हुआ कि मंगलम् औरत सती हो
जीते जी जलती रहो जिस भी औरत के पती हो।

तब बने बाज़ार और बाज़ार में सामान आये
बाद में सामान की गिनती में ख़ुद इंसान आये

बगदाद और बदख़शाँ में खुल्ला बिकते थे ग़ुलाम
सीरिया और काहिरा में पट्टा होते थे ग़ुलाम
बेतलहम, येरूशलम में गिरवी होते थे ग़ुलाम
रोम में, कापुआ में रेहन होते थे ग़ुलाम
मंचूरिया, शंघाई में नीलाम होते थे ग़ुलाम
मगध, कोशल, काशी में बेनामी होते थे ग़ुलाम
और सारी दुनिया में किराये पर उठते थे ग़ुलाम
पर वाह रे मेरा ज़माना! और वाह रे भगवा हुकूमत!
अब सरे बाज़ार में खैरात बँटते हैं ग़ुलाम
लोग कहते हैं कि लोगो! पहले ऐसा न था
पर, मैं तो कहता हूँ कि लोगो कब कहाँ कैसा न था
दुनिया के बाज़ार में सबसे पहले क्या बिका था
तो सबसे पहले दोस्तो! बन्दर का बच्चा बिका था
और बाद में तो डार्विन ने बिलकुल सिद्ध कर दिया
कि वह जो बन्दर का बच्चा था
बन्दर नहीं, आदमी था।

नानी

कविता नहीं कहानी है
यह दुनिया सबकी नानी है
लेकिन नानी के आगे
ननिहाल का वर्णन अच्छा नहीं लगता

मुझे अपने ननिहाल की बड़ी याद आती है
आपको भी आती होगी
एक अँधेरी कोठरी में
एक गोरी-सी बूढ़ी औरत
रात-ओ-दिन जलती रहती है
चिराग की तरह मेरे ख़यालों में
मेरे जेहन में मेरी नानी की तस्वीर
कुछ इस तरह से उभरती है
जैसे बाजरे के बाल पर गौरेया बैठी हो

मेरी नानी की आँखें!
उमड़ते हुए समंदर-सी
लहराती हुई उन आँखों में
आज भी आपादमस्तक डूब जाता हूँ

आधी रात को दोस्तो!
उन आँखों की कोर पर लगा हुआ काजल
लगता था कि जैसे
क्षितिज के छोर पर बादल घुमड़ रहे हों,
और मेरी नानी की नाक
नाक नहीं, पीसा की मीनार थी,
और मुँह! मुँह की मत पूछो
मुँह की शहज़ोर थी मेरी नानी
जब चीख कर डाँटती थी
तो ज़मीन, इंजन की तरह हाँफने लगती थी
जिसकी आँच में
आसमान का लोहा पिघलता था
सूरज की देह गरमाती थी
दिन को धूप लगती थी
रात को जूड़ी आती थी
और गला! द्वितीया के चन्द्रमा की तरह
मेरी नानी का गला
पता ही नहीं चलता था कि
हँसुली में फँसा है या हँसुली गले में फँसी है
लगता था कि गला, गला नहीं
विधाता ने समन्दर में सेतु बाँध दिया है

मेरी नानी की देह, देह नहीं,
आर्मीनिया की गाँठ थी
पामीर के पठार की तरह
समतल पीठ वाली मेरी नानी

जब कोई चीज़ उठाने के लिए
ज़मीन पर झुकती थी
तो लगता था जैसे बाल्कन झील में
काकेसस की पहाड़ी झुक गयी हो
बिल्कुल एस्कीमो बालक की तरह लगती थी मेरी नानी

घर से जब निकलती थी मेरी नानी
तो लगता था जैसे हिमालय से गंगा निकल रही हो
एक आदिम निरन्तरता
जो अनादि से अनन्त की ओर उन्मुख हो
सिर पर दही की डलिया उठाए
जब दोनों हाथों को झुलाती हुई चलती थी मेरी नानी
तो लगता था जैसे सिर पर दुनिया उठाए हुए जा रही हो
जिसमें मेरे पुरखों का भविष्य छिपा हो
मेरा जी करे कि मैं पूछूँ
कि ओ री बुढ़िया! तू क्या है–
आदमी कि आदमी का पेड़
पेड़ थी दोस्तो! मेरी नानी आदमियत की
जिसका कि मैं एक पत्ता हूँ
मेरी नानी मरी नहीं है
वह मोहनजोदड़ो के तालाब में स्नान करने गयी है
और अपनी धोती को उसकी आख़िरी सीढ़ी पर सुखा रही है
उसकी कुंजी वहीं कहीं खो गयी है
वह उसे बड़ी बेसब्री से खोज रही है

मैं देखता हूँ कि मेरी नानी
हिमालय पर मूँग दल रही है
और अपनी गाय को एवरेस्ट के खूंटे से बाँधे हुए है
मैं ख़ुशी में तालियाँ बजाना चाहता हूँ
लेकिन यह क्या
मेरी हथेलियों पर सरसों उग आयी है
मैं उसे पुकारना चाहता हूँ
लेकिन मेरे होठों पर दही जम गयी है

मैं पाता हूँ
कि मेरी नानी दही की नदी में बही जा रही है
मैं उसे पकड़ना चाहता हूँ
पकड़ नहीं पाता हूँ
मैं उसे बुलाना चाहता हूँ
लेकिन बुला नहीं पाता हूँ
और मेरी देह, मेरी समूची देह
एक पत्ते की तरह थर-थर काँपने लगती है
जो कि अब गिरा कि तब गिरा
अब गिरा कि तब गिरा।

नूर मियाँ का सुरमा

आज तो चाहे कोई
विक्टोरिया छाप काजल लगाए
या चाहे साध्वी रितम्भरा छाप अंजन
लेकिन असली घी का सुरमा
तो नूर मियाँ ही बनाते थे
कम-से-कम मेरी दादी का मानना तो यही था

नूर मियाँ जब भी आते थे
मेरी दादी सुरमा ज़रूर ख़रीदती थी
एक सींक सुरमा आँखों में डालो
आँखें बादल की तरह भर्रा जाएँ
गंगा जमुना की तरह लहरा जाएँ
सागर हो जाएँ बुढ़िया की आँखें
जिसमें कि हम बच्चे झाँकें तो
पूरा-का-पूरा दिखें
बड़ी दुआएँ देती थी मेरी दादी
नूर मियाँ और उनके सुरमे को
कहती थी–
नूर मियाँ के सुरमे की वजह से तो ही
बुढ़ापे में बिटिहिनी बनी घूम रही हूँ
सूई में डोरा डाल लेती हूँ
मेरा जी करे कि कहूँ

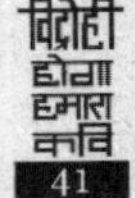

ओ रे बुढ़िया! तू तो है सुकन्या!
और तेरा नूर मियाँ है च्यवन ऋषि
नूर मियाँ का सुरमा तेरी आँखों का च्यवनप्राश है
तेरी आँखें, आँखें नहीं दीदा हैं
नूर मियाँ का सुरमा, सुरमा नहीं
सिन्नी है, मलीदा है

और वही नूर मियाँ पाकिस्तान चले गये
क्यों चले गये पाकिस्तान नूर मियाँ?
कहते हैं नूर मियाँ के कोई था नहीं
तब क्या हम कोई नहीं होते थे नूर मियाँ के
नूर मियाँ क्यों चले गये पाकिस्तान?
बिना हमको बताए
बिना हमारी दादी को बताए
नूर मियाँ क्यों चले गए पाकिस्तान!

अब न वे सुरमे रहे और न वे आँखें
मेरी दादी जिस घाट से आयी थी उसी घाट गयी
नदी पार से ब्याह कर आयी थी मेरी दादी
नदी पार ही जाकर जली
मैं उसकी राखी नदी में फेंक रहा था तो
मुझे लगा, ये नदी नदी नहीं
मेरी दादी की आँखें हैं
और ये राखी, राखी नहीं
नूर मियाँ का सुरमा है
जो मेरी दादी की आँखों में पड़ रहा है
इस तरह मैंने अंतिम बार
अपनी दादी की आँखों में
नूर मियाँ का सुरमा लगाया।

हक़ीक़त

हक़ीक़त कोई नंगई तो नहीं है
हक़ीक़त किसी की फ़ज़ीहत नहीं है
हक़ीक़त वही है जो ख़ुद रास आये
हक़ीक़त किसी को नसीहत नहीं है

हक़ीक़त की वारिस है ख़ुद ही हक़ीक़त
हक़ीक़त किसी की वसीयत नहीं है
हक़ीक़त वही है जो मैं कह रहा हूँ
जो मैं कह रहा हूँ, यहीं कह रहा हूँ

अभी दाब दूँ तो ज़मीं चीख़ देगी
अभी तान दूँ तो गगन फाट जाए
मगर आदमी का फ़र्ज़ ये नहीं है
फ़र्ज़ है कि छप्पर गिरे तो उठाए

इसी के लिए हाँ! इसी के लिए तो
अमीना का छप्पर और हामिद की खपरैल
कि सालिक की शादी कि मालिक की तेरही
बैजू की बीबी कि सरजू की रखैल
सभी के लिए हाँ! सभी के लिए तो
सभी के लिए एक वतन चाहिए ही

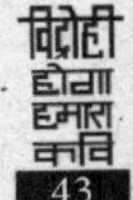

ये कमबख़्त है, इसमें अब शक कहाँ है
मगर मर गए तो क़फ़न चाहिए ही
आज से क़फ़न ही है अब झण्डा मेरा
मैं हरिश्चन्द्र के बाप का बाप हूँ
मैं वही बीज हूँ जो जमा आदि में
मैं वही फल हूँ फलता है जो अन्त में।

कन्हई कहार

रुकी हुई साँसों में खौल उठती हैं खाँसियाँ
अँतड़ियाँ हूँक देती हैं काले कोप जैसा ख़ून
एक कमज़ोर हाथ के सहारे टिक जाती है चेतना
और आँखों में घूम जाती है एक लम्बी जिंदगी

एक कमज़ोर हाथ जो
अनजाने ही लग गए थे हाथ
माँ की सिफ़ारिश और बुधिराम की अगुवाई
जिसका दाम गौने की ढूढ़ियों और
इकलौती हँसुली से कुछ ज़्यादा ही था

एक बच्चा ढोरों के पीछे ढुलकता है
बुधिराम उसे कन्हैया कहते हैं
ज़माने ने उसी का नाम रखा- कन्हई कहार
जिसकी भीगी मसों पर
छाप दी गयी एक बहँगी और
कंधों ने सँभाल ली बड़े घरों की आबरू
रंगीन बतासों की डलिया और गौने की ढूढ़ियों में
हर बार हासिल होता है जौ का अखरा
और मुँह मशक्क़त के नाम पर
अब भी याद हैं कुछ कबीरें
कहार की कबीर

घुड़सवार का लहरा नहीं होती मेरे दोस्त!
और न ही वह नक़द मजूरी की
घलुवा मशक्कड़ी है
सावन की निर्वाहिनों पर
ऐंड़ा रगड़ना एक बात है
उठाते हुए खाद का खेप
छातियों पर हाथ पटक देने में
कुछ ज़्यादा ताक़त नहीं लगती
लेकिन गरू गम्भीर बह्रू को
कंधों पर लादकर कुफार बोलने में
कमर तक लचक जाती है

नौसिखिए बछवा की तरह आए हुए कंधों को
नहीं थाम पाती बहुत दिन तक चिलम
फागुन का कबीर चैत की गारंटी नहीं होता
न ही कहरवा के सहारे ज़िन्दगी कटती है
नाचने का शौक़ एक बार सबको होता है
लेकिन पैरों में ज़िन्दगी बाँधकर नहीं नाचा जाता
ज़िन्दगी कोई घुँघरू नहीं है
न ही वह बच्चों का झुनझुना
कभी सोचा था कि असल ज़िन्दगी
हुडुक और झाँझ होते हैं
लेकिन मटकती देह सपाट हो गयी
और सूख कर तैंतीस में ही तिरासी बन गयी
कब तक थामेंगे कमज़ोर हाथ
पहाड़-सा दिन और बज्र-सी रातें
कब तक चलेंगी
ख़ून की कुल्लियों के बीच साँसें।

तुम्हारा भगवान

तुम्हारे मान लेने से
पत्थर भगवान हो जाता है
लेकिन तुम्हारे मान लेने से
पत्थर पैसा नहीं हो जाता
तुम्हारा भगवान पत्ते की गाय है
जिससे तुम खेल तो सकते हो
लेकिन दूध नहीं पा सकते

कवि-कर्म

जब कवि गाता है,
तब भी कविता होती है,
और जब कवि रोता है,
तब भी कविता होती है।
कर्म है कविता,
जिसे मैं करता हूँ,
फिर भी लोग मुझसे पूछते हैं
कि विद्रोही तुम क्या करते हो...

चूहे के पक्ष में बयान

चूहा हाथी पर चढ़ जाता है
लेकिन इसका मतलब यह तो नहीं होता
कि हाथी भी चूहे पर चढ़ सकता है
जो लोग कह रहे हैं
कि चढ़ सकता है
वे बहुत निर्दयी लोग हैं
वे यह नहीं सोचते
कि इस तरह से तो चूहा मर भी सकता है
जबकि चूहे के चढ़ने पर
हाथी मरता नहीं

यही तुम्हारा धर्म है
कि हाथी चूहे पर चढ़ सकता है
कि हाथी चूहे पर चढ़ता आया है
कि हाथी चूहे पर चढ़ता रहेगा

लेकिन हे महामूर्ख, मंदमति ज्ञानी!
जब तक
तुम यह मूर्खता करते रहोगे
तब तक
हम तुम्हारा विरोध करने के लिए
वचनबद्ध हैं।

लड़ाई

शंकर और शनीचर पुत्रों
मनमोहन, बिल क्लिंटन पुत्रों
सूत्र समझ लो इस दुनिया का
नहीं तो तेरा नाश है,
नहीं सिकुड़ता क्षितिज भूमि पर
गिरा नहीं आकाश है

पीछे है प्रारब्ध हमारा आगे मेरा भविष्य खड़ा
मेरे दोस्तो! वर्तमान से अपने हूँ मैं जूझ पड़ा
गला पकड़कर यहीं काल का तेरे सामने तोडूँगा
मिल जाएगा आदि अंत जो है अनंत क्यों छोडूँगा
सुनो सुनो हाँ सुनो! जालिमो!
ख़ून ही सबसे सस्ता है
खा जाओ जड़ मूल बीज से
खा ही जाना अच्छा है

मैं कहता हूँ मेरे शिकारी तेरा दाँव सब कच्चा है
समय-समय की बात है ज्ञानी! आप खा गए गच्चा हैं
तुम कहते हो बाप है पहले
मैं कहता हूँ– बच्चा है!

जवाबी कार्यवाही

ज़हर का प्याला धरा है हाथ में सुकरात के
देखना है क्या भरा है अफ़लातूँ की आँख में
अफ़लातूँ तो अफ़लातूँ है
अफ़लातूँ दीदार है
प्यार में गुस्सा है वह
गुस्से में वह प्यार है

अफ़लातूँ को मैं बताऊँ
अफ़लातूँ दो पाट है
उसके सीने में नदी है
वह नदी का घाट है

अफ़लातूँ को कौन बाँचे
अफ़लातूँ मज़मून है
अफ़लातूँ की आँख में
आँसू नहीं है ख़ून है

ये हमारे अफ़लातूँ हैं
सह नहीं सकते जनाब
फेंक देंगे छीनकर
हाथों से प्याला ही जनाब
या पिला देंगे उसी को
जो ज़हर को दे रहा
और कहेंगे मौत
अपने आप साला मर रहा है

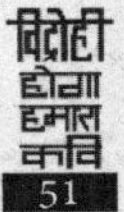

तोड़ डालो मन्दिरों को फोड़ डालो मस्जिदें

आपकी ग़लती भी क्या है, मेरा भी तो काम है
सच को कहने के लिए शायर सदा बदनाम है

सच तो है कि मेरे लोगो! आदमी की बात है
आदमी के बीच में भगवान क्या औक़ात है

किसने देखा है ख़ुदा को, किसने देखा राम को
फिर भी क्यों चिल्ला रहे हैं लोग सुबह-ओ-शाम को

ईश्वर-ओ-अल्ला की साज़िश समझ में आई नहीं
चार सौ बीसी है यह, इसमें है सच्चाई नहीं

कोई गदहा हो, बात दीगर छोड़ देनी चाहिए
आप आलिम लोग तुमको शर्म आनी चाहिए

तोड़ डालो मन्दिरों को, फोड़ डालो मस्ज़िदें
दीदा-ए-ग़म आज देखो फाड़कर दीदे मुझे।

दुनिया मेरी भैंस

मैं अहीर हूँ
यह दुनिया मेरी भैंस है
मैं इसे दुह रहा हूँ
कुछ लोग इसे कुदा रहे हैं

ये कौन लोग हैं जो कुदा रहे हैं–
आपको पता है,
क्यों कुदा रहे हैं–
यह भी पता है

लेकिन इस बात का पता
न आपको है
न हमको है
न उनको
कि इस कुदाने का परिणाम क्या होगा

हाँ, इतना पता है कि
नुकसान तो हर हालत में
हमारा ही होगा
क्योंकि भैंस हमारी है
और दुनिया भी हमारी है

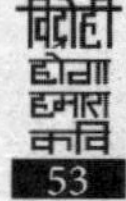

जन-प्रतिरोध

जब भी किसी ग़रीब आदमी का अपमान करती है
ये तुम्हारी दुनिया, तो मेरा जी करता है
कि मैं इस दुनिया को उठाकर पटक दूँ!
इसका गूदा-गूदा छींट जाए।
मज़ाक़ बना रखा है तुमने
आदमी की आबरू का।
हम एक बित्ता कफ़न के लिए
तुम्हारे थानों के थान फूँक देंगे
और जिस दिन बाँहों से बाँहों को जोड़कर
झूमेगी ये जनता,
तो तुम नाक से ख़ून ढकेल दोगे मेरे दोस्त!
बड़ा भयंकर बदला चुकाती है ये जनता,
ये जनता तुम वहशियों की तरह
बेतहाशा नहीं पीटती,
सुस्ता-सुस्ता कर मारती है ये जनता,
सोच-सोचकर मारती है ये जनता,
जनता समझ-समझकर मारती है, पिछली बातों को।
जनता मारती जाती है और रोती जाती है,
और जब मारती जाती है तो
किसी की सुनती नहीं,
क्योंकि सुनने के लिए उसके पास
अपने ही बड़े दुःख होते हैं।

ग़ुलामी की अंतिम हदों तक लड़ेंगे

इस ज़माने में जिनका ज़माना है भाई
उन्हीं के ज़माने में रहते हैं हम
उन्हीं की हैं सहते, उन्हीं की हैं कहते
उन्हीं की ख़ातिर दिन-रात बहते हैं हम
ये उन्हीं का हुकुम है जो मैं कह रहा हूँ
उनके सम्मान में मैं क़लम तोड़ दूँ
ये उन्हीं का हुकुम है
सबके लिए और मेरे लिए
कि मैं हक़ छोड़ दूँ
लोग हक़ छोड़ दें पर मैं क्यों छोड़ दूँ
मैं तो हक़ की लड़ाई का हमवार हूँ
मैं बताऊँ कि मेरी कमर तोड़ दो मेरा सिर फोड़ दो
किंतु ये न कहो कि हक़ छोड़ दो
आपसे कह रहा हूँ अपनी तरह
अपनी दिक़्क़त को सबसे ज़ाहिर कर रहा हूँ
मुझको लगता है कि मैं गुनहगार हूँ
क्योंकि रहता हूँ मैं क़ैदियों की तरह
मुझको लगता है कि मेरा वतन जेल है
ये वतन छोड़कर अब कहाँ जाऊँगा
अब कहाँ जाऊँगा जब वतन जेल है
जब सभी क़ैद हैं तब कहाँ जाऊँगा

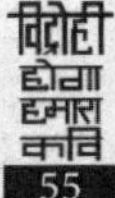

मैं तो सब क़ैदियों से यही कह रहा
आओ उनके हुकुम की उदूली करें
पर सब पूछते हैं कि वो कौन है
और कहाँ रहता है
मैं बताऊँ कि वो जल्लाद है
वो वही है जो कहता है हक़ छोड़ दो
तुम यहाँ से वहाँ तक कहीं देख लो
गाँव को देख लो और शहर देख लो
अपना घर देख लो
अपने को देख लो
कि इस हक़ की लड़ाई में तुम किस तरफ़ हो
आपसे कह रहा हूँ अब अपनी तरह
कि मैं सताए हुओं की तरफ़ हूँ
और जो भी सताए हुओं की तरफ़ है
उसको समझता हूँ कि अपनी तरफ़ है
पर उनकी तरफ़ इसके उलटी तरफ़ है
उधर उस तरफ़ आप मत जाइए
जाइए पर अकेले में मत जाइए
ऐसे जाएँगे तो आप फँस जाएँगे
आइए अब हमारी तरफ़ आइए।
आइए इस तरफ़ की सही राह है
और सही चाह है
हम कौन हैं क्या ये भी नहीं ज्ञात है
हम कमेरों की भी क्या कोई जात है
हम कमाने के खाने का परचार ले

अपना परचम लिए अपना मेला लिए
आख़िरी फ़ैसले के लिए जाएँगे
अपनी महफ़िल लिए अपना डेरा लिए
उधर उस तरफ़
ज़ालिमों की तरफ़
उनसे कहने की गर्दन झुकाओ चलो
अब गुनाहों को अपने क़बूलों चलो
दोस्तों उस घड़ी के लिए अब चलो
और अभी से चलो उस ख़ुशी के लिए
जिसके ख़ातिर लड़ाई ये छेड़ी गई
जो शुरू से अभी तक चली आ रही
और चली जाएगी अंत से अंत तक
हम ग़ुलामी की अंतिम हदों तक लड़ेंगे...

घूमइ दे मथानी अम्मा

ऊपर आसमान बाटइ निचवा महियवा
महइ महतारी मोरी बिचवइ दइयवा
घूमइ दे मथानी अम्मा नाचइ दे दुनियवा
रिसी नाचइँ मुनी नाचइँ ओझवा गुनियवा
नाचइ भगवान एनकइ झूठवा सहियवा ॥ महइ ॥

राजा नाचइँ बाबू नाचइँ पुलिस औ सिपहिया
गुरु औ पुरोहित नाचइँ होमिया करहिया
सेठ साहक़ार नाचइँ खतवा बहियवा ॥ महइ ॥

नाचइ सरकार एनकइ टिकली दललिया
ताज नाचइ तखत नाचइँ किलवा महलिया
नाचइ एनकइ पाप मूँड़े जइसन पहियवा ॥ महइ ॥

बिचवा अकासे मइया बारि ले दियनवा
खरइ दे मसका माई पसइ दे घियनवा
रहि जातीं लाज तोरिउ हमरव कहियवा ॥ महइ ॥

गुरिल्ला

हमारे खुरदुरे पाँव की ठोकर से
धसक सकती है तुम्हारी ये ज़मीन,
हमारे खर्राए हुए हाथों की रगड़ से
लहूलुहान हो सकता है तुम्हारा कोमल आसमान,
हम अपने ख़ून चूते नाख़ूनों से
चीर देंगे तुम्हारे मखमली ग़लीचों को
और जब हम एक दिन
ज़मीन से आसमान तक,
खड़े-खड़े फाड़ देंगे तुम्हारी मेहराबें,
तो न तो उसमें से कोई
कच्छप निकलेगा न ही कोई नरसिंह।
तुम सुअरों से लेकर सिंहों तक
सारे जानवरों के स्वभाव अपना लो,
मगर, हम तो गुरिल्लों की औलाद हैं,
और गुरिल्ले ही रहेंगे।

कोई राह निकल आएगी

सूर्य सूर्य है चंद्र चंद्र है मनुज कल्पनाशील
वह धरती को औरत कहता आसमान को झील
जिसमें उगते सूरज चँदा
औरत खड़ी निहारे
मैं कवि अपने कर्म को गाऊँ
बैठा एक किनारे

धरती देखा गगन निहारा
नहीं मिला जब कहीं सहारा
तब सोचा बाज़ार चलेंगे
भाव-ताव मालूम करेंगे
कुछ न होगा लोग मिलेंगे
चार पाँच के दर्शन होंगे
चार पाँच मिलकर सोचेंगे
कोई राह निकल आएगी

जीवन

सरफराज देख त! केतना आदमी तक पहुँचल बात?

सरफ़राज़ हामिद

वर्ष 2010 में जब जेएनयू में प्रवेश किया तो वहाँ सबसे ज़्यादा जो मुझे पसंद आयी वह थी वहाँ की छात्र राजनीति और राजनीतिक परंपरा। हर छात्र की तरह मैं भी वहाँ की जीवंत संस्कृति का हिस्सा बन गया। सभी संगठन अपनी-अपनी विचारधारा के अनुसार कई कार्यक्रमों के ज़रिए नये छात्र-छात्राओं को अपने संगठन का हिस्सा बनाने के प्रयास में लगे रहते थे। मैं यूँ तो कई सपने लेकर गया था जेएनयू। जैसे यूपीएससी वग़ैरह-वग़ैरह। ऑल इंडिया स्टूडेंट्स एसोसिएशन द्वारा आयोजित मार्क्सवाद की एक क्लास में मैं भी पहुँच गया। मुझे तब सिर्फ़ इतना मालूम था कि 'दास कैपिटल' कार्ल मार्क्स ने लिखी है। पूरी क्लास के बाद मुझे कुछ नहीं समझ आया। हाँ कुछ बड़े-बड़े शब्द ज़रूर सीख लिये, जैसे उपनिवेश, पूँजीवाद, वर्किंग क्लास, रूलिंग क्लास जैसे शब्द। क्लास के बाद जब लोग मार्क्सवाद पर परिचर्चा करने लगे तो एक शख़्स जो देखने में 55-60 साल का लग रहा था और जिसने एक लॉन्ग कोट पहन रखा था उसने अंग्रेजी में बोलना शुरू किया। कुछ सैकेण्ड बाद उस क्लास के एक आयोजक ने उन्हें बिना पूरी बात कहे बिठा दिया। मैंने ज़्यादा रुचि नहीं ली इस सबमें। मुझे लगा, होगा कोई,पढ़ा लिखा मज़दूर जो शायद जेएनयू में रहकर अंग्रेजी सीख गया होगा।

जेएनयू तब वैसा नहीं था जैसा आज है। मतलब विरोध-प्रदर्शन करने पर कोई रोक-टोक नहीं थी। छात्र-संघ के नहीं रहते हुए भी तब के हालात अब से बेहतर थे। आये दिन हर रोज़ किसी-न-किसी मुद्दे पर छात्रों का प्रदर्शन होता था। प्रदर्शन के बाद सभी संगठनों के प्रतिनिधि अपनी-अपनी बात रखते थे। जब तक प्रतिनिधिमंडल वाइस चांसलर से बातचीत करता था, तब तक भाषणों का सिलसिला ज़ारी रहता था। ऐसे ही एक विरोध-प्रदर्शन में मैंने हिस्सा लिया। नारों, भाषणों और आरोप-प्रत्यारोप के बाद मंच का संचालन कर रहे एक छात्र-नेता ने विद्रोही को कविता पाठ के लिए बुलाया। उसी वेश में वो बूढ़ा इन्सान अपनी कविता के ज़रिए वर्तमान सरकार और यूनिवर्सिटी प्रशासन को ललकारने लगा। यक़ीन मानिए उनकी कविताएँ सब के भाषणों से बेहतर थीं। कम-से-कम मेरे लिए तो ऐसा था ही। ऐसा लग रहा था मानो विद्रोही हम सभी नये छात्रों से संवाद कर रहे हों। तब मुझे पता चला कि ये बूढ़ा आदमी एक बेहतरीन कवि है। इसके अलावा उनके बारे में कुछ पता नहीं था। लेकिन विद्रोही के बारे में जानकारी प्राप्त करने में मेरी दिलचस्पी बढ़ती गई। बीए के प्रथम वर्ष में छात्र राजनीति में सक्रिय नहीं रहा, लेकिन हर विरोध-प्रदर्शन में शामिल ज़रूर होता। वैसे भी ये सारे प्रदर्शन हमारे अधिकार के लिए ही होते थे। इसी तरह मुझे कई बार विद्रोही को सुनने का मौका मिला। जैसा कि मैंने कहा उन दिनों छात्रसंघ नहीं था। जेएनयू में लिंगदोह कमेटी की सिफारिशों को नहीं मानने की वज़ह से वहाँ चुनाव पर प्रतिबंध लगा हुआ था। छात्रसंघ को बहाल करने को लेकर यूजीबीएम बुलाई गयी थी। यानी यूनिवर्सिटी जनरल बॉडी मीटिंग। मैं सुबह तक पूरी मीटिंग को इस इंतज़ार में सुनता रहा कि विद्रोही अन्त में कविता सुनाएंगे। असल में हर कार्यक्रम के अंत में ही विद्रोही को बुलाया जाता था। लेकिन उस दिन पता चला कि यूजीबीएम में सिर्फ़ बोनाफ़ाइड छात्र ही भाग लेते हैं। तब तक मेरी जान पहचान कई छात्र एक्टिविस्टों से हो चुकी थी। और कई पुराने छात्रों को भी जानने लगा था। वैसे तो विद्रोही

को कई कार्यक्रमों में सुना था लेकिन उनसे पहली बार मुलाक़ात हुई इज़राइल एम्बेसी के बाहर। मौका था इज़राइल द्वारा एक फिलीस्तीनी जहाज़ पर हमले के खिलाफ़ प्रदर्शन। विद्रोही से उनके बारे में उन्हीं से पूछना अजीब लग रहा था। इसलिए उनसे बस इतना कहा कि उन्हें सुनना बहुत अच्छा लगता है। विद्रोही के बारे में असल में किसी को कुछ ज़्यादा पता भी नहीं था। हाँ सबको बस इतना ही मालूम था कि वो किसी ज़माने में जेएनयू के छात्र थे और तब से जेएनयू में ही रहने लगे। मुझे क़रीब एक साल लग गया उनके बारे में पता करने में, जब मैं छात्र राजनीति में सक्रिय हो गया। मैं आभारी हूँ बृजेश यादव और अभिषेक कुमार यादव का जिन्होंने मुझे उस कवि से परिचित कराया। ये दो लोग काफ़ी नज़दीक थे विद्रोही के। तभी मुझे पता चला कि हमारे कवि का नाम रमाशंकर यादव विद्रोही है। अभी तक तो उनकी कविताएँ सिर्फ़ हिंदुस्तानी ज़बान में सुनी थीं लेकिन उसी बेहतरी के साथ वो अवधी में भी कविताएँ कहते थे। अक्टूबर, 2011 में एक भूख हड़ताल के दौरान उनसे कई कविताएँ सुनीं जो पहले कभी नहीं सुनी थीं। मुझे अभी भी वो उनकी एक कविता की पंक्ति याद है जिसने मुझे विद्रोही का दीवाना बना दिया था-

“आऊ नचावै ख़ातिर वानर हनुमान माँगऽऽता”

तब मैं विद्रोही के लिए कॉमरेड बन चुका था। और अब मुझे वो पहचानने लगे थे, मुझे मेरे नाम से जानने लगे थे। अक्सर उनसे रात में गंगा ढाबा पर मुलाक़ात हो जाती थी लेकिन कोई बात नहीं होती थी वहाँ। विरोध-प्रदर्शन में तो वो कविता पाठ करते ही थे, परंतु गंगा ढाबा पर एक पत्थर पर बैठकर वो सरकार और सत्ता वर्ग की आलोचना भी बहुत करते थे।

उनसे मुलाक़ात फिर लगातार होती रही। वो चलते-फिरते ही कहीं-न-कहीं हर रोज़ मिल जाते थे। कोई भी लोकतांत्रिक प्रदर्शन उनके लिये उत्सव होता था। मुझे याद है जब हम जनवरी, 2012 में जेएनयू

छात्र-संघ के चुनाव को लेकर भूख हड़ताल पर बैठे थे, तो वो काफ़ी समय हमारे साथ बिताते थे और जेएनयू और देश के राजनीतिक इतिहास पर बहुत सारी बातें करते थे। जब हमारी माँगें स्वीकार कर ली गयीं तो वो हमारे विक्टरी जुलूस में भी शामिल थे। जब चुनाव का परिणाम आया तो उनके चेहरे पर ख़ुशी देखी जा सकती थी। वो इस बात पे निश्चिंत थे कि उन्हें जेएनयू से अब कोई नहीं निकाल सकता था। क्योंकि आये दिन प्रशासन उन्हें बहुत तंग करता था। उसके बाद विद्रोही के साथ मेरी घनिष्ठता बढ़ती चली गई। इस बात का प्रमाण यह है कि एक शाम वो मुझसे टकरा गये और कहा, "सुनऽऽ सरफराज तनी बीस रुपया देय।" पहली बार विद्रोही जी ने मुझसे पैसे माँगे थे। ऐसा नहीं था कि उन्हें वित्तीय मदद देने वाले लोगों की कमी थी, लेकिन वो सबसे पैसे नहीं स्वीकार करते थे। वो उन्हीं से माँगते थे, जिनको वो अपना क़रीबी मानते थे। और इसको वो हक़ से ज़ाहिर करते थे। लेकिन ये अजीब बात है कि उन्होने बीस रुपया से अधिक कभी नहीं लिये मुझसे। कहने का मतलब यह है कि वो अपनी ज़रूरतों को बहुत सीमित रखते थे। एक ऐसा व्यक्ति जो चाहता तो बहुत रुपए जमा कर सकता था अपनी प्रतिभा से। परंतु वो अपनी कविताओं को बेचना नहीं चाहते थे। वो उसे समाज को देना चाहते थे। उन्हें कई विश्वविद्यालयों में बुलाया जाता था और उन्हें कई अवार्ड्स भी मिले, लेकिन मुझे लगता है कि उन्हें उन सम्मानों की बहुत चिंता नहीं होती थी। हाँ उन्हें इस बात से ज़रूर ख़ुशी होती थी कि उनकी कविताओं का दायरा बढ़ रहा है। उन्हीं दिनों किसी ने उनका फेसबुक पेज बना दिया था। उन्हें बहुत दिलचस्पी थी कि उनकी बातें और कविताएँ कितने लोगों तक पहुँचीं। वो दृश्य बहुत रोचक होता था। कभी-कभी वो सुबह ही मेरे कमरे में आ जाते थे और बोलते थे, "सरफराज देखऽऽऽ त केतना आदमी तक पहुँचल बात?" जिस तरह वो सभी लोगों से पैसे नहीं स्वीकार करते थे उसी तरह वो सबके कमरे में भी नहीं जाते थे। मेरे हॉस्टल में मेरे कमरे जैसा ही एक और कमरा था जहाँ वो आराम

करते थे, जब भी उनकी तबियत ख़राब होती थी। कॉमरेड बृजेश का कमरा। छात्र-संघ कार्यालय के अलावा ये दो कमरे भी उनके लिए “एक्सैसिबल” थे। कभी-कभी हॉस्टल गेट पर सिक्योरिटी गार्ड उन्हें रोक देता था, लेकिन बात करने के बाद उन्हें हॉस्टल में प्रवेश मिल जाता था। यूँ तो विद्रोही को पूरा कैंपस जानता था, लेकिन काफ़ी ऐसे लोग भी थे जो विद्रोही को पसंद नहीं करते थे। पसंद करते भी कैसे? इतने मुखर जो थे हमारे कवि। ज़रूरत पड़ने पर वो वामपंथी पार्टियों को भी नहीं बख़्शते थे। एक दिन की बात है वो सुबह-सुबह ठंड में मेरे कमरे पर आये। उनका जूता टूट गया था, बोले “20 रुपिया देय”। लेकिन उनके जूते की हालत देख कर लग रहा था कि वो मरम्मत के लायक नहीं है। मेरे पास एक जोड़ी जूते नये पड़े हुए थे, मुश्किल से मैंने एक-दो बार ही पहने होंगे। वैसे भी मैं जेएनयू को लेकर स्टीरियोटाइप ‘झोला-चप्पल’ को चरितार्थ करता था। उन्होंने नये जूते लेने से साफ़ इंकार कर दिया। किसी तरह एक पुराने जूते का जोड़ा, धूल में लिपटा हुआ मिला और उन्हें दिया। ऐसे थे हमारे कॉमरेड विद्रोही। बिल्कुल सीमित निजी समस्याएँ और अल्प ज़रूरतें।

उसी साल विद्रोही पर किसी ने हमला कर दिया था और वो जख्मी हो गए थे। कॉमरेड अभिषेक और बृजेश ने उनका इलाज कराया और जब तक वो ठीक नहीं हो गए बृजेश के ही कमरे पर रहे। उसके बाद उनका आना-जाना मेरे कमरे पर भी रहा और जब तक मैं जेएनयू में था, वो हमेशा मेरे कमरे पर आते रहे। दिन में उनका ‘अड्डा’ था लाइब्रेरी कैंटीन के पास एक जगह। वो वहाँ भी काफ़ी वक़्त बिताते थे। वो सुबह उठने वालों में थे। जब तक वो भौतिक रूप में मौजूद थे उनकी सुबह की चाय चौबीस/सात (24/7) ढाबे पर होती थी। तब 24/7 ढाबा चौबीसों घन्टे खुला रहता था। कभी-कभी वे छुट्टियों के दिन या शनिवार और रविवार को दोपहर में गंगा ढाबा के पीछे अपना ‘पदार्थ’ ले लेते थे। उनके सिर्फ़ छात्रों और शिक्षकों से ही नहीं बल्कि ढाबे वालों से भी अच्छे संबंध थे। कई ढाबे वाले उनसे पैसे लेने से मना भी कर देते थे।

वो वक़्त के बहुत पाबंद इन्सान थे। किसी भी प्रोटेस्ट में वो वक़्त से पहले ही पहुँच जाते थे। कैंपस के बाहर जितने भी प्रदर्शन होते थे, वो सभी में मौजूद होते थे। जितने वो जेएनयू में प्रसिद्ध थे, उतने ही दूसरे विश्वविद्यालयों के छात्र भी उन्हें जानते थे। उनकी बोलने की बारी जब भी आती थी सभी लोग इकट्ठे होकर सुनते थे, उनकी कविताओं को। जन्तर-मन्तर पर एक प्रोटेस्ट में अपनी कविता की कुछ पंक्तियाँ वो भूल गए और कुछ सैकेण्ड तक उन्हें याद करने का प्रयास करते रहे। तभी उनकी दो लोगों पर नज़र पड़ी जो हँस रहे थे। पता नहीं वो किस बात पर हँस रहे थे, लेकिन वापस आने के दौरान वो जान-बूझकर उन्हीं के बगल में बैठ गए और एकटक उनको देखते रहे। जब उन दो लोगों की विद्रोही पर नज़र पड़ी तो विद्रोही ने कहा, "तू हमके चीन्हत हय या नयी, लेकिन हम तोहके खुबे चीन्हत हय।" पहली बार उन्हें किसी पर इतना उखड़ते देखा था। एक बार जेएनयू में भी ऐड ब्लॉक पर उन्हें गुस्से में देखा था। सर्दी का दिन था और आग जल रही थी। उधर जो लोग भूख हड़ताल पर थे अपने अपने कंबल के भीतर थे। आग को घेरे कुछ लोग बैठे थे और विद्रोही आ गए। कुछ क्रांतिकारी गीत गा रहे थे और गिटार भी बज रहा था। जब उनका गाना समाप्त हो गया तो मैंने विद्रोही से आग्रह किया कि वो कुछ अवधी में सुनाएँ। उन्होंने कविता सुनानी शुरू कर दी। उनकी अवधी वाली कविता थोड़ी लंबी होती थी और बहुतों को कुछ समझ में भी नहीं आता था। वो कविता पूरी भी नहीं सुना पाये थे कि कुछ लोगों ने गाना शुरू कर दिया फिर से। उनकी आवाज़ जैसे-जैसे बढ़ती जा रही थी विद्रोही का भी स्वर तेज़ होता जा रहा था। जब उनका गाना बंद नहीं हुआ तो विद्रोही ने बहुत ही गुस्से में उन्हें अपने ही अन्दाज में 'ज़लील' किया। खैर विद्रोही कोई मनोरंजन के लिए कविता तो सुनाते नहीं थे, वो अपनी कविता को महसूस करते थे। तो उनका भड़कना भी बिल्कुल जायज़ ही था।

इसी तरह मेरे चार साल कैसे पूरे हो गए जेएनयू में, पता ही नहीं चला। किसी दिन उनसे मुलाक़ात नहीं होती थी तो वो दूसरे दिन कमरे में पहुँच जाते थे और हाल-चाल ले लेते थे। उनका एक और काम हो जाता था मिलकर। अपनी पॉकिट डायरी निकालते और उसमें से कुछ नम्बर निकालकर फ़ोन लगवाते। वो कभी भी मोबाइल फोन नहीं रखते थे अपने पास। अंत में वो कॉमरेड बृजेश को कॉल लगवाते और चल देते थे। उनकी बृजेश से काफ़ी बनती थी। बाद में पता चला कि दोनों एक ही इलाक़े के थे।

दिल्ली में चार साल बिताने के बाद भी मैंने दिल्ली को नहीं 'देखा' था। 2014 के अंत में सोचा कि दिल्ली का भ्रमण किया जाए। परंतु मुझे दिल्ली के इतिहास के बारे में कुछ ख़ास मालूम नहीं था। कुछ दोस्तों के साथ महरौली जाने की योजना बनायी। थोड़ी-बहुत जानकारी के साथ करीब बीस-बाइस लोगों को बुला लिया इस 'हेरिटेज वॉक' पर। दूसरे दिन जब विद्रोही मिले तो उनको मैंने बताया इस नये जुनून के बारे में। उन्होंने भी इस काम में दिलचस्पी दिखाई। अब क्या था अगली वॉक पर दूसरे ही सप्ताह निकल गया हौज़ ख़ास की सैर पर। तब पता चला कि विद्रोही को इतिहास का गज़ब का बोध था। जब वो दिल्ली सल्तनत के बारे में बोलने लगे तो हमें कई महत्त्वपूर्ण जानकारियाँ दीं और कई मज़ेदार क़िस्से भी सुनाये। जैसे वो अपनी कविता सुनाने में नहीं रुकते थे, इतिहास के बारे में भी वो 'अनस्टॉपेबल' थे। ऐसा लग रहा था कि पृथ्वीराज चौहान से लेकर बहादुर शाह जफ़र तक एक ही साँस में बोल लेंगे। खैर कैंपस के बाहर ये दिल्ली का सफ़र बहुत ही यादगार रहा। लेकिन इस बात का 'गिल्ट' मुझे हमेशा रहेगा कि जब क़ुतुबमीनार हम गये तो उनके बिना गये। मेरी दिलचस्पी अब मध्यकालीन इतिहास की तरफ़ होने लगी थी। विद्रोही ने एक कविता दिल्ली पर भी लिखी है। उसमें उन्होंने सुल्तान रज़िया और बलबन से लेकर कई सुल्तानों के बारे में ज़िक्र किया है। बलबन उनका पसंदीदा

सुल्तान था और वे उसकी तारीफ़ के पुल बाँध देते थे। उनको बड़ा मज़ा आने लगा था हमारी इस नयी पहल में। जैसा कि मैंने कहा कि इतिहास में मेरी रुचि बढ़ने लगी थी तो आगे की पढ़ाई के लिए मैं जामिया मिल्लिया इस्लामिया चला गया एमए करने। मेरा जेएनयू जाना कम ही होता था तब। लेकिन कैंपस के बाहर जो भी प्रोटेस्ट होते थे उनमें विद्रोही मिल जाया करते थे। मेरे एक दोस्त से बात करते हुए वो बोले भी कि "सरफराज अब जामिया चले गये, और हेरिटेज वॉक भी बंद कर दी, उनपर दबाव बनाइए और दोबारा शुरू कीजिए।" लेकिन ये मेरे लिये संभव नहीं हो पाया। उसी साल 2015 में यूजीसी के बाहर जबर्दस्त आंदोलन शुरू हुआ जो 'अक्यूपाई यूजीसी' के नाम से जाना गया। ये आंदोलन कई दिनों तक चला। कहीं आंदोलन हो और विद्रोही न हों, ऐसा हो ही नहीं सकता था। उस आंदोलन में विद्रोही को कई लोग जानने लगे, यहाँ तक कि उनकी जान-पहचान स्थानीय लोगों से भी हो गई थी। विद्रोही की कविता उन्हें भी बहुत प्रासंगिक और सुरुचिपूर्ण लगती थी। विद्रोही जी से फिर रोज़ की मुलाक़ात का सिलसिला शुरू हुआ और ढेर सारी बातें भी हुईं। कुछ दिनों के लिए मुझे याद है उनका आना बंद हो गया। कुछ साथियों से पता चला कि उनकी तबियत ठीक नहीं थी। 8 दिसंबर को अपनी माँगों के साथ देश भर से छात्रों नौजवानों का यूजीसी से मानव संसाधन विकास मंत्रालय तक मार्च का ऐलान किया गया था। कोई इतना बड़ा छात्रों-नौजवानों का 'उत्सव' हो और विद्रोही न आएँ ऐसा नामुमकिन-सा था। तबियत ख़राब होने के बावजूद वो इस मार्च में शामिल होने के लिए आये। उस दिन वो देखने में थोड़े कमज़ोर लग रहे थे और कुछ बोल भी नहीं रहे थे। उन्होंने किसी से पानी माँगा और लेटने की इच्छा ज़ाहिर की। किसी को नहीं पता था कि वो भौतिक रूप से लेटे ही रह जाएँगे। उन्हें हॉस्पिटल ले जाया गया लेकिन सिर्फ़ पोस्टमॉर्टम के लिए। उनकी मौत के बाद ग़म का सन्नाटा हर जगह पसर गया। छात्र-शिक्षक और देश भर के नौजवान श्रद्धांजलि भेंट

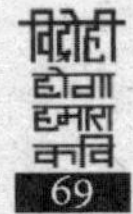

करने लगे। लेकिन बात गौर करने वाली ये है कि उनकी मौत भी हुई तो अन्दोलन में। मरते-मरते भी वो अपने नाम को चरितार्थ कर गये। छात्रों-नौजवानों का उस दिन जबर्दस्त मार्च हुआ और दिल्ली पुलिस की बैरिकेड को तोड़ते हुए और आँसू गैस के गोले और वॉटर कैनन का मुक़ाबला करते हुए हमारा मार्च मंत्रालय के समीप पहुँच गया लेकिन उसके बाद हमें तितर-बितर कर दिया गया। उनके पार्थिव शरीर को फिर जेएनयू लाया गया और वहाँ छात्र-संघ कार्यालय में अंतिम दर्शन के लिए रखा गया। तत्कालीन छात्र संघ के अध्यक्ष कन्हैया कुमार ने ऐलान किया कि अब से छात्र-संघ भवन का नाम 'विद्रोही भवन' रखा जाए। उनके अन्तिम दर्शन के लिए लोगों का हुजूम उमड़ पड़ा था। छात्रों-शिक्षकों और उनके चाहने वालों का ये हुजूम निगम बोध घाट तक गया, जहाँ उनकी अंत्येष्टि हुई। उनकी याद में कई जगह कार्यक्रम आयोजित किये गये। ऐसा ही एक कार्यक्रम जेएनयू में भी जनसंस्कृति मंच द्वारा आयोजित किया गया, जिसमें उनकी बेटी ने भी अपने पिता के बारे में वो सारी बातें बतायीं जो जेएनयू में रहते हमें पता नहीं चल सकी थीं।

बहुतों के लिए भले ही वो सिर्फ़ एक कवि थे, मेरे लिये तो वो मेरे अपने कॉमरेड थे। मेरे अभिभावक थे, मेरे गुरु थे, मेरे इतिहासकार थे। मेरे बहुत अपने। बस इस बात का बहुत मलाल है कि विद्रोही को वह सब नहीं मिल सका जिसके वे अत्यंत योग्य थे। उनकी स्मृति मेरे जीवन की धरोहर है। उनके साथ बिताया गया समय मेरे जीवन का यादगार समय रहेगा। वो बिल्कुल ठीक कहा करते थे:

ओढ़ कर अपना कफ़न हम लेट जाएँगे जनाब
इतना तो तस्कीन है हम याद आएँगे जनाब।

मेरा हमदम मेरा यार विद्रोही

असरार ख़ान

जो लोग विद्रोही को केवल एक कवि के रूप में जानते हैं मैं उन्हें विद्रोही की एक दूसरी झलक दिखाना चाहता हूँ। जब वे एक क्रान्तिकारी छात्र-नेता के रूप में सक्रिय थे। आज से ठीक बत्तीस साल पहले की बात है। 23 जनवरी को नेता जी सुभाष चन्द्र बोस का जन्मदिन था। वर्ष था 1979। मैं कमला नेहरू इंस्टीट्यूट (केएनआई), सुल्तानपुर में बीए का छात्र था और विद्रोही एलएलबी के छात्र थे। उसी रोज़ सुबह-सुबह कॉलेज में छात्र आन्दोलन भड़क उठा। मैंने नेतृत्त्व अपने हाथ में संभाला। एलएलबी के छात्रों ने एकजुट होकर मेरा साथ दिया। कॉलेज में बलवा हो गया और छात्र वेलफेयर के इंचार्ज वरिष्ठ प्राध्यापक श्री शुक्ल की छात्रों ने पिटाई कर दी। बारह बजे कचहरी के सामने सुल्तानपुर नगर पालिका में हमारी पार्टी सीपीआईएम की तरफ़ से महँगाई और बेरोज़गारी तथा सबको समान शिक्षा का अवसर दिए जाने को लेकर एक धरना था। मैं एसएफ़आई का जिला संयोजक और पार्टी की सिटी ब्रांच का सचिव था। लिहाज़ा मुझे भाषण भी देना था और उसके थोड़ी देर बाद बनारस के लिए रवाना होना था, विद्रोही को साथ लेकर। उस समय तक विद्रोही पार्टी के उम्मीदवार सदस्य थे और पार्टी के सभी मोर्चों पर काम किया करते थे। विद्रोही बहुत उम्दा भाषण भी करते थे और कविताएँ तो वे बहुत ज़ोशीले अंदाज़ में

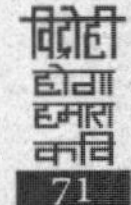

सुनाया करते थे। जिस समय उनकी कविता चल रही होती थी, उतने समय सड़कों पर चलने वाले लोग ठहर कर तब तक सुनते थे, जबतक विद्रोही की कविता ख़त्म न हो जाए।

24 जनवरी को बनारस के बेनियावाले बाग़ में किसान सभा का राष्ट्रीय सम्मेलन था। उस सम्मेलन के लिए विद्रोही और मुझे वॉलंटियर बनाया गया था। सभा वग़ैरह ख़त्म करके जल्दी-जल्दी हम दोनों रेलवे स्टेशन पहुँचे। एसएफ़आई के बहुत सारे सदस्य हम दोनों को स्टेशन पर छोड़ने आये थे। विद्रोही और मैं बहुत ख़ुश थे। पहली बार सुल्तानपुर से बाहर और राष्ट्रीय स्तर की जिम्मेदारी मिली थी। गाड़ी का इंतज़ार कर रहे थे। तभी कुछ लड़के हमारे पास आए और धीरे से मुझसे कहा कि, शायद आप को कॉलेज से निष्काषित कर दिया गया है। हम लोग अभी सीधे कॉलेज से ही आ रहे हैं। वहाँ पर यह चर्चा बहुत ज़ोरों पर है। मैंने कहा कोई बात नहीं, जो होगा देखा जाएगा। अब तो बनारस से लौट कर ही इस बारे में सोचा जाएगा।

तभी ट्रेन आयी और हम दोनों उसमें जाकर बैठ गए। मैंने अपने निकाले जाने की ख़बर विद्रोही को नहीं दी। इसलिए भी कि वह ख़बर झूठी भी हो सकती थी। बहरहाल हम लोग, बनारस में पहुँचकर क्या भूमिका निभानी है, उसको लेकर बहुत उत्सुक थे। सबसे पहले हमें दशाश्वमेध घाट, पार्टी कार्यालय पहुँचकर अपनी पार्टी के लोकसभा सदस्य कॉमरेड सत्यनारायण सिंह से मिलकर अपनी ज़िम्मेदारी लेनी थी। रात हो चुकी थी जब हम लोग बनारस पहुँचे। कॉमरेड सत्यनारायण ने कहा अभी तो जाकर पोस्टर लगाइए। फिर चार बजे भोर में बताऊँगा कि आप लोगों को कल से क्या करना है। मैंने निकलते-निकलते कॉमरेड से कहा कि हम दोनों को केरल के कॉमरेडों के डेलिगेट्स के साथ कर दीजिएगा। कहते हुए पोस्टर लगाने निकल पड़े।

उस सर्द रात में पूरी रात पोस्टर लगाने के बाद जब सुबह होने के क़रीब थी, तब हम पार्टी कार्यालय पहुँचे। तब कहा गया कि हमें केरल वाले कॉमरेडों की सेवा के लिए वालंटियर बनाया गया है। हम लोग उस धर्मशाले के लिए रिक्शे से रवाना हो गए। धर्मशाले तक पहुँचे ही थे कि एक साथी ने बताया, केरल वाली ट्रेन स्टेशन पहुँच चुकी है। बाहर खड़े होकर इंतज़ार करने लगे तब तक डेलिगेट्स आने शुरू हो गए। डेलिगेट्स की सेवा में मैं और विद्रोही समझिए एक पाँव पर खड़े रहे। रात गुज़र गई। एक मिनट के लिए सोने को नहीं मिला।

सम्मेलन का पहला सत्र जब दो बजे के क़रीब समाप्त हुआ तब मुझे और विद्रोही को भी बेनियावाला बाग़ यानी सम्मेलन स्थल पर खाने के लिए और अगले सत्र को थोड़ी देर तक देखने के लिए बुलवाया गया। जैसे ही मैं वहाँ पहुँचा कॉमरेड प्रताप कुमार टंडन ने मुझे आवाज़ दी। वहीं पर कॉमरेड शंकर दयाल तिवारी भी खड़े थे। मैंने लाल सलाम किया और बातें करने लगा। तभी वहाँ पर मेरे बड़े भाई कॉमरेड स्टालिन एडवोकेट मेरे पास पहुँचकर धीरे से बोले, केएनआई से तुम्हारे लिए ये टेलीग्राम आया है। मैंने टेलीग्राम को खोलकर पढ़ा तो तो वह मेरा एक्स्पल्ज़न लेटर था। बहरहाल मेरे ऊपर कोई असर नहीं पड़ा। मैं कॉमरेड विद्रोही को ढूँढने लगा। वह खाना खा रहे थे। मैंने भी खाना खाया और एक घंटे तक सम्मेलन को देखा। मेरे गाँव के जो लोग वहाँ आये थे उन्हें भी खाना खिलाया। और फिर हम और विद्रोही वापस अपनी ड्यूटी पर धर्मशाला चले गए।

धर्मशाला तो बिलकुल खाली थी। सब सम्मेलन में थे। हम लोगों ने सोचा थोड़ा सो लेते हैं, लेकिन मुझसे रहा नहीं गया। मैंने विद्रोही जी को वह टेलीग्राम दिखा दिया। विद्रोही ने कहा हम लोग क्रान्तिकारी हैं। हमें डिग्री की परवाह नहीं। हमें तो पूरी सत्ता चाहिए। कहने लगे कॉमरेड घबराने की कोई बात नहीं है। एक क्रान्तिकारी व्यक्ति

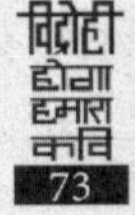

के जीवन में यह बहुत छोटी घटना है। सुल्तानपुर वापस लौटकर मैनेज़मेंट का दिमाग़ ठीक कर दिया जाएगा।

बहुत लम्बी कहानी है। जब मेरे रीएडमिशन के लिए आन्दोलन बहुत तेज़ हो गया तो केएनआई के संस्थापक जो मेरे पिता जी के बहुत अच्छे दोस्त थे, उन्होंने मेरे अब्बा से कहा और फिर मुझे भी बुलाकर कहा कि अगर तुम यहाँ रहे तो कॉलेज नहीं चल सकता। मेरे अब्बा ने कहा, आप लोग आन्दोलन ख़त्म कर दीजिए। तब तक मार्च का महीना आ गया। अप्रैल का महीना शुरू होते ही मैंने जेएनयू जाने का निर्णय कर लिया।

जिस दिन मैं जेएनयू के लिए सुल्तानपुर से निकल रहा था। रस्ते में विद्रोही का एक छोटा-सा कमरा था। मैंने सोचा विद्रोही से मुलाकात करता चलूँ। अब पता नहीं कब वापस आऊँगा। विद्रोही जी ने कहा, असरार मैं भी आप के साथ जेएनयू चलूँगा। मैं विद्रोही जी को मना नहीं कर पाया। और मेरे पास बहुत ज़्यादा पैसे भी नहीं थे। उन दिनों दिल्ली का किराया अट्ठाइस रुपए पचास पैसे (साढ़े अट्ठाईस रुपया) रूपया लगता था। मैंने कहा, विद्रोही मेरे पास जितना पैसा है, वह तो टिकट में ही ख़त्म हो जाएगा। फिर जेएनयू में क्या खाएँगे? कोई रास्ता सुझाइए क्या किया जाय?

विद्रोही ने कहा, “चलिए बिना टिकट चलते हैं। जो होगा देखा जायेगा।” और हम लोग गंगा-यमुना एक्सप्रेस पर बिना टिकट चढ़ लिये। आख़िर गाज़ियाबाद में मजिस्ट्रेट चेकिंग हुई और हम दोनों पकड़े गये। मैंने टीटी को बहुत समझाया। कहा कि हम लोग मजबूरी में बिना टिकट चल दिये। हमें माफ़ कर दीजिए तो उसने कहा, हम तो माफ़ कर देते, लेकिन ये मजिस्ट्रेट चेकिंग है। अंततः उसी टीटी ने हमें बचाया। इस तरह हम दोनों जेएनयू पहुँचे और घनश्याम मिश्र के कमरे में काफ़ी दिनों तक रहे। फिर मेरा दाख़िला हो गया। लेकिन विद्रोही जी का दाख़िला उस साल नहीं हो पाया।

जेएनयू कैंपस में ही नहीं, इंटरनेट से लेकर देश-विदेश में भी अब विद्रोही की चर्चा बड़ी ज़ोरों पर है। जिस तरह विद्रोही आजकल चर्चा में हैं ऐसा लगता है कि इसी तरह कभी यूनान में सुकरात की चर्चा रही होगी। 1983 में जो लोग जेएनयू में थे उन्हें कुछ बताने की ज़रूरत नहीं है, लेकिन उसके बाद के लोग विद्रोही के बारे में बहुत कम जानते हैं। बहुत लोग सोचते थे कि विद्रोही हैं कौन? जो न जेएनयू के स्टूडेंट हैं और न ही डॉ. नामवर सिंह की तरह कोई मशहूर आलोचक। फिर इतनी चर्चा में ये व्यक्ति आख़िर क्यों रहता है? दरअसल विद्रोही जी एक ऐसे क्रांतिकारी हैं जो किसी क्रांतिकारी पार्टी में नहीं रह गये थे। इसलिए उन्हें एक स्वतंत्र क्रांतिकारी कहा जाता तो गलत नहीं होता। लेकिन इसके साथ ही मैं ये कहना चाहता हूँ कि हमारे देश में यदि क्रांतिकारी आंदोलन सही दिशा में आगे बढ़ा होता तो विद्रोही जैसा योग्य और प्रतिभावान व्यक्ति स्वतंत्र क्रांतिकारी हरगिज़ नहीं होता। मेरी यह बात कुछ लोगों को कड़वी लग सकती है, लेकिन ऐसे लोगों से मैं यह नहीं कहना चाहता कि मुझे माफ़ कीजिएगा। आज तो परिणाम सबके सामने है। जो लोग विद्रोही को छोड़कर बहुत आगे निकल जाने की फ़िराक़ में थे वो आज कहाँ हैं? कहीं नहीं हैं। बाल-बच्चों को ही पाल-पोस रहे हैं। कैंपस से बाहर निकलते ही लाल झंडे को ज़ेब में रख लेने वालों के पास इसका कोई जवाब नहीं है। सच पूछा जाय तो ये कम्युनिस्ट आंदोलन की ख़ामी रही। क्योंकि कम्युनिस्ट पार्टी भी उसी को आगे बढ़ाना चाहती थी जो दिल बहलाने के लिए या खानापूर्ति करने के लिए राजनीति भी कर ले और अपने निजी भविष्य के लिए विभिन्न क्षेत्रों के मठाधीशों के हाथ-पाँव दबाने की कला में माहिर भी हो। मेरी नज़र में विद्रोही उन तमाम लोगों से बहुत ज़्यादा क़ीमती व्यक्ति हैं जो न तो कॉमरेड लेनिन और स्टालिन बन पाये और न ही गोर्की और प्रेमचंद। टाटा-बिरला तो ख़ैर उन्हें बनना ही नहीं था।

यह बहुत दु:ख की बात थी कि बार–बार जेएनयू प्रशासन द्वारा विद्रोही को कैंपस से बाहर निकाला जा रहा था। विद्रोही कैंपस को क्या नुकसान पहुँचा सकते थे? सबकुछ तो उनका जेएनयू ने बहुत पहले ही छीन लिया था, जब 1983 में उन्हें मैरिड हॉस्टल के रूम नंबर बीस से बाहर कर दिया गया था। और 26 अप्रैल 1983 को जब वे आमरण अनशन पर बैठे तो तत्कालीन वीसी प्रो. पी. एन. श्रीवास्तव ने उन्हें 8 मई की रात जेल भिजवा दिया। एम्स तक उनके साथ ठीक आधी रात में पुलिस मुझे भी गिरफ़्तार करके ले गयी थी। लेकिन बाद में सुबह चार बजे वसंत विहार पुलिस स्टेशन से मुझे छोड़ दिया गया। मुझे वसंत विहार के एसएचओ ने बताया था, बल्कि कागज़ का वह टुकड़ा भी दिखाया था जिस पर कुलपति ने हम दोनों को टेररिस्ट लिख कर दिया था। लेकिन उस समय के जेएनयू छात्र संघ ने विद्रोही के लिए कुछ नहीं किया। एसएफ़आई तो सबसे ज़्यादा हमारे विरोध में थी। मैं हालाँकि इसके लिए किसी को दोष नहीं देना चाहता बल्कि गलती हमारी और विद्रोही की ही थी जो हम दोनों जेएनयू के मैदान को छोड़कर राजनीति के मैदान में नहीं कूदे। कवि हृदय होने के नाते विद्रोही कटते गये और एक महान जननेता बनने का अवसर खो दिया।

विद्रोही को मैं 1979 में ही सुल्तानपुर से अपने साथ ले कर आया था। तब विद्रोही कमला नेहरू इंस्टीट्यूट सुल्तानपुर से एलएलबी कर रहे थे और द्वितीय वर्ष के छात्र थे। साहित्य के तीन विषय अंग्रेज़ी, हिन्दी, संस्कृत में स्नातक इस प्रतिभावान छात्र को जेएनयू में एमए पूरा नहीं करने दिया गया। कहने के लिए जेएनयू में बहुत बड़े-बड़े जनवादी, लेफ़्टिस्ट और सोशल डेमोक्रेट्स उन दिनों हुआ करते थे, लेकिन किसी ने रत्ती भर सहयोग नहीं किया। कुछ सच्चाइयाँ ऐसी हैं जिन्हें लिखना भी शायद उचित न हो लेकिन इतना समझ लिया जाय कि उनके रूम पर लगाए गये अथारिटीज़ के ताले तोड़ने का

आरोप जब मेरे ऊपर लगा और शो-काज़ नोटिस ज़ारी किया गया तो जेएनयूएसयू ने एक फ़र्ज़ी मामला खड़ा करके जलीस अहमद के कमरे का ताला तोड़ दिया। अंततः 11 मई 1983 को सभी लोग जेल चले गये और यूनिवर्सिटी अगले अकादमिक वर्ष के लिए बंद कर दी गयी। ये उस समय के जेएनयूएसयू का असली चेहरा था।

विद्रोही के वहाँ रहने पर जेएनयू की अथारिटीज़ को आपत्ति क्यों थी? वो जेएनयू को क्या नुकसान पहुँचाते थे? जेएनयू कोई भारत सरकार का खुफिया कार्यालय तो था नहीं। पढ़ने-पढ़ाने वाले और पढ़े-लिखे लोगों की जगह थी। एक विश्वविद्यालय। वहाँ केवल छात्र ही तो नहीं रहते थे। रेजीडेंसियल यूनिट भी थी। बूढ़े-बच्चे, कर्मचारी सभी रहते थे। हम किसी क़ानूनी अधिकार की बात नहीं कर रहे हैं। एक व्यक्ति जिसका सबकुछ वहीं पर खो गया था और उसे कुछ हासिल करने की तमन्ना भी नहीं थी, जिससे देश की नाक कट जाये। केवल जेएनयू के माहौल में रहकर जीने की ख़ुशी थी। तो क्या जेएनयू के प्रशासन और वहाँ के स्टूडेंट्स नैतिकता के आधार पर विद्रोही को वहाँ रहने नहीं दे सकते थे?

11 मई 1983 का जेएनयू का आंदोलन कैसा था यह आज के लोगों का जानना ज़रूरी है। जिससे कभी इस घटना की चर्चा हो तो ये पता चल सके कि उस समय क्या हुआ था। 11 मई 1983 की शाम को जब मैं अपने पेरियार हॉस्टल से निकल कर गंगा की तरफ़ जा रहा था तब रास्ते में मैंने देखा कि कुछ पुलिस वाले लड़कियों के साथ छेड़खानी कर रहे थे। जहाँ वे छेड़खानी कर रहे थे, ठीक उसी जगह के पीछे कुलपति का बंगला था। उनका घेराव चल रहा था जिसके अड़तालीस घंटे बीत चुके थे। लड़कियाँ पुलिस वालों की छेड़खानी का प्रतिरोध कर रही थीं। मैं जब वहाँ पहुँचा तो मैंने भी पुलिस वालों के इस व्यवहार का विरोध किया। पुलिस वाले मेरी तरफ़ लाठी ले कर दौड़े। इस कारण

मैंने एक पत्थर उठा कर उनकी ओर फेंक दिया। इससे छात्र बनाम पुलिस का ज़ोरदार संघर्ष शुरू हो गया। मैं घायल हो कर बेहोश हो गया था। गोली नहीं चली थी। ईंट-पत्थर से ही लड़ाई हुई थी। फिर झेलम हॉस्टल के पीछे से पुलिस ने फ़ायरिंग की। झेलम के पीछे जंगल जैसा था। पुलिस ने चेतावनी देने के साथ गिरफ़्तारी की घोषणा की। हमारी गिरफ़्तारी हुई थी और हम तिहाड़ जेल भेजे गए।

ये लड़ाई आम छात्रों के हितों को लेकर नहीं हुई थी। अप्रैल, मार्च और मई 1983 के दौरान जेएनयू की पुरानी प्रवेश नीति को बदलने का फ़रमान आ गया था। जिसके चलते छात्र संघ के साथ जनरल बॉडी मीटिंग बुलाई गई थी। मुझे याद है उसमें कॉमरेड सीताराम येचुरी भी आए थे। हालाँकि तब वे वहाँ के छात्र नहीं थे। शायद पीएचडी कर रहे थे लेकिन जेएनयू में रहते नहीं थे। उस बैठक में ये तय हुआ कि नयी प्रवेश नीति का विरोध किया जाएगा। अप्रैल आते-आते यह भी तय हुआ कि यदि नयी प्रवेश नीति का विरोध नहीं हुआ तो यह लागू कर दी जाएगी। नयी प्रवेश नीति से कमज़ोर तबकों से आने वाले अभ्यर्थियों को बड़ा नुकसान होने वाला था क्योंकि इसके अंतर्गत ऐसे अभ्यर्थियों को मिलने वाले डिप्राइवेशन प्वाइंट हटा दिये जाने थे। इससे ग्रामीण और पिछड़े समाज से आने वाले छात्रों को जेएनयू में प्रवेश मिलना बहुत मुश्किल हो जाता। प्रोफ़ेसर बिपिन चंद्रा की अगुवाई में इंदिरा गाँधी ने एक समिति बनायी थी। उसका नाम बिपिन चंद्रा कमेटी था। उसने प्रवेश नीति पर यह राय दी थी कि डिप्राइवेशन प्वाइंट्स समाप्त कर दिये जाएँ। इसके वाजिब विरोध में ही एक बड़े आंदोलन की बुनियाद पड़ रही थी, लेकिन उस समय का जेएनयू छात्र-संघ आंदोलन को विलंबित करता गया। जैसे-जैसे समय व्यतीत होता गया हमारा अविश्वास भी बढ़ता गया। फिर अप्रैल में एक दिन तय किया गया कि पहली मई से मास हंगर स्ट्राइक की जाएगी।

विद्रोही उस समय एमए हिन्दी द्वितीय वर्ष के छात्र थे। उनको यूनिवर्सिटी से निकाल दिया गया था। और स्कॉलरशिप भी बंद कर दी गयी थी। उन्होंने छात्र संघ से लेकर कुलपति तक बहुत अपील की थी कि उन्हें बहाल कर दिया जाय। परंतु कहीं कोई सुनवाई नहीं हुई। हमने प्रशासन से उन्हें एक मौक़ा देने का निवेदन किया। भारतीय भाषा केंद्र की अध्यक्ष मैडम चंद्रा से विद्रोही का कुछ विवाद हो गया था। मैडम चंद्रा ने उन्हें छात्र की तरह नहीं बल्कि प्रतिद्वंद्वी समझकर ट्रीट किया। इसलिए उन्हे निष्कासित कर दिया गया। उधर प्रवेश नीति वाले मामले में सीधे इंदिरा गाँधी इन्वॉल्व थीं। बिपिन चंद्रा को उन्होंने अपना मोहरा बना रक्खा था। प्रो. चंद्रा ने ने इस मामले में अपनी पूरी पहचान खो दी। वे लोग अभिजात वर्ग का साथ दे रहे थे और जेएनयू की इलीट परंपरा बरक़रार रखना चाहते थे। इस प्रकार प्रो. बिपिन चंद्रा इन्दिरा गाँधी की राजनीति का शिकार हो रहे धे। इन्दिरा गाँधी की क्या पीड़ा थी? जब वे दोबारा प्रधानमंत्री बनीं तो जेएनयू की चांसलर भी थीं। और जब वे यूनिवर्सिटी आयीं तो उनका जमकर विरोध किया गया। उन्हें "आपात्काल की हत्यारिन" कहकर "वापस जाओ" का नारा लगाया गया। वे जिस विश्वविद्यालय की चांसलर थीं उसी में उन्हें घुसने तक नहीं दिया गया। उनका मानना था कि वे बड़ी लीडर हैं और जनता पार्टी को हरा कर पुनः सत्ता में आयी हैं। जेएनयू के छात्रों द्वारा उन्हें कोई अहमियत न दिये जाने से वे खिसियाई हुई थीं। इसलिए जेएनयू की दशा बदलने के लिए उन्होंने बिपिन चंद्रा का इस्तेमाल किया था।

इस बीच मैंने और विद्रोही ने फ़ैसला लिया कि 26 अप्रैल से ही वे आमरण अनशन पर बैठ जाएँ। कुलपति के कार्यालय के नीचे। और वे आमरण अनशन पर बैठ गए। कुलपति ने कुछ भाड़े के लोगों को ठीक हमारे सामने अनशन पर बिठा दिया। वे दस से पाँच बजे वाले

थे और एक्स्पोज़ हो गए। छात्र-संघ एक बड़ी साज़िश का शिकार हो रहा था। जेएनएसयू के अध्यक्ष उस समय नलिनरंजन मोहंती थे। जो मेरे अच्छे मित्र भी थे। अनशन से विद्रोही की हालत ख़राब हो रही थी। डॉक्टर ने जाँच के उपरांत जो रिपोर्ट दी थी उसमें विद्रोही की हालत चिंताजनक बतायी गयी थी। थाने से यह दबाव बढ़ गया था कि हमें गिरफ़्तार कर लिया जाये। हमने कहा कि हमें गिरफ़्तार कर लीजिए, डराइए मत। हम डरने वाले लोग नहीं हैं। 4 मई, 1983 को विद्रोही के मैरिड हॉस्टल का कमरा डबल लॉक कर दिया गया। उसी रात गोदावरी हॉस्टल में जेएनयू के सभी संगठनों की मीटिंग बुलाई गयी। उसमें मैं और चमनलाल वक्ता थे। आज के प्रोफ़ेसर चमनलाल और भगत सिंह के सबसे बड़े स्कॉलर, उस समय छात्र थे। हम दोनों आख़िरी वक्ता थे। उसी रात विद्रोही के कमरे का ताला तोड़ दिया गया। ताला कैसे टूटा, यह एक अलग कहानी है। जब मैं डेढ़ बजे रात डाउन कैंपस पहुँचा तब विद्रोही वहाँ सो रहे थे। चीफ़ प्रोक्टर जो कि कोई सरदार जी थे, उन्होंने आ कर मुझसे कहा- "यू हैव ब्रोकेन द लॉक ऑफ़ रूम नंबर ट्वेंटी मैरिड हॉस्टल!" मैंने कहा, "आई हैव नॉट ओपेन ब्रोकेन दैट ऑल।" वे मुझसे बहस करने लगे। मैंने उकता कर कहा, "आप जाइए और जो भी कार्रवाई करनी हो कीजिये। किसका ताला टूट गया, मुझसे कोई मतलब नहीं।" उनका कहना था कि ताला मैंने ही तोड़ा है। दूसरे दिन यानी 5 मई को मुझे चीफ़ प्रोक्टर की ओर से नोटिस मिला कि आपने रमाशंकर यादव के कमरे का ताला तोड़ा है। जहाँ पर आमरण अनशन चल रहा था वहीं पर कार्यालय से ला कर नोटिस मुझे थमाया गया। उसी समय स्टूडेंट यूनियन ने झेलम छात्रावास के एक छात्र जलीस अहमद के कमरे का ताला तोड़ कर लड़ाई को दूसरी तरफ़ मोड़ दिया। लड़ाई प्रवेश नीति के खिलाफ़ न रहकर कुछ और ही हो गयी। फिर आधी रात को

मुझे और विद्रोही को पुलिस ने गिरफ़्तार कर लिया। पुलिस ने मुझे बहुत डराया और धमकाया। मेरे कंधे पर हथियार भी रख दिया। हमें धमकाते हुए पुलिस ने कहा कि वे हमें मारने ले जा रहे हैं। मैंने कहा, मार दो! इससे अच्छी जगह तुम्हें कहाँ मिलेगी? आई वांट टु डाय हेयर!! मुझे और विद्रोही को अलग-अलग गाड़ी में ले जाया गया। एम्स ले जाने के बाद मुझे तीन बजे रात में छोड़ दिया गया। और विद्रोही को जेल भेज दिया गया।

विद्रोही न केवल एक अच्छे कवि थे बल्कि एक जननेता भी थे। वे केएनआई, सुल्तानपुर से बड़ी उम्मीदों और समाज बदलने का सपना अपनी आँखों में भर कर मेरे साथ आए थे। वहाँ के अपने हॉस्टल का दरवाज़ा खुला छोड़ कर...! विद्रोही मेरा प्यारा दोस्त! जिसे बहुत सताया गया, जिसके साथ अंतिम हदों तक अन्याय किया गया, उपेक्षा के अँधेरे कुएँ में डाल दिया गया। जिसके पास सफलता के नाम पर बर्बाद जीवन के सिवाय कुछ नहीं था, आज उसका जीवन कितना महान लगता है। उसकी कविता के अर्थों में उसकी परछाईं चमकती हुई देखी जा सकती हैं। मेरे सच्चे कॉमरेड! तुम्हें क्रांतिकारी सलाम।

हो गया व्यर्थ जीवन!

कृपाशंकर यादव

ग्राम-अहिरी फ़िरोज़पुर, पोस्ट-पौधवन, ज़िला सुल्तानपुर निवासी रामनारायण यादव और कर्मा देवी की हम तीन संतानों में रमाशंकर सबसे बड़े थे। मैं कृपाशंकर सबसे छोटा था। मँझली, हमारी बहन नन्हका देवी हैं। पिता जी तीन बीघे के काश्तकार थे। सामंती समाज और निर्धनता विरासत में मिली थी। जीवन में किसी चमत्कार की आशा नहीं थी। तीन बीघे खेतों में खाने-पीने और जीवित रहने भर का गल्ला होता था। छः साल का था, जब पिता जी गुज़र गये। अम्मा अकेले पड़ गई थीं। रमाशंकर मेरे लिए पितातुल्य हो गये थे। उनसे माता-पिता को बड़ी उम्मीदें थीं कि रमाशंकर पढ़-लिखकर कुछ बनेंगे। उनकी आँखों में बहुत सपने थे। वे सोचते थे कि उनकी सफलता से दुःख दूर हो जाएँगे। अभाव और विपन्नता का कलुष धुल जाएगा। जीवन में उजला पाख ज़रूर आएगा। बेटा अफ़सर बनेगा, या किसी बड़े सरकारी ओहदे पर पहुँचेगा। यही सब सोचकर माता-पिता ने बड़े चाव, त्याग और समपर्ण से उन्हें पढ़ाया-लिखाया था। मुझे भी अपने बड़े भैया से कुछ ऐसी ही उम्मीदें थीं। किन्तु हुआ क्या?

रमाशंकर बाहर पढ़ने चले गये और कभी उस तरह नहीं लौटे जैसा हम सब ने चाहा और सोचा था। वे पढ़ने में बहुत तेज़ और समझदार थे।

जोशीले थे। एक किसान के बेटे थे। बड़े शहरों के लोगों ने उनके साथ ऐसा क्या किया कि घर-परिवार सब निरर्थक हो गया। जीवन में उजला पाख आने की जगह पहले से अधिक घना अँधेरा हो गया। पिता तो चल बसे थे अम्मा को भी बड़ा पश्चाताप हुआ। और मरते दम तक तक रहा। रमाशंकर जैसे पढ़ने गये थे वैसे कभी नहीं लौटे। वे उम्र में मुझसे काफ़ी बड़े थे। उनसे बातचीत भी बहुत कम हो पाती थी। घर भी कम ही आते थे। केएनआई छोड़ कर दिल्ली चले गये थे। दिल्ली में उन्हें किन लोगों ने तबाह और बर्बाद कर दिया? कौन लोग उनके जीवन से खेल गये? आज गाँव के लोग कहते हैं कि लड़कों को दूर पढ़ने-लिखने नहीं भेजना चाहिए। पढ़ने-लिखने से वे पागल-मजनू बन जाते हैं। नशे में डूब जाते हैं।

अब भैया के बारे में लोग पूछने-जानने आते हैं। उसी से पता चलता है कि उन्होंने अपने जीवन को बर्बाद करके भी कुछ तो ऐसा ज़रूर किया है जो समाज के लिए मिसाल है। कहते हैं कि कविता में उन्होंने बहुत नाम कमाया। बस इसके अलावा और कुछ नहीं। घर-बार-परिवार कुछ नहीं रहा। वे जब अपने लिए कुछ नहीं कर पाये तो और किसी के लिए क्या कर पाते? इसीलिए सबने उन्हें छोड़ दिया होगा। यहाँ गाँव में आज तक उनकी कोई किताब तक नहीं आयी। लोग बताते हैं कि कविताओं की उनकी दो-दो किताबें छपी हैं। लेकिन कोई विश्वास नहीं करता। पहले गाँव के जो सामंती लोग उनके पढ़ने-लिखने से परेशान रहा करते थे अब उनकी असफलताओं का उपहास करने लगे थे। और गाँव के लोगों को इससे कुछ फ़र्क भी नहीं पड़ता। यहाँ आपकी सफलता सरकारी ओहदे और संपत्ति से तय होती है। कौव्वा कौव्वे के पास बैठता है और सुग्गा सुग्गे के पास।

भैया से अंतिम बार बातचीत दिल्ली में ही हुई थी। जब मैं अपनी पत्नी और नन्हका दीदी के साथ दिल्ली अम्मा को लेने गया था। भैया जीवन

से बहुत उदासीन और बेबस दिखाई दे रहे थे। उन्होंने ऐसा जीवन क्यों चुना यह बार-बार सोचते हैं हम सब। कभी-कभी उन पर गर्व होता है और कभी-कभी उपजती है भयानक निराशा! उन्हें अपने साथ हुए अन्याय का प्रतिशोध स्वयं अपने जीवन से नहीं लेना चाहिए था। जिन लोगों ने उनके साथ अन्याय किया इतिहास उन्हें भी कभी नहीं माफ़ करेगा। उनके माता-पिता के त्याग का प्रतिफल तोड़ने वाला रहा। मैंने थोड़ी-बहुत जो हिन्दी पढ़ी है उसके अनुसार उनका तो कवि के रूप में भी बहुत बुरा हश्र हुआ। अम्मा उन्हें बहुत चाहती थीं। संयोग से अम्मा और रमाशंकर दोनों का अंत दिल्ली में ही हुआ।

मैं रमाशंकर, जिन्हें सब विद्रोही कहते हैं, की कविता पर गर्व कर सकता हूँ, उसे स्वीकार कर सकता हूँ, परंतु वह जीवन मेरे लिए असहनीय है जो उन्होंने जिया। मैं चाहता हूँ कि और भी विद्रोही पैदा हों, लेकिन मेरे जैसे घरों में नहीं। वे जिस सिस्टम से जीवन भर कम्युनिस्ट बनकर लड़ते रहे, उसी ने उन्हें बर्बाद कर दिया। और अंत में उसी की विजय हुई। काश कविता में ही उस व्यक्ति के साथ न्याय हो जाता! किन्तु वह प्रसाद, महादेवी, निराला जैसा भी तो कुछ न हो सका।

(कृपाशंकर यादव विद्रोही के छोटे भाई हैं)

ग़रीब का बच्चा हूँ कहीं तो लड़ूँगा

अमिता कुमारी

पापा मेरे लिए चाय बना रहे थे; चाय बनाते-बनाते बोल रहे थे- "विक्की हमें प्रेम का संदेश देने के लिए धरती पर भेजा गया है। मलिक मुहम्मद 'जायसी', मंझन और कुतुबन ये सब पीर के कवि थे, जिन्होंने लोगों का दर्द समझा। कबीर जी पद लिख रहे थे, यानी हक़ की बात। कितना मुश्किल होता है हक़ की बात कहना। जब मन्दिर-मस्जिद, गया, ठाकुरद्वारा, चौकिया, भियाँव सब जगह पूजा की गयी तब आराम से चले हम, बुढ़ौती की औलाद हैं हम। जब सब आस-उम्मीद छोड़ चुके थे, तब पैदा हुए आराम से अपनी आदत के अनुसार।"

बीच में ही मैं बोल पड़ी- 'और पापा मैं कैसे आयी?'

विद्रोही जी बोले- "तुमको तो आने दिया यही काफ़ी है। अरे! उदास मत हो, मैं... हम... हम क्या है, अभी हम अपनी बात कर रहे हैं, किसी दिन आपके बारे में भी बताएँगे।"

तीन भाइयों के बीच सबसे छोटे भाई रामनारायण यादव के बुढ़ापे में पाँच दिसम्बर,1957 को उत्तर प्रदेश के सुल्तानपुर जिले के अहिरी फिरोजपुर में विद्रोही जी का जन्म हुआ। माँ का नाम कर्मा देवी, जिनके बारे में कहते थे पापा कि बड़े ही लाड़-प्यार से पालन-पोषण

किया। तीन बापों और माँओं का प्यार मिला, इतना ही नहीं, रमाशंकर की बुआ के बेटे रामदत्त यादव, जो काफ़ी बड़े थे, अपनी बहन के साथ यहीं रहने लगे। रामदत्त यादव से ही रमाशंकर ने चनैनी, आल्हा, बिरहा सीखा था। रामदत्त यादव ने सभी ज़िम्मेदारियाँ संभाल ली थीं। बचपन में ही क़रीब ढाई या तीन साल की उम्र में रमाशंकर का विवाह शान्ति देवी से हो गया था। शान्ति देवी पढ़ती थीं, जिससे रमाशंकर को भी पढ़ने की प्रेरणा मिली। लोग अक्सर बड़े होकर वामपंथी बनते हैं, यहाँ उलटा था। वे बचपन में ही कॉमरेड रामअँजोर के संपर्क में आ गए थे, जो गाँव में ही रहते थे।

वो उनकी बातें सुनते और वो अच्छी लगतीं, उनसे पूछने पर पता चला कि ये सब बातें पढ़ने से पता चली हैं; तो हमने भी पढ़ने का निर्णय किया।

पर्याप्त बड़े होने के बाद उनकी पढ़ाई शुरू हुई थी। लोग कहते थे, शान्ति जी इनके यहाँ नहीं आएँगी; क्योंकि यह पढ़ा-लिखा भी नहीं है और काला भी है। जबकि लड़की बहुत सुन्दर है। जल्दी ही एक-दो साल में रमाशंकर अपनी उम्र के बच्चों के साथ पढ़ने गए, पढ़ने में बहुत अच्छे थे पहली कविता तीसरी कक्षा में लिखी- "पत्थरों को भी मोम कर सकता हूँ।"

पापा ने बताया– "भक्तिन बहुत सख़्त औरत थी, उसके पास कोई बच्चा नहीं जाता था लेकिन मेरे लिए अपनी बिसुकी भैंस लगावै शुरू किहिन।"

भक्तिन ने माई से कहा– "हे भक्तिन! ई रमाशंकर छिन्न-छिन्न करता है। येक गोरस हमरे इहाँ से ले जाया करा। वोसे खाए लेय रमाशंकर।"

बचपन के बारे में बताते थे कि जब माई (दादी) की लड़ाई होती थी तो रमाशंकर का हाथ पकड़कर खींचकर चलते हुए कहती- "हाँ बहिनी

हमार बेटवा कारन (झगड़े की जड़) है।" बड़ा सौभाग्य रहा पूरे गाँव में सिर्फ़ पापा ही थे। पापा के साथ एक लड़का पढ़ता था। पूत के पाँव पालने में ही दिखते हैं। गुरुओं ने बचपन से ही कहना शुरू कर दिया था इसको रोका नहीं जा सकता है। पापा की मदद भी करते थे। उपहार में जूते देते हुए एक गुरुजी ने कहा था, "तुमको महान बनना है; चप्पल पहनने से तुम्हारी अंगुलियाँ फैल जाएँगी, जूता पहना करो।"

पापा ने दसवीं कक्षा उमरी से साइंस साइड (विज्ञान वर्ग) से पास की, आगे भी साइंस (विज्ञान) पढ़ना चाहते थे, लेकिन उमरी में साइंस (विज्ञान) न होने के कारण कला वर्ग से 12वीं किया। बी.ए. किया संत तुलसीदास कॉलेज बरुवारीपुर से।

अपने पिता रामनरायण यादव की चिता जिस दिन फूँकी उसी दिन छोटी बहन को इम्तिहान दिलाया और बहन अच्छे नम्बरों से पास भी हुई। वे बहन का साल ख़राब नहीं करना चाहते थे। पापा अक्सर कहते- "शायद मैंने अपनी बहन को पढ़ाया इसीलिए मुझे भी पढ़ी-लिखी पत्नी मिली।" बाद में बहन की शादी अपने दोस्त, जो पेशे डॉक्टर हैं, रामशबद यादव से की।

बी.ए. के बाद एल.एल.बी. करने के लिए के.एन.आ.ई सुल्तानपुर गए; लेकिन घर के हालात को समझ चुके थे। ग़रीबी थी इसीलिए ट्यूशन भी पढ़ाना शुरू किया। वामपंथी राजनीति में आगे बढ़ते रहे। रमाशंकर के प्रेमपत्र को पढ़कर शान्ति जी एक मित्र के साथ अपने पिता की मर्ज़ी के ख़िलाफ़ ख़ुद ही के.एन.आई. में आ गई थीं। शान्ति जी के पिता जी समझ गए थे लड़का नेता बनेगा, वकील नहीं। असरार जी जब दिल्ली जा रहे थे तब रमाशंकर जी अपने हॉस्टल का दरवाज़ा खुला छोड़कर जे.एन.यू. में पढ़ने के लिए बिना टिकट दिल्ली चले आए।

जे.एन.यू. में एडमिशन हुआ असरार जी की मदद से। असरार जी ने रमाशंकर का अंत तक साथ दिया। जे.एन.यू. आने से पहले ही रमाशंकर के एक बेटी (मैं, अमिता) और एक बेटा हो चुका था। जिसका नाम अभिषेक है।

जे.एन.यू. में राजनीति में सक्रिय हुए। जल्दी ही शांति जी भी रमाशंकर जी का साथ देने के लिए जे.एन.यू. आ गईं। रमाशंकर जी को जे.एन.यू. से एक्सपेल कर दिया गया। रमाशंकर जी जेल गए, जहाँ से शान्ति जी ने उन्हें छुड़ाया था।

एक्सपल्शन के बाद भी रमाशंकर ने जे.एन.यू. नहीं छोड़ा, वहीं के हो कर रह गए, अन्तिम साँस यू.जी.सी. के मार्च के समय ली। जे.एन.यू. से ही उनकी अंतिम यात्रा चली।

एक्सपेल होने के बाद अगर चाहते तो कहीं और भी पढ़ सकते थे; लेकिन उन्होंने ऐसा नहीं किया। जब मैंने पापा से पूछा क्यों नहीं किया ऐसा तो जवाब दिया, "मैं ग़रीब का बच्चा हूँ हर जगह कम्प्रोमाइज किया है, कहीं तो लड़ूँगा। जिसने दरद दिया है अब यही दवा देगा। आख़िरी डिग्री जे.एन.यू. ही देगा। सब लोग यही तो चाहते हैं कि मैं भाग जाऊँ, कहीं मर खप जाऊँ। मैं कहीं नहीं जाऊँगा, खूटवा दरिये गाड़ी थे।"

मैं एम.ए. कर रही थी तो मैंने कहा- "पापा आपके उम्र के लोग मेरे साथ एम.ए. कर रहे हैं, आप भी कर लो।"

पापा ने कहा- "नहीं, किसी भी पार्टी से प्रधानमंत्री नहीं बनना है। काम किया जा रहा है। कविताएँ कर रहे हैं, जान पर खेलकर कि कवित्त खेलकर! जानी आपको मज़ाक लग रहा है। सारी लाइब्रेरियाँ बन्द कर लो फिर भी हम पढ़कर दिखाएँगे। असीम धैर्य है। हम गुलामी की अंतिम हदों तक लड़ेंगे। लड़ाई छिड़ी है अब देखो, आवै आम की

जाय लबेदा। भरोसा रखो। पढ़कर क्या करेंगे, शासन तो अनपढ़ कर रहे हैं। कबीर कितना पढ़े थे। पढ़ते तो हैं। फॉर्मल न सही इनफॉर्मली ही सही, अब यही इनफॉर्मली ही फॉर्मल होगा।"

बचपन में जब हम छोटे थे तो कविताएँ लिखे हुए पन्नों को बेचकर चीज़ें खा जाते थे। मम्मी ऐसा इसलिए करवाती थी ताकि जे.एन.यू. जाना और कविता करना छोड़ दें। पापा ने लिखना बन्द कर दिया। कविताएँ याद करते थे। अव्यवस्था में ही व्यवस्था थी पापा के लिए।

मम्मी के बारे में पापा बताते हैं– "हमरे जैसन मेहरारू हेरेमा मन्ई हेराय जा थे।" शान्ति जी की सरकारी नौकरी थी। लोगों को लगता था मम्मी भी जेनुआइट है। पापा ने मम्मी का भी एडमिशन जे.एन.यू. में कराया था। जे.एन.यू. ने एक्सपेल कर दिया। दुर्भाग्य था। किशनगढ़ के बहुत धनी जाट शिवनारायण सिंह विद्रोही जी की शादी अपनी बेटी से करना चाहते थे। शान्ति जी और बच्चों के साथ सम्पत्ति में हिस्सा देना चाहते थे। उस समय मैं तीसरी कक्षा में पढ़ती थी, लेकिन शान्ति जी नहीं मानीं। विद्रोही जी ने, जिनके बारे में लिखा गया कि परिवार नहीं है या परिवार से प्यार नहीं करते हैं, ख़ूबसूरत, कम उम्र की लड़की, दौलत, दिल्ली शहर में 200 गज का प्लॉट सब छोड़कर हमें चुना, जबकि पापा भी प्यार करते थे उस लड़की से।

पापा से मैंने नशे के बारे में पूछा– "पापा ये सब क्यों खाते-पीते हैं आप?" उन्होंने बताया- "आदत है लेकिन हम नशे के ग़ुलाम नहीं हैं, जब चाहे छोड़ सकते हैं।" नशा छोड़ने से कई लोगों की मौत हो गई थी। पापा ने बड़ी आसानी से छोड़ दिया। नशे को डिफेन्ड नहीं करते थे और लड़की नशा करने से चरित्रहीन हो जाती है ये भी नहीं मानते थे। कहते, "नशा लड़का और लड़की दोनों के लिए बराबर नुक़सानदेह है।" मेरी बारहवीं तक की पढ़ाई पापा ने ही पूरी कराई थी। गाँव में रहे खेती-बाड़ी के हालात अच्छे नहीं थे। जब मित्र लोग सलाह देते

थे कि शादी कर दो लड़की की, तब भी साइंस से पढ़ाया। मैंने कहा- "पापा आपके हालात ठीक नहीं हैं आर्ट्स ले लेती हूँ।" पापा ने कहा- "आपको मेरे हालात से क्या लेना। आप जितनी सुविधायें ले सकती हो, लो। हमारे हालात के बारे में हम सोचेंगे; आप नहीं। मेरी ओर का ख्याल आप छोड़ दें। अपना पूरा भाड़ा कर लें। मुझे जितना कमज़ोर बताया जा रहा है मैं उतना कमज़ोर नहीं हूँ।" गाँव में भी कविताएँ और राजनीति ज़ारी रही।

पापा कहते– "देखो विक्की। मेरी ज़िन्दगी की आप गवाह हो। जैसा महिलाओं का जीवन है, दूसरा कोई आदमी होता तो उसका एक ही काम होता- दिन-रात औरतों को गाली देता, बस यही करता। लेकिन हम ऐसा नहीं करेंगे। उलटकर सोचते हैं ये सब इसीलिए हमारे साथ हो रहा है, लड़ाई छिड़ी है। अब देखना है कौन जीतेगा? महिलाओं के बड़े समर्थक बनते हो, अब करो महिलाओं का समर्थन!"

पापा से मैंने पूछा- "पापा, मम्मी अलग रहती हैं और पैसे भी नहीं देती हैं, ये सब कहकर मेरे फ्रेंड्स मुझे चिढ़ाने की कोशिश करते हैं। मुझे ह्यूमिलिएट करते हैं। क्या करूँ?"

पापा ने कहा– "बेटी यह सिस्टम ही ऐसा है, कमी शान्ति जी में नहीं है; लोगों की सोच में है, क्योंकि यह समाज चाहता है, औरत कमा तो सकती है लेकिन कमाकर अगर वह अलग रहती है तो चरित्रहीन है। शान्ति जी कमाती हैं, लेकिन कैसे ख़र्च करेंगी? कैसे रहेंगी? यह उन्हें मैं बताऊँ, जिसने कभी कोई काम नहीं किया? वैसे तो बेवकूफ़ हूँ, मगर शान्ति जी का पति हूँ, इसलिए उनको डिसाइड करने का हक़ मुझे मिल जाता है? शान्ति जी अलग हैं, कमा रहीं हैं, खा रहीं हैं। इससे कोई परेशान या दुखी तो नहीं है। यह कोई अपराध तो नहीं है। मैंने उन्हें या उन्होंने मुझे बेसहारा तो नहीं छोड़ दिया है।"

सहेली को जवाब देने के लिए पापा ने सिखाया था। जब सहेली ने कहा- "तुम्हारी मम्मी अकेली रहती हैं, मुझे बहुत दुख है।" मैंने कहा- "समस्या यह नहीं है कि मम्मी अकेली रहती हैं; समस्या यहाँ यह है कि तुम मेरी मम्मी को अपनी मम्मी समझ रही हो, जिसे अगर तुम्हारे पापा छोड़ देंगे तो नानी के घर के अलावा कोई ठिकाना नहीं होगा। मेरी मम्मी तो वीरांगना हैं। सरकारी नौकरी है, बदरपुर में घर है, किरायेदार हैं।" सहेली चुप। 'यहाँ पढ़ने आती हो उसमें कम्पटीशन करो।'

पापा बिल्कुल साधारण व्यक्ति थे। साधारणता में भी असाधारण। उसी में यक़ीन करते थे। कहते थे- "प्रकृति के अनुकूल होने की बात जनरल होने की बात है और जो जनरल है वही स्पेशल है, यानी जनरल (साधारण) जनरल (फ़ौज़ का जनरल)।"

सब कुछ वह पंच बराबर चाहते थे। समानता में यक़ीन करते थे। मुझे प्राइवेट स्कूल में नहीं, बल्कि सरकारी स्कूल में पढ़ाना चाहते थे। मेरी शादी भी साधारण रूप से ही करना चाहते थे। कहते थे- "अगर हमारे पड़ोसी राजाराम को भी पढ़ने का मौक़ा मिला होता, तो वह भी हमारे जैसा था या कहें कि हमसे भी बेहतर होता। बात रोल, रोल ऑफ़ चाँस की है। जंगल में मोर नाचा किसने देखा, की बात है। जे.एन.यू. हमारा मंच है। अब यही आबाद या बरबाद करेगा। पीपुल्स पॉलिटिक्स कर रहे हैं, रोटी, कपड़ा, मकान, रोज़गार और शिक्षा के समान साधन चाहते हैं। सबके लिए समाजवाद आएगा तो ऐसा होगा। सबको पढ़ने का मौक़ा मिलेगा।" अपने परिवार के लिए कुछ अलग, कुछ स्पेशल नहीं चाहते थे। लेकिन ऐसी सोच के कारण समाज ने निर्णय कर लिया कि तुम्हारे परिवार को ही ख़त्म कर दिया जाएगा। तुम्हें पंच बराबर तो क्या, कुछ भी नहीं मिलेगा। तब तो भगवान की मानोगे। सर झुकाओगे, हार मानोगे।' पापा बहुत संतोषी और धैर्यशाली थे। कहते थे- "विपरीत परिस्थितियों में असीम धैर्य और साहस का परिचय देना होता है।"

कितनी जगह कविताएँ लेकर गए छपवाने के लिए। कहीं नहीं छपी, बल्कि कहा गया कि ये कविताएँ हैं ही नहीं। 'करंट न्यूज़' नाम के एक अख़बार में कविताएँ लिखकर ले गए। मैं उस समय 'रुचिका' कम्पनी में काम कर रही थी। मैंने ही बात की थी। जब बहुत समय हो गया तो पापा ने पूछा- "क्या हुआ हमारी कविताओं का, कब छपेंगी?" मैंने बताया, "एडिटर ने कविताएँ पढ़ीं तो कहता है, हमें ऐसी कविताएँ छापकर अपना पेपर बन्द करना है क्या?" पापा ने कहा- "पेपर तो उनका वैसे भी बन्द हो जाएगा।" पापा की बात सही हो गई। क़रीब दस दिन बाद वह ऑफिस ही बन्द हो गया।

अर्जुन कैम्प में मेरी कोचिंग थी, जिसमें पापा भी कभी-कभी पढ़ाते थे। फंक्शनों में भागीदारी पापा की भी रहती थी। सभी त्योहार मनाए जाते थे। बहुत दान करते थे पापा। बहुत से बच्चों की फ़ीस माफ़ कर दी थी। जे.एन.यू. पापा के लिए एक मंच था। उसे कर्मभूमि मानते थे। यहाँ जिसे भी फ़ीस कम करानी होती वह पापा का इंतज़ार करता। पापा बहुत ख़ुश होते थे कोचिंग से, क्योंकि कहीं मैं नौकरी करती तो इतने पैसे नहीं मिलते और अगर कहीं नौकरी छूट जाती तो क्या होता? लेकिन यहाँ तो काम और पैसा बढ़ना ही था। मैं अर्जुन कैम्प की प्रधान थी। पैसा और पॉवर दोनों थे। पापा मुझे 'रजिया सुल्तान' कहते थे। लोग रिश्ते ढूँढते हैं, मेरे लिए लाइन लगी हुई थी। पापा गुस्सा होते थे- "ये क्या है? क्या इस दुनिया में मेरी ही लड़की बची है शादी करने के लिए? ये सब मेरे यहाँ ही क्यों आते हैं?" मैंने पापा को बताया- "इनको पता लग गया होगा कि आप देश के भावी प्रधानमंत्री हैं, इसीलिए सब टूट पड़े हैं।"

मेरा भाई अभिषेक, पापा की भक्ति करता था। पापा की बहुत सारी कविताएँ उसे याद थीं और सुना कर बहुत से ईनाम भी जीते थे। वहीं मैं केवल सुनती थी। पापा ने कई बार कहा- "मेरी एक भी कविता याद है आपको? नहीं है। लेकिन मैं ज़बरदस्ती नहीं करूँगा। कुछ याद कर

लो। आने वाले लोग पूछेंगे मेरी कविताओं के बारे में, बल्कि समाज चाहेगा या सोचेगा कि तुम भी कवि हो, क्योंकि तुम विद्रोही जी की बेटी हो।”

परिवार के बारे में पापा कहते- ‘मेरी फैमिली साल भर में दस रुपयों की दवाई भी नहीं खरीदती। स्वस्थ शरीर होना भी बहुत बड़ा सुख है। जब शरीर स्वस्थ नहीं होता तो सब सुख बेकार लगते हैं। रोटी, कपड़ा, मकान, शिक्षा सबको मिल रही है बस इतना ही तो चाहिए। हमारी फैमिली में अगर प्यार है तो शुद्ध प्यार है। हमारी फैमिली में सभी समर्थ हैं। किसी को भौतिक चीज़ों के लिए एक दूसरे की ज़रूरत नहीं है, फिर भी अगर हम साथ हैं तो उसका कारण सिर्फ़ प्यार है। समाजवाद आएगा तो ऐसा ही होगा। लोग साथ में प्यार की वजह से रहेंगे, ज़रूरतों की वजह से नहीं। बहुत-सी माँएँ साथ इसलिए रहती हैं, क्योंकि वे जाएँगी कहाँ? उनके पास अलग घर है ही नहीं। नौकरी है ही नहीं। इसीलिए हम चाहते हैं सभी सेल्फ डिपेन्डेंट हों, समर्थ हों, सक्षम हों।’

पापा मेरे सूट को भिखारी लड़कियों को दे देते थे। पापा तो जीन्स, स्कर्ट भी देते लेकिन वे सब कहतीं, साहब इसे पहनेंगे तो भीख कौन देगा। मुझे कहते- ‘आप इन्हें पहना करो। ट्रेडिशनल तो हम हैं ही, ‘बात तो मॉर्डन बनने की है। अवधी हिंदी में आएगी ही। बात तो अँग्रेज़ी सीखने की है।’

मैंने रूपकँवर (दिवराला की सती की गई स्त्री) के बारे में पढ़ा तो पापा से पूछा तो उन्होंने कहा- ‘हम तो चाहते हैं सारी सतियों को समाप्त कर दो, क्योंकि सती तो चार-पाँच ही हैं। वेश्याएँ अपने आप ख़त्म हो जाएँगी। जब तक सती रहेगी वेश्याएँ खत्म नहीं हो सकतीं। हम ऐसा समाज चाहते हैं जहाँ औरत सिर्फ़ औरत हो। सती और कुलटा न हो। वेश्याओं ने आज़ादी की लड़ाई में बहुत योगदान

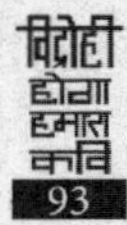

दिया। यह सवर्णों की प्रथा है। लेकिन चीज़ें शुरू ऊपर से होती हैं और नीचे तक फैल जाती हैं।'

पापा कहते थे- "निराला जी ने अपनी बेटी के लिए सरोज-स्मृति लिखी। उसकी सेज भी ख़ुद सजाई थी। हम भी लिखेंगे और धूमधाम से आपकी शादी करेंगे।" मैंने कहा-"ऐसा न करना। आप तो निराला से भी महान कवि हैं, लेकिन मैं मरना नहीं चाहती। माफ़ कर दो अब्बूजान, ऐसा गज़ब न करना।"

पापा मेरे साथ जब इग्नू जाते तो लोग हैरान होकर देखते। पापा-पापा न लगकर दोस्त लगते थे और जो सच भी होता था। इग्नू की कैन्टीन में एक बैरा काम करता था जो बहुत स्मार्ट था। मैं उसे देखा करती थी जिसका पता पापा को था।

पापा से मैंने कहा- 'पापा ही इज़ सो क्यूट। देखिए पापा ये तो आमिर ख़ान से भी ज़्यादा स्मार्ट है।' पापा ने कहा- 'नो डाउट। लेकिन आपको पता नहीं, ऐसे ही पहाड़ी लड़के आते हैं पहाड़ों से। ढाबों, कैंटीनों और होटलों पर काम करने। लेकिन दिनभर काम करते हैं और रात में इनका शारीरिक शोषण किया जाता है। चार-पाँच साल में इनको बूढ़ा बना दिया जाता है।' कई बार हम कैंटीन गए। उस बैरे को मेरी निगाहें ढूँढतीं, लेकिन वह दिखाई नहीं दिया। इस बात को पापा नोटिस कर रहे थे। एक बार मैं कैंटीन में बैठी अपने कोचिंग के बच्चों के पेपर चेक कर रही थी। पापा ज़ोर से कैंटीन में चिल्लाये- 'विक्की-विक्की देख तेरा बैरा आ गया।' पूरी कैंटीन के लोगों की नज़रें हमारी तरफ़। मैं और वह बैरा भी शरमा गया। मैंने बस यही कहा- 'पापा आपने भी न हद कर दी।' पापा उस बैरे से मिले और बताया कि कैसे मैं उसको देखने के लिए परेशान थी। उसे टिप दे रहे थे सौ रुपये। उसने रोते हुए कहा- 'साब आपने जो टिप दी है, उसे तो मैं ज़िन्दगी भर नहीं भूल सकूँगा' और पैसे नहीं लिए।

विद्रोही जी अत्यंत साधारण व्यक्ति थे। यह साधारणता ही उनकी ताक़त थी। परिवार में कोई बीमारी थी नहीं। खा-कमा रहे थे तो दुख कहाँ से होता। उनका दुख समाज को लेकर था। उसे बदलने के लिए पढ़ा-लिखा गया था। दुखों को चैलेंज के रूप में लेते थे और हल उनके पास होता था। मम्मी और भाई इसलिए दुखी थे कि अगर पापा बहुत कमाते तो लोगों को हम सताते और हमारा कोई कुछ न कर पाता। इसके पक्ष में पापा थे ही नहीं। पापा कहते- "रानी (मम्मी) जी का दुख यह है कि मैं (दादी) नौकरानी को मार नहीं पा रही हूँ, तो यह अधिकार मैं नहीं दूँगा।"

जहाँ मैं ग़लत होती मुझे भी टोकते और गुस्सा करते। मैं एम.ए. में गई तो अपने दोस्त खाँ के बारे में बताया जिसकी भाषा में बिहार का टोन था और इस कारण उसका मज़ाक उड़ा रही थी। पापा ने कहा- 'हमने भी इसे झेला है। ख़बरदार किसी की टोन का मज़ाक उड़ाया। बात भाषा की नहीं है। लिपि बदल देते हैं। भाषा का ट्रान्सलेशन हो जाता है। किसी भी भाषा में महत्त्वपूर्ण और काम की बात क्या है? क्या कहा जा रहा है ये प्रमुख है।' पापा ने मुझे बहुत डाँटा और कहा-'आप जातिवाद का बहिष्कार करती हैं तो क्या क्षेत्रवाद की समर्थक हैं। फिर क्यों उसको बिहारी कहा, उससे माफ़ी माँगना और कुछ मत कहना।'

पारिवारिक दुख पापा की कविताओं में नहीं है, क्योंकि पंच बराबर उनका परिवार ठीक-ठाक था। दिल्ली में दो-दो मकान। लड़का पढ़ नहीं रहा था, लेकिन इसका कारण पापा नहीं थे। जिन साधनों में लड़की पढ़ सकती है तो क्या लड़का नहीं पढ़ सकता? अभिषेक ग्यारहवीं तक पढ़ा है। महीनों तक बारहवीं की फ़ीस जमा रही। सुविधाएँ देने पर भी नहीं पढ़ा। पापा कहते- 'खाती-पीती मरती है तो मरे। सब कुछ होने पर भी कोई नहीं पढ़ेगा तो क्या किया जाए।' मारकर-पीटकर पढ़ाने में पापा को विश्वास नहीं था।

पापा का दर्द सामने तब आया जब मैंने एम.ए. में एडमिशन के बारे में बताया और वह भी हिन्दी विषय में। बी.ए. मैंने हिस्ट्री आनर्स में किया था। साइंस और टेक्नोलॉजी भी था फाउन्डेशन कोर्स के तौर पर। पापा चाहते थे मैं एम.ए. करूँ ही न। पूछने पर कहा-'जब बेटा दसवीं नहीं कर सका और बेटी एम.ए. अच्छा नहीं लगता है। हमारे कुल का दीपक वंशराज ही नहीं पढ़ रहा है।' लेकिन मुझे पता था कि पापा ऐसे सोच के नहीं हैं। पहली बार पापा को डरते देखा था। आगे बोले- 'अरे आप चालीस हज़ार रुपये कमा रही हो। एक हज़ार स्टूडेंट हैं आपके पास। अब क्या चाहती हो और विषय हिंदी क्यों लिया?' मैंने कहा- 'आपकी वजह से।' तब पापा ने कहा, 'आप हमारी बेटी हो, हमारे पर गई हो और अब हिंदी भी ले ली। चोट सबको लगती है, एक आदमी रोता है और हँसकर बर्दाश्त कर जाता है, लेकिन मैं नहीं चाहता आपके साथ भी वही हो जो हमारे साथ हुआ है।' मैंने कहा- 'पापा पढ़ने के लिए पढ़ रही हूँ, मुझे नौकरी कभी नहीं करनी है। मैं आपकी तरह जे.एन.यू. के लिए ज़िद नहीं कर सकती।' फिर पापा ने मेरी तरफ़ देखा और कहा- 'आपको मेरी तरह नहीं होना चाहिए। हो भी नहीं सकती हो। इतनी आज़ादी लड़कियों को कहाँ है, लेकिन जब तक आदमी ख़ुद को लोहे का न बना ले तब तक लोगों के आँख की किरकिरी नहीं बनना चाहिए। चुपचाप एम.ए. पूरा कर लेती हो, यही आपकी महान उपलब्धि होगी।' मैंने भी पापा से वादा किया कि किसी को कुछ भी नहीं बताऊँगी आपके बारे में, चुपचाप एम.ए. कर लूँगी। पापा ने कहा कि-'एम.ए. यानी एम.ए.। इग्नू से कोई रिश्ता लेके भी न आए मेरे पास।' मैंने कहा, नहीं आएगा।

हुआ इसके उल्टा ही। सिर मुड़ाते ही ओले पड़े। मेरा झगड़ा पहले दिन ही एक लड़के से हो गया। बी.ए. में पापा को साथ ले जाती थी। पापा सोचते थे एम.ए. में भी ले जाएगी विक्की, लेकिन मैं नहीं ले गई। पापा ने उसी दरम्यान बताया था कि मैं ख़ुद को रिवाइज़ करता हूँ तो

कहीं ग़लत नहीं पाता हूँ। बस एक जगह पाता हूँ जब मैंने असरार का साथ दिया। जब वह शहनाज़ से मोहब्बत कर रहे थे और कहते थे विद्रोही जी मैं पठान का बच्चा और वो जोलहिन। मैं बीच में ही बोल पड़ी- 'पापा तब तो उस लड़की ने असरार चाचा से शादी नहीं की होगी।' पापा ने कहा- 'तुमको कैसे पता?' मैंने कहा-'ऐसे एटीट्यूड पर किसी भी लड़की को शादी नहीं करनी चाहिए।' पापा ने कहा- 'आप भी जवाब के लिए तैयार रहना। आपका मित्र भी ब्राह्मण है।' मैंने कहा- 'मैं तैयार हूँ मुझे ओरछे की रानी होना पसन्द है, मनसबदार की पत्नी होना नहीं।' सचमुच अर्जुन कैम्प की रानी थी मैं। आज भी वहाँ से सम्बन्ध है।

उसी दिन मेरे दोस्त और मेरी सहेली ने कहा, आपको अमीर और ब्राह्मण ही तो बना रहे हैं। मैंने उन लोगों को कहा, कुछ लोग अपनी ही ज़मीन पर फबते हैं। अब तक जो प्यार दिखाया जा रहा था उसका असली रूप यह था। उस दिन कॉलेज में ये अहीर की छोहरिया छछिया भर छाछ पे नाच नचावै वाला भाग पढ़ाया गया था। उम्मीद नहीं थी मेरे बारे में ऐसा सोचा जाएगा। और ये पंक्तियाँ मुझे सुनाई जाएँगी। लेकिन उन लोगों की बातें सुनकर समझ गई कि कितना प्यार करता है वह लड़का। उसके बाद तो दोस्ती भी ख़त्म हो गई। प्रेम तो दूर की बात है। यह निश्चय कर लिया था कि जहाँ सम्मान मिलेगा वहीं शादी करूँगी। कम्प्रोमाइज नहीं करूँगी। किसी की दया पर निर्भर नहीं होना है। प्यार की जगह नफ़रत होने लगी और यह पापा को समझते देर न लगी। ये पापा को नहीं बताया। पापा कहते, 'एक्सेस हेट एक्सेस लव का संकेत होता है।' बिना बोले जिसे ऐसी मोहब्बत हो गई है पता करो जे.एन.यू. के नाते तो आपको नहीं जानता है।' कई बार पापा ने कहा- 'अगर बात न बन रही हो तो मैं बना दूँ?' लेकिन पापा को क्या पता कि इतना कन्फर्म हो गया था कि उसके बाद बात करने की ज़रूरत ही नहीं पड़ेगी।

वैसे पापा समझाते थे- 'बिटिया, बाभन और बछिया बचावै कै चहिहै न, कहेन बरेड़ी चढ़े तबहूँ।' तो उत्तर आया-'तब ही तो बचाने की ज़रूरत है। पैंड़ा डोलत किरो।'

पापा जामिया जाना चाहते थे, उन्हें हैरानी थी कि विक्की क्यों नहीं ले जा रही है। पापा कहते-'लड़कियाँ समझती नहीं हैं। यह जो लड़के आगे-पीछे मँडराते रहते हैं उन्हें कुछ समझती नहीं हैं। जब लड़का ढूँढने निकलो तब पता लगता है। एक-एक गधे की क़ीमत करोड़ों में होती है। अपने तर्क को क्लीयर रखना चाहिए। लड़कियाँ दिल बहलाती हैं और हम लड़के बेचारे दिल दे बैठते हैं।' मैंने कहा, 'हैलो! आप लड़के नहीं, लड़की के बाप हैं, पर आपको तो चिन्ता ही नहीं है, ख़ुश रहते हैं, गाते हैं, जिसकी लड़की जवान हो जाती है, उसे भला यह सब शोभा देता है?'

पापा ने कहा, 'हमारी लड़की रजिया सुल्तान है, हमें क्या चिन्ता है। क्रान्ति करनी है, कर रहे हैं।' हमारे पास घर था। पापा आते थे, अच्छे कपड़े पहनते थे, गाते थे, बड़ी मज़ेदार ज़िन्दगी थी। अभिषेक भी जेल से छूटकर आ चुका था। अब लग रहा था कि वो ग़लत लाइन से तौबा कर लेगा। फिर से उसका फॉर्म भरवाया गया। चीज़ें सुधरने लगीं। मम्मी का भी आना-जाना बढ़ा, लेकिन ये चीज़ें ज़्यादा दिन नहीं चलीं अभिषेक के अंदर देव आ गया। वह एक लड़की से मोहब्बत करने लगा और ज़बरदस्ती उससे शादी करना चाहता था। मम्मी भी तैयार थीं, मगर मुझे और पापा को पता था कि यह लोग उसके साथ तमाशा करना चाहते हैं। जिसका समर्थन हमने नहीं किया। इसके बाद अभिषेक की तबियत बिगड़ने लगी। उसने साधुओं जैसा भेष बना लिया। दिनभर मंदिर में रहता। पापा को जब ज़रूरत होती हम जे.एन.यू. से ले आते। पूरी फैमिली संडे को मिलती थी, अर्जुन कैम्प में। अभिषेक की बीमारी, या साज़िश, या लोगों का दबाव, कुछ नहीं

पता। इसके अलावा कोई दुख नहीं था हमारा, जिससे हम टूटे हों। अब पापा और मैं अन्दर से टूट रहे थे। हम अस्पताल में दवाई करा सकते थे, मगर अभिषेक और मम्मी ओझाई करवाते थे। पापा ने इसे भी चैलेंज के रूप में लिया – 'नास्तिक के घर में ही देव पैदा होना चाहिए। ये हमारा इम्तिहान है। प्रकृति हमारा इम्तिहान ले रही है।'

अब पापा को मेरी शादी की जल्दी थी। उस समय भी एम.फिल. का फॉर्म भरवाया जे.एन.यू. से। पापा ने कहा कहीं न कहीं टेक्निक गड़बड़ा रही है। अब पापा के लिए, उनकी तसल्ली के लिए कोचिंग भी की जियासराय से दस हज़ार रुपये में, ताकि पापा को लगे कोशिश कर रही हूँ। उसी समय थोड़ा-सा अच्छा हुआ। पापा जे.एन.यू. ले गए। वहाँ बहुत से लड़के-लड़कियों के हॉस्टल के कमरों में पापा की कविताओं के पोस्टर लगे थे। दीवारों पर पापा की कविताएँ लगी थीं। इससे पापा ख़ुश थे, लेकिन कहीं कविताएँ छपी नहीं थीं, फिर इतने से भी पापा बच्चों की तरह उत्साहित होकर सभी जगह घुमा-घुमाकर दिखा रहे थे। जहाँ-जहाँ उनकी कविताएँ लगी थीं। एम.फ़िल का फॉर्म जे.एन.यू., जामिया, डीयू हर जगह के भरते थे पापा। कहीं भी सेलेक्शन नहीं हो रहा था। पापा कहते, 'भविष्य हमारा है, डरो मत।' एम.फिल. के एग्जाम के समय मेरा वही दोस्त मिला। उसने मेरी घड़ी ली थी समय देखने के लिए। जब पेपर ख़त्म हुआ तो पापा ने कहा- चलो, एक काम करो अब मुझे सौ रुपये दो, मैंने दिए। बोले, तुम अपने दोस्त के साथ बातचीत करो। मैं जे.एन.यू. चला, मैंने कहा, रुको। पापा ने कहा, घड़ी मत लो, रहने दो उसके पास। तुम्हारा प्रेमी है। मैं गुस्सा हो गई, यह लेडीज घड़ी है। पापा बोले प्रेमी लोगों को इससे कोई मतलब नहीं होता। इतने में वो लड़का आया और बताया कि हमारी कहानी छपी है।

मैंने पापा से कहा – 'देखा कैसे फेंकता है। घड़ी क्या, माँगे मौत भी ना दूँ इस सड़ियल लड़के को।'

पापा ने कहा – 'देखो विक्की, यहाँ वो अपनी क्लासमेट से अपने लेबर का एप्रिशियेशन चाहता है तो क्या बुरा है?'

पूरे रास्ते विद्रोहीजी की नज़र घड़ी को घूर रही थी- 'मैडम क्यूरी बन गई हो। अगर दे देती तो क्या राज चला जाता। किरण बेदी बन गई हो।' तभी एक लड़की, जिसे मैंने काम पर लगाया था, मिली। उसे मैंने घड़ी दे दी और पापा से कहा-'इसे ज़्यादा ज़रूरत थी। अब ये काम पर समय से पहुँचा करेगी।' पापा ख़ुश हो गए। बोले- 'अब किहूँ ना बड़मनई वाली बात!'

पापा लोग तो दुश्मन होते हैं अपनी बेटी के प्रेमी के। ये पापा जिसे शादी के लिए पसन्द नहीं करते, वह शादी लायक़ नहीं है। पापा कहते थे- 'पिता ऐसा न हो कि सबको डिग्री बतानी पड़े। लगे जैसे कि चपरासी है, लेकिन हैं प्रोफेसर; बल्कि चपरासी को प्रोफेसर जैसा लगना चाहिए।'

अभिषेक का पागलपन बढ़ रहा था। मैं दुखी थी मुझे लगा शायद मैंने ब्राह्मण लड़के को मान नहीं दिया इसीलिए यह हो रहा है। वह लड़की ब्राह्मण है। उसकी वजह से मेरा भाई पागल हो रहा है। पापा ने कहा- 'ये लोग उसके साथ तमाशा करना चाहते हैं। उसके साथ नहीं कर पा रहे हैं तो ख़ुद ही पगला रहे हैं। चिन्ता मत करो जीवन दुर्घटनात्मक नहीं है। प्रकृति पर भरोसा करना पड़ेगा। प्रकृति की जीत होगी नियति की हार होगी।'

असफलताओं का दौर चला। कहीं भी एडमिशन नहीं मिला। लेकिन इसका भी सच हमें पता है। एक हजार विद्यार्थी बैठे है, सीट हैं दस तो नौ सौ नब्बे तो अयोग्य ही होंगे। क्योंकि ये तो सिस्टम ही है। पापा ने मेरे लिए मेरी बुआ के लड़के पवन को पसंद किया। मेरी सहमति भी ली, लेकिन मैंने शादी अपनी पसंद के लड़के से की, जिसका समर्थन पापा ने भी किया और पापा ख़ुश भी थे। बाद में कहते थे लड़का

फबता है। लगता है विद्रोही का ही दामाद है, बड़ा बुलन्द लड़का है। मेरी शादी के पहले दादी जा चुकी थीं। उनका देहांत हो गया था। उनकी तेरहवीं मम्मी ने बहुत धूमधाम से की थी; क्योंकि पापा के साथ दादी ने ही मम्मी को भेजा था यह कहकर कि जैसे रमाशंकर पढ़ें वैसे ही ये भी पढ़ेंगी। दादी ने हमारी परवरिश की, तभी मम्मी-पापा दिल्ली में रह सके। दादी अन्त तक हमारे साथ रहीं।

मेरी शादी के बाद पापा रेगुलर जे.एन.यू. रहने लगे। 2009 के बाद यह बृजेश यादव के समय की बात है जब तक रोज़ घर आते थे, अच्छे कपड़े पहनते थे, तब तक किसी ने ध्यान नहीं दिया। अभिषेक को मम्मी ने पागलखाने में भर्ती करवा दिया था। पापा भी मिलने गए थे। कुछ दिन रहे भी। वहाँ पर उन्हें उम्मीद थी कि सब ठीक हो जाएगा। 'जीवन दुर्घटनात्मक नहीं, जो हुआ है वैसा ही आगे भी होगा, ऐसा नहीं है, ये सब, हमें तोड़ने के लिए हो रहा है लेकिन झण्डा झुक नहीं सकता, विद्रोही रुक नहीं सकता।'

अब पापा फटेहाल जे.एन.यू. में रहने लगे, लेकिन ऐसा बहुत दिन नहीं हुआ। वे हॉस्टल में भी रहते थे, उनकी तरफ़ लोगों का ध्यान गया। उनकी कविताएँ जे.एन.यू. के छात्रों ने लिखकर, 'नयी खेती' के रूप में छपवायीं। पूरी ज़िदगी वो तरसते रहे, लेकिन किसी का ध्यान नहीं गया।

मेरे दो बेटे पापा के सामने ही हुए। भाई की शादी हुई। पापा के समय उसके एक बेटा था। मम्मी पापा से मिलने जे.एन.यू. जाती थीं। मम्मी का टॉपिक पापा ही होते थे। वे निन्दा के माध्यम से स्तुति करती थीं। लेकिन टॉपिक उनके पति या विद्रोही ही होते थे। उनके लिए उनके दूल्हे से सुन्दर, स्मार्ट कोई दुनिया में है ही नहीं 'पूरे जे.एन.यू. की लड़कियाँ मरती हैं उनके लिखे पर,' मम्मी-पापा को कहती थीं। पापा कहते 'कालिदास की उपमा से भी बढ़कर है शान्ति जी की उपमा।'

उन्हें निर्ममता के साथ एक्सपेल करके मरने के लिए छोड़ दिया गया। लेकिन वह भी अमर होने के लिए लिख रहे थे। बचपन में उन्होंने पूछा था- 'विकन्दरनाथ आपको क्या चाहिए?' मैंने कहा- 'मतलब?'

पापा ने कहा- 'मतलब यह कि जो भी बढ़ता है तो औरत, दौलत और शोहरत हासिल करता है। आपके मामले में भी वो शौहर, दौलत, शोहरत हो जाएगा।'

मैंने कहा- 'पापा आप ना मुझे शोहरत दिला दो। नेहरू जी की तरह पत्र लिखा करो, जेल जाओ, मैं सन्तरे, केले लेकर ज़रूर आऊँगी आपसे मिलने।'

पापा बोले, 'पैसे नहीं चाहिए?' मैंने कहा, 'नहीं, मैं समर्थ हूँ और लड़का आपकी पसन्द का नहीं होना चाहिए, नहीं तो, निराला' की लड़की की तरह मर जाऊँगी।'

पापा ने कहा- 'तो तुम्हारी पसन्द के लड़के का ख़र्च हम नहीं उठाएँगे।'

मैंने कहा-'ख़र्च तो वह उठाएगा, हम शादी करेंगे यही काफ़ी है।'

जब ये कहूँ कि बिलकुल दुख ही नहीं था परिवार में तो ग़लत होगा। लेकिन हमारा परिवार छोटा परिवार है। सम्पंत्ति अधिक नहीं है तो दुख भी न के बराबर है। अगर सर्दी, ख़ासी, जुकाम, पेटदर्द को दुख मानते हैं तो अलग बात है। परिवार ही वह ताक़त थी जिसकी वजह से विद्रोहीजी ज़िन्दा रहे। जिस तरह का हाल फ़िल्म 'मैं तुम्हारा कवि हूँ' में दिखाया गया है। अगर वह सच होता तो मैं कहाँ से पढ़ती? वैसा जीवन दस-पाँच दिन के लिए जिया होगा, लेकिन ये पूरा जीवन नहीं है।

पापा को रोकने की कोशिश की कि जे.एन.यू. न जाएँ। बल्कि अभिषेक ने कई बार हाथ भी उठाया। उसका कहना था कि, हमारे घर से दो-चार लोग खाकर जिए हैं। अर्जुन कैंप का सबसे धनी घर

हमारा था। जहाँ हर भिखारी को पता है, हर ग़रीब को पता है, झोली भरकर मिलता है, खाना, कपड़ा, पैसा सब कुछ।

लेकिन पापा नहीं माने। एक बार बिज्जू कृष्णन से शिकायत कर रहे थे- 'देखो, बिज्जू इन्होंने मुझे कितना मारा है।' बिज्जू ने कहा- 'जिन्होंने मारा है वही मरहम लगाएँगे।' अभी बिज्जू जी, डॉ. बत्ती लाल बैरवा, सर्वेश मौर्या सभी जीवित हैं। सभी को पता है। हमारे घर में कोई कमी नहीं रही। पापा को जो चाहिए था, वह मिला। अन्तिम डिग्री जे.एन.यू. ने उन्हें दी। आप लोगों के सहयोग से जे.एन.यू. के जनकवि रमाशंकर, विद्रोही का बोया पेड़ अब फलने लगा है। वरना वहाँ के प्रशासन की पूरी कोशिश थी, विद्रोही का कहीं नाम न आए।

पापा को जेएनयू जाने दो तो कुछ भी करेंगे, लेकिन ऐसा कोई लालच नहीं था जिसके लिए वो जेएनयू छोड़ दें। कहते- 'नीड़ न दो चाहे टहनी का, आश्रय छिन्न-भिन्न कर डालो, पंख दिए हैं तो आकुल उड़ान में विघ्न न डालो।'

पापा संस्कृत के भी बहुत बड़े विद्वान थे। पूछने पर बताया- 'मोस्ट ट्रेडिशनल हूँ मोर एडवांस हूँ। हम त्योहार नहीं मनाते तो क्या किसी का हक़ मारेंगे? पाखंड के ख़िलाफ़ हैं, ब्राह्मण के नहीं,' क्योंकि मंदिर के पुजारी को यह बात बोल दी थी कि कभी भी जब दिक्कत हो यहाँ से खा लिया करो और पैसे भी ले लिया करो। इस बार रक्षाबंधन पर गई थी तो पूछ रहा था पापा कैसे हैं? अब आते नहीं हैं। वह कितना ध्यान रखते थे। वे होते तो मेरा इलाज ज़रूर कराते। मैंने वहाँ के लोगों को नहीं बताया है। उनके लिए अभी भी पापा जेएनयू में रहते हैं। मैंने उसे कुछ पैसे दिए और कहा दवाई करा लेना। पापा ने दिये हैं। पापा को अब भी सारे बच्चे पूछते हैं- 'दीदी अक्षय कुमार कहाँ हैं? अब तो बिलकुल नहीं आते।' वहाँ की औरतें सुनते ही भाग-भागकर आती हैं और पूछती हैं- 'मम्मी पापा का ध्यान तो रखती हैं न, मौज में तो

हैं न हमारा हीरो ? बड़ी याद आती है उनकी।' मुझे समझ नहीं आता कैसे बोलूँ? बच्चे आकर कहते हैं दीदी, सरजी ने मुझे एक दिन में गुणा सिखा दी थी।

मैंने पापा को अपनी शादी में नहीं बुलाया था, इसलिए कविता और संतोष की शादी पापा ने कराई थी। अपने हाथों से कन्यादान किया था। दो महीने वे लोग हमारे घर में रहे थे। उसका बाप नहीं था। कविता आज भी पापा को ही पापा मानती है।

शिक्षा के क्षेत्र में होने वाली बेईमानियों के बारे में कहते थे कि फेल होने का सिस्टम नहीं होना चाहिए। ओपन बुक एक्ज़ाम की वकालत करते थे। ख़ुद को सबसे पहले पोलिटिकल एक्टीविस्ट मानते थे, क्योंकि पॉलिटिक्स ही समाज को सबसे अधिक प्रभावित करती है। नाच-गाने के प्रति मेरे झुकाव को देखकर कहते- 'आपके सुपर स्टार एमएलए, एमपी की सीट के लिए लालायित रहते हैं और इसके लिए बहुत पैसे की ज़रूरत है जो मेरे पास नहीं हैं। लेकिन पॉलिटिक्स मे आना है तो मेरे लोग हैं। आपको मेरा सहयोग मिलेगा। उसके लिए ज़्यादा तामझाम की ज़रूरत भी नहीं है। डिसीप्लीन तो पॉलिटिक्स से भी बड़ी है।'

पापा की जो बातें बिल्कुल अच्छी नहीं लगीं उनका जिक्र करना बहुत ज़रूरी है- पापा कमाते नहीं थे। बस शान्ति जी की सरकारी नौकरी ही थी, जिसमें संतोष था। इस पर कहते- 'साईं इतना दीजिए जामे कुटुम समाय, मैं भी भूखा ना रहूँ साधु न भूखा जाए। आपकी बुआ, मौसी की भी नौकरी मम्मी जैसी ही है। उनके पति भी नहीं कमाते हैं। हम लोग किसान हैं। खेती-बाड़ी से कमाते-खाते हैं। एक सरकारी नौकरी से पूरा खानदान चलता हैं। दौलत के बाद शोहरत चाहिए होती है तो वह भी ज़रूरी है। पंच-बराबर हम लोग आप लोगों को देंगे। बाक़ी आपके अरमान यदि एरोप्लेन से घूमना है, स्विट्ज़रलैंड जाना है तो

ये सब अपने से कीजिए।' पापा की परेशानी का कारण जेएनयू था। जहाँ से पूरी ज़िन्दगी जुड़े रहे। मम्मी चाहती थीं कि वे जेएनयू न जाएँ। चाहे काम करें, चाहे न करें। बस घर पर रहें। मैं भी यही चाहती थी। 1997 से घर की ज़िम्मेदारियाँ मैंने संभाल ली थी। मुझे लगा, जाएँ लेकिन रोज़ शाम को घर आ जाएँ या ना आएँ तो फोन करें। उन्हीं के लिए एमटीएनएल का फोन लगवाया था घर पर। लेकिन विद्रोही जी के लिए तो जेएनयू कर्मभूमि है। क्रान्ति कर रहे हैं। लड़ाई छिड़ी हुई है, क़लम फँसी हुई है। बकौल विद्रोही, 'आपको क्या लगता है कि मैं भुक्खड़ हूँ जो बस खाने कपड़े और नशे के लिए पैसे दे दोगी और विद्रोही जेएनयू नहीं जाएगा। जाने छोड़ने की बात तो छोड़ दो, अभी तो मैं आ रहा हूँ।'

पापा से कहती- 'ऐसे रहते हो फटेहाल बिना नहाए-धोए। हमारी बेज्जती होती है। भूखे-प्यासे क्या मिलता है?' पापा ने बताया- 'बिटिया अब जैसा हूँ वैसा ही समझना पड़ेगा न? अगर कुछ और होता तो क्या होता। ऐसे काम नहीं चलेगा न? भूखा रहता हूँ, भूखे तो लोग शौक़ से भी रहते हैं, व्रत रखते हैं और एक वो आदमी भी है जिसे खाना नहीं मिल रहा है, लेकिन जिसने व्रत रखा है उसके कॉन्फिडेंस में और जिसे रोटी नहीं मिल रही है उसमें, बहुत फ़र्क़ है। मैं तो अपनी मर्ज़ी से ऐसे रह रहा हूँ, लेकिन उदास, निराश नहीं हूँ, बल्कि कॉन्फिडेंस है घर पर सब खा-पीकर मस्त हैं। बच्चे आएँगे घर पकड़कर ले जाएँगे, कपड़े पहनाएँगे। परिवार ख़ुश है तो हम ख़ुश हैं, लेकिन हमारी ख़ुशी को भी समझिए। 'नीड़ न हो चाहे टहनी का आश्रय छिन्न-भिन्न कर डालो, पंख दिए हैं तो आकुल उड़ान में विघ्न न डालो।'

पापा दादी से कहते हैं- 'माई, ओ माई।'

दादी- 'हाँ भैया।'

पापा- 'देख माँ, विक्की लड़ाई कर रही है।'

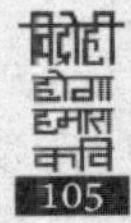

पापा- 'माँ। ओ माँ। अब नहीं बोलेगी दोनों की मिलीभगत है दादी, पोती में। माँ, ओ माँ। सुन नहीं रही।'

माई- 'का मइयात हया। करता कांहे नाय जवन हमरी पोतिया कहत बा।'

पापा- 'माँ तू तो कमाल करती है।'

माँ- 'करबा नाय तो मरबो करै बिटिया।'

मेरे एक दोस्त ने पापा से शिकायत की- 'अंकल जी, अमिता हमें डाँटती है।'

पापा- 'बहुत गलत बात है, पागल तो है। ऐसे कोई दोस्त को डाँटता है (कुछ देर बाद) बेटा एक बात बताऊँ।

मित्र- 'हाँ अंकल जी।'

पापा- 'मुझे भी डाँटती है।'

अब दोस्त ने पापा की तरफ़ देखकर पूछा- 'अंकल जी आप भी डरते हैं?'

पापा- 'पूरा घर संभालती है, सबकी ज़रूरत का ध्यान रखती है, मालकिन है घर की, डरना तो पड़ेगा।'

पापा ने बताया- 'महान लोगों की पत्नियाँ भी महान होती हैं। आपकी मम्मी तो ख़ाली गालियाँ देती हैं। कबीर की पत्नी तो उनके ऊपर कूड़ा डाल देती थी और वे कहते थे कि मेरे भले के लिए डाला है। मेरे शरीर में खुजली हो रही थी। वे जिन्दादिल व कोमल हृदय वाले, हँसी-मज़ाक करने वाले थे। कोमलता के पर्याय, लेकिन इरादे फ़ौलादी थे।'

पापा कविताएँ सुनाते थे तो मम्मी भी गाती थी कई गानों को दोनों मिलकर गाते थे- 'बीच वृन्दावनवा पकली बयरिया।'

पापा मम्मी को कहते थे- 'न तुम ही गधी हो ना तो हम ही गधे हैं, तुम हमसे बंधी हो हम तुम से बँधे हैं।'

पापा ने कहा था, 'मेरे मरने के बाद शान्ति जी को सफेद कपड़े मत पहनाना, बिन्दी लगाना मत छोड़ना। शान्तिजी का माथा बड़ा है बिन्दी के बिना अच्छा नहीं लगेगा।'

कितने लोगों ने केवल विद्रोहीजी को जानने के लिए जेएनयू में एडमिशन लिया, दबी जुबान से सुना है मैंने जेएनयू में। जैसा विद्रोहीजी के साथ हुआ शिक्षा के क्षेत्र में किसी के साथ न हो। विद्रोही और उनका परिवार तो झेल गया, लेकिन हर स्टूडेंट विद्रोही नहीं होता।

मैं डीयू में गई थी बृजेश यादव जी के साथ 2018 में, कोई सेमिनार था। विद्रोहीजी के बारे में वहाँ के प्रोफ़ेसरों को हैरानी थी कि मैं पढ़ कैसे गई, उन्होंने कहा- 'बुलाना अपने स्कूल में।'

मैंने कहा, 'सर गूगल पर देख लीजिए अभी कि मैं प्रिंसिपल हूँ या नहीं।'

जिस निर्ममता के साथ विद्रोहीजी को जेएनयू से निकाला गया, छोड़ दिया गया मरने के लिए, पत्र-पत्रिकाओं में मृत घोषित किया गया। उसके बाद भी जिन्दादिली से जीना और वामपंथी आंदोलनों की अगुआई करने का कलेजा विद्रोहीजी का ही था। कभी जेएनयू की बुराई नहीं की, बल्कि हमेशा डिफेंड किया है। जेएनयू को ऑक्सफोर्ड यूनिवर्सिटी मानते थे। अब ऐसे आदमी की फ़िल्म भी तो लाल होगी, आदमी ही लाल है। वामपंथ नस-नस में लहू की तरह बहता है। पापा कहते थे- 'एक महाशय संदीप बच्चन झा जी विद्रोहीजी पर फिल्म बनाना चाहते है, लेकिन उसमें वामपंथी विचारधारा नहीं दिखाना चाहते, पैसे भी ख़र्च किए, लेकिन विद्रोही जी की जीवनी में लाल विचारधारा ही मिली और जेएनयू के ख़िलाफ़ कुछ नहीं मिला, जिससे

बड़े दुखी हुए। बड़े भले आदमी हैं संदीपजी, एमएस धोनी की कहानी भी इन्होंने ही लिखी थी। उसी समय मैंने इन्हें बताया था कि विद्रोहीजी पर फ़िल्म कोई लाल विचारधारा का लाल ही बनाएगा। तब कह रहे थे क्या और लोग इंसान नहीं हैं, तो मैंने कहा था बात बेहतर इंसान और विद्रोहीजी की है। आप विद्रोहीजी के माध्यम से जेएनयू को डिफेम करना चाहते थे जो कभी नहीं हो सकता।' पापा कहते थे 'नाक पर जो मक्खी बैठे तो अपना नाम न लूँ, नाक मेरी लम्बी है और लोग कहते हैं नकटा।' विद्रोही जी कहते थे- 'आपको तोड़ा क्यों/ तोड़ता हूँ मैं तो गुरूर/ और आपका भी तोड़ दूँगा गर मुझमें होगा सहूर।'

अमरता की लड़ाई छिड़ी हुई है, हमेशा कहते थे, वो इच्छा पूरी हुई। अमर हो गए। कहते थे कि- 'लड़कियाँ तो प्रकृति की तरह सर्जक होती हैं, लेकिन अगर हमें अमर होना है या नाम करना है तो एक औलाद के माध्यम से जिसकी कोई संभावना नहीं है। दूसरा कुछ लिख-पढ़ जाओ ताकि आपको आपके बाद भी याद किया जाए। बड़े-बड़े लोग पहले भी रहते रहे होंगे। बड़ी-बड़ी गाड़ियों में घूमते रहे होंगे। लेकिन समाज तो गाँधीजी को याद करता है, जो कुछ योगदान देते हैं किसी भी फ़ील्ड में। लेकिन मैं गाँधीजी की तरह नहीं रह सकता हूँ। गाँधीजी राजकोट के दीवान के बेटे थे। अगर मैं फटा कपड़ा पहनूँगा तो लोग कहेंगे रमाशंकर जी ने फटा पहना हुआ है, इनके बापू के तो अँगा भी नहीं था। पूरी ज़िन्दादिली से जीते थे।' फैशन के बारे में बताते थे- 'कुछ कमी रहने देना चाहिए था ताकि ये कहा जा सके कि अगर सजती तो अच्छी लगती, फैशन एक लेवल का ही होना चाहिए। असली काम तो आपके गले का है। गाने की बात है। माइक तो वही होता है। साधन कभी साध्य नहीं बन सकते।'

पापा की जीवनी में साधना अवस्था है, सिद्धा-अवस्था नहीं है। साधना में ही मज़ा आता था। समाजवाद के सपने देखते थे। वर्ग-संघर्ष में विश्वास था, आदमी को बदलने की बजाय सिस्टम को बदलना चाहते

थे। इसीलिए किसी व्यक्ति विशेष को दुश्मन नहीं मानते थे। वैचारिक लड़ाई थी विचारों के कारण अपने भी दुश्मन बने हुए थे और उन्हीं के कारण पराए भी उनसे जुड़े।

पापा का और मेरा झगड़ा अक्सर सफ़ाई को लेकर होता था। मैं पापा के नाख़ून काटने के लिए तैयार रहती थी। पापा कहते- 'नाउन का जनि कहा कै, आलस भी नहीं लगता इसको। गजब नाइन हमरे घरै पैदा हो गई बा। यहै पटत थू। वह काटै कै लावा औरों कुछ जानत थू बिल्लार ऐसा।'

मुझे बुरा लगता, जब मुझे बिल्ली कहते तो। पापा ने बताया हमारी भाषा बहुत एडवांस है, यहाँ कालेज में सबसे स्मार्ट लड़की को कहा जाता है कैट गर्ल। तब मैं ख़ुश हो जाती पापा के ऐसे बिल्लार कहने पर।

पापा कहते- 'साफ़-सफ़ाई और पवित्रता में फर्क होता है। सफ़ाई तो करो लेकिन पवित्रता से बचो।'

इसका उदाहरण मोटका माई। जब मैंने उन्हें साबुन देते हुए कहा, काकी आप सफाई रखा करो, तो उन्होंने कहा- 'मुझे ऐसे ही मत समझो। मैं बहुत सफाई पसन्द हूँ। मेरे कपड़ों से बदबू आती है, लेकिन मैं किसी के हाथ का छुआ माठा नहीं पीती।'

पापा ने बताया ज़्यादा सफाई दिमागी बीमारी होती है। मुझे बहुत गुस्सा आया तो पापा ने पेपर में आर्टिकल दिखाया जिसका शीर्षक यही था, बोले- सबूती आदमी हूँ। उस आर्टिकल को पढ़कर मैं, पापा, अभिषेक और दादी ख़ूब हँसे। उसमें यही बताया गया था ज़्यादा सफाई मानसिक बीमारी का लक्षण है।

पापा कहते थे, अंत भला तो सब भला और वह हुआ भी। अपने मरने के बारे में उन्होंने पहले से ही कविता लिख दी थी- "मैं भी मरूँगा और

भारत भाग्य विधाता भी मरेंगे।" यह कविता मैं पहले नहीं सुनती थी। मुझे बहुत गुस्सा आता था इस कविता पर, लेकिन जब पापा ने बताया मरने के बाद ही आदमी अमर होता है तब सबसे प्यारी कविताओं में हो गई। मम्मी, पापा से जेएनयू में मिलने जाती थी पापा पूरी तरह से संतुष्ट थे- 'बेटा है, बेटी है, बहू है, दामाद है, नाती हैं पोते हैं। कहते थे और एक इंसान को क्या चाहिए और सभी ख़ुश हैं। पापा कहते थे अगर जेएनयू में ही मेरी समाधि बना दी जाए और आने वाली पीढ़ियाँ उसे पर पुष्प माला चढ़ाएँ तो कितना अच्छा हो।' सुख-सुविधाओं के सपने देखते ही नहीं थे। उन्हें तो अमर होना था। कहते थे-'पैदा ही अमर होने के लिए हुये हैं। मैं चाहता हूँ मेरे मरने के बाद लोग मुझे याद करें मेरे विचारों को याद करें, उनसे प्रेरित हों, देश में समाजवाद आए, सिस्टम बदलना चाहिए। हमें अपने लिए कुछ नहीं चाहिए। समाज के लिए चाहिए। भविष्य के लिए चाहिए।' ऐसे आदमी को कोई व्यक्तिगत दुख-दुखी कर ही नहीं सकता है।

(अमिता कुमारी विद्रोही की पुत्री हैं)

पत्र, प्रस्ताव और ख़बरें

To

The Vice Chancellor
Jawaharlal Nehru University
New Delhi - 110067

Respected Sir,

I myself Rama Shanker Yadav, a student of M.A. Final Year in (Hindi) C.I.L./SL.

I am a student belong to backward caste, backward area, and deprived class.

I am married student and had got married quarter in C.R.S. married hostel. I am so poor that I had kept a Pan Biri shop on the front of Ganga Hostel. Due to some miserable cause by my Center, my study is not going properly. So I take six Semester and now it is my last semester. Now I am not only un-registered but also evicted on 20-4-83.

I have given so many applications to the Center about my grievances, such as grade problem and scholarship problem but could not get any reply. So I request again:

1. Cancel my eviction and open my room immediately.
2. Give the chance of re-avaluation of my all answer books.
3. Continue my scholarship immediately from 5th semester.
4. Accept me as a registered student because here there is no question of academic performance. But it is only due to your so called dues. But my dues on you ? Oh God ! these scholarships of 10 months and one semesters' your so called dues who has been given by me.
5. Reject the new admission policy in augurated from July 1982 and implement the old admission policy which was inaugurated before this anti-student new admission policy. Sir! your new admission policy goes against all student community in general and deprived classes, ST, SC, backward classes students especially.
6. Those students who belong to these deprived classes and have not got any scholarship, fellowship or such any financial help, give them minimum of Rs. 300/- per month assistance.

Sir, I hope that all these demands will be fulfilled immediately otherwise I will bound to go on hunder strike unto death from Monday dated 25-4-1983.

With thanks,

Yours faithfully

(RAMA SHANKER YADAV)

Copy to:

1. Chairman of CIL/SL
2. Dean of School (SL)
3. Dean of Students Welfare
4. Chief Proctor
5. Registrar, JNU
6. JNUSU
7. All students organisations.

*****

जेएनयू के तत्कालीन कुलपति को लिखा पत्र

transferred to another hostel on grounds of indiscipline, they would boycott examination work.

The vice-chancellor had served show-cause notices to the two students to show cause within 48 hours why they should not be expelled. The 48 hours end tomorrow.

The vice-chancellor had requested the teachers to wait for the 48 hours before deciding on the boycott of examinations. The teachers had agreed to his request.

Meanwhile, the students union is getting a statement singed by the students that the president and secretary had not acted in their individual capacity when they broken open the hostel room but had been authorised to do so by the students union council.

Another student, Mr Asrar Ahmed, has also been issued a show cause notice by the university authorities. He is alleged to have broken open the lock of Room 20, of the Married Students Hostel which had been locked by the university authorities after they evicted its resident, Mr Rama Shankar Yadav, who was not a registered student.

Mr R. S. Yadav has been on fast unto death outside the vice-chancellor's office and he entered the 10th day of his hunger-strike today.

1983 में आंदोलन और भूख हड़ताल की खबर

students council. There was confusion as the vice-president, Mr Sanjeev Chopra, suddenly emerged from the JNUSU office to announce that it had been decided to gherao the vice-chancellor till he withdraw the expulsion notices. Then suddenly he was called inside and the students were asked to wait for a few minutes.

Soon after, the president, Mr Mohanty, announced that the students would gherao both the vice-chancellor and the registrar as well as the rector, Prof. M. S. Agwani, for being the "director" behind the action taken against the students.

The police last night whisked off Mr R. S. Yadav, the student who had been on an indefinite hunger-strike at the administrative block to protest against his eviction from the married students hostel since April 26. He was reportedly arrested for alleged attempt to commit suicide, according to his colleague, Mr Asrar Ahmed.

Mr Asrar Ahmed himself has been charged by the JNU authorities with having broken open the lock of Mr Yadav's room. He has denied breaking open the lock and is awaiting the university's response.

The Students Federation of India, Delhi state committee, alleged that the vice-chancellor's decision to expel the president and the general secretary of the JNUSU seemed to be linked with the desire of the University Grants Commission and the Central government to do away with elected students unions.

It is widely believed that the university will be closed sine die and the examinations held in July.

1983 में आंदोलन और भूख हड़ताल की खबर

JNU crisis deepens with exam boycott

By A Staff Reporter

NEW DELHI, May 5: Crisis in Jawaharlal Nehru University deepened today with the students boycotting their end-semester examinations in protest against the show-cause notices issued to the president and secretary of their union.

The students' union council at an emergency meeting early this morning, decided to boycott the examinations. Supporters of the boycott move disrupted the examination work at various centres and prevented students from entering the examination hall later in the day.

In some centres the students who wanted to take the examinations resisted and there were heated exchanges.

The vice-president of the students union Mr Sanjeev Chopra, said no force had been used on the students and allegations by some that their answer-books had been snatched away were false. The students had merely been requested "to cooperate."

The boycott by the students is a direct confrontation with the teachers. In a way the students union has preempted the move by the teachers to boycott examinations.

The teachers association has issued an ultimatum yesterday to the vice-chancellor, Prof P. N. Srivastav, that if he did not take appropriate action by 5 pm today against the students who had broken open the Jhelum hostel room and reinstated Mr J. Ahmed, a student who had been transferred to another hostel on grounds of indiscipline, they would boycott examination work.

The vice-chancellor had served show-cause notices to the two students to show cause within 48 hours why they should not be expelled. The 48 hours end tomorrow.

The vice-chancellor had requested the teachers to wait for the 48 hours before deciding on the boycott of examinations. The teachers had agreed to his request.

Meanwhile, the students union is getting a statement singed by the students that the president and secretary had not acted in their individual capacity when they broken open the hostel room but had been authorised to do so by the students union council.

Another student, Mr Asrar Ahmed, has also been issued a show cause notice by the university authorities. He is alleged to have broken open the lock of Room 20, of the Married Students Hostel which had been locked by the university authorities after they evicted its resident, Mr Rama Shankar Yadav, who was not a registered student.

Mr R. S. Yadav has been on fast unto death outside the vice-chancellor's office and he entered the 10th day of his hunger-strike today.

1983 के आंदोलन की खबर

JAWAHARLAL NEHRU UNIVERSITY STUDENTS' UNION

February 11, 1983

In the University General Body Meeting held on 11th February 1983 the following resolutions were tabled and voted upon:

<u>Resolution No.1:</u> The JNUSU congratulates the students community for completely paralysing the administration and boycotting the classes on 10th February 1983. This U.G.B.M. proposes to further paralyse the Administration and boycot all classes from Monday 14th February 1983 in support of their demand for the suspension of Mr.P.C. Saxena of the S.C.S.S. The U.G.B.M. resolves to authorise the Students Council to any other kindof drastic action as the situation may demand from time to time. The U.G.B.M. also demands that an impartial inquiry be instituted into the entire episode.

The above mentioned resolution was proposed by the Students Council after accepting certain amendments proposed in the U.G.B.M. It was voted upon;
For 270 , against - 16,
absention-11.

The above resolution was passed

An amendment to resolution No 1

Students Union must have to appeal to the Karamchari Union, JNU, to come and support with JNUSU struggling position for the proper maintenance of democracy in this democratic campus where, slavery character and feudal attitude is being taken by the University authorities

Proposed by ASRAR A. KHAN
Seconded by RAMA SHANKER YADAV

11 फरवरी, 1983 को आम छात्र सभा में रखा गया प्रस्ताव

JAWAHARLAL NEHRU UNIVERSITY STUDENTS' UNION

February 11, 1983

In the University General Body Meeting held on 11th February 1983 the following resolutions were tabled and voted upon:

Resolution No.1: The JNUSU congratulates the students community for completely paralysing the administration and boycotting the classes on 10th February 1983. This U.G.B.M. proposes to further paralyse the administration and boycot all classes from Monday 14th February 1983 in support of their demand for the suspension of Mr.P.C. Saxena of the S.C.S.S. The U.G.B.M. resolves to authorise the Students' Council to any other kind of drastic action as the situation may demand from time to time. The U.G.B.M. also demands that an Impartial inquiry be instituted into the entire episode.

The above mentioned resolution was proposed by the Students Council after accepting certain amendments proposed in the U.G.B.M. It was voted upon:
For 270, against - 16,
absention-11.

The above resolution was passed

An amendment to resolution No.1

Students Union must have to appeal to the Karamchari Union, JNU, to come and support with JNUSU struggling position for the proper maintenance of democracy in this democratic campus where, slavery character and feudal attitude is being taken by the University authorities

Proposed by ASRAR A. KHAN
Seconded by RAMA SHANKER YADAV

Resolution No.2: Appeal to the teaching community

The UGBM of students are much pained to note that JNUTA has taken the unfortunate step of declaring the allegations of discriminations against students on the basis of caste and of corrupt practices are totally unfounded despite the fact that prima facie evidences exist to substantiate both these allegations. It is shocking to find that the JNUTA has ventured to hurl wild and totally baseless charges against a section of students while the entire students community is involved in an agitation to achieve their just demands in a deplorable attempt to divide the students.

Needless to say such an attitude constitutes a totally uncalled for interference in the affairs of the students. While fully upholding the right of every section of the University community to express their views freely and frankly and while respectfully up-[illegible] the dignity of the teachers, we appeal to all

प्रस्ताव

RESOLUTION NO. 3.

Despite the threatening of the authorities, the continuance of this prolonged struggle is to be congratulated. The need of the hour, at the same time, is to go forward. There is to be suspension of P.C. Saxena. And to fight for it, the help of JUNTA and JNUSA is to be sought so that they also participate in it. This fight is against the slavery character and feudal attitude prevailing in the campus which is impervious to the healthy atmosphere of the campus. Violence, in any formm should not be allowed to be taken by Delhi Police. This UGBM Resolves to carry forward the form of struggle passed in the last UGBM.

Proposed by:- Asrar A. Khan   Seconded by:- Rama Shankar Yadav (vidrohi)

प्रस्ताव नं.5

आलोचना

कबीर की विरासत का सच्चा वारिस

चौथीराम यादव

नयी खेती शीर्षक कविता संग्रह के प्रकाशित होने के पहले रमाशंकर यादव 'विद्रोही' प्राय: एक गुमनाम कवि की जिंदगी जी रहे थे। 'विद्रोही' के आलोचक प्रणय कृष्ण को, उनकी कविताओं को खोज निकालने और प्रकाशित करने तक कितने पापड़ बेलने पड़े थे, इसका उल्लेख उन्होंने भूमिका में किया है। कारण यह कि विद्रोही कविता करते रहे, न कहीं छपे और न इसकी उन्होंने कभी कोई फ़िक्र की। वह कविता कहते थे, चाहे कितनी भी लंबी क्यों न हो। प्रणय कृष्ण ने लिखा है कि मेरे बहुत कहने पर कई दिनों की मेहनत के बाद वे ढेर सारी कविताएँ लिखकर मुझे दे गए पर किन्हीं कारणों से मैं उन्हें प्रकाशित नहीं कर सका, जिसका मुझे दु:ख है। बाद में जे.एन.यू. के छात्रों द्वारा विद्रोही की कविताएँ या तो रेकॉर्ड की गईं या हस्तलिपि में उतारी गईं। विद्रोही के प्रशंसकों ने कुछ कविताएँ यू-ट्यूब और बी.बी.सी. की वेबसाइट पर डाल रखी थी। इस तरह कविताओं को इकट्ठा कर संपादित करने से यह संग्रह संभव हो सका।

अभी-अभी 2018 में बृजेश यादव द्वारा संपादित नयी खेती का दूसरा संस्करण प्रकाशित हुआ, जिसमें लगभग आठ नयी कविताएँ जोड़ी गयी हैं। इनमें दो लंबी कविताएँ- 'इंकलाब चाहिए' और 'मारि के मुआय देव, जरि से मिटाय देव' भी शामिल हैं। 'आग के फूल की तरह

खिलने को बेताब विद्रोही' शीर्षक लंबी भूमिका वस्तुत: कवि विद्रोही और उनके कवि-कर्म की गंभीर व विचारोत्तेजक समीक्षा है। दोनों ही संपादक-आलोचकों ने विद्रोही के जे.एन.यू. प्रयास की कठिनाइयों से लेकर उनकी ज़मीनी कविता की ज़मीन को रेखांकित करते हुए, प्रतिरोध-प्रतिकार की संस्कृति को समृद्ध करने वाले जनवादी कवियों की परंपरा में विद्रोही का स्थान निर्धारित करने की कोशिश की है। भूमिका के आरंभ में ही बृजेश ने लिखा है कि "विद्रोही ने हमारे युग की वह तस्वीर देख ली जहाँ चौतरफ़ा आग लगी है, सब कुछ जला बरा भस्म हुआ जा रहा है। वीरेन डंगवाल के यहाँ जो 'कालापन' पैदा होता है ('हमारा समाज'), गोरख पांडेय के यहाँ जो 'बौनापन' पैदा हो रहा है ('उठो मेरे देश') ठीक वही मानिए कि विद्रोही के यहाँ आग लगी हुई है। यह हमारे युग की यथार्थ छवि है। जहाँ सिर से पाँव तक हर गतिविधि में भेद की निर्मिति हो रही है।"[1] और रमाशंकर यादव 'विद्रोही' इसी भेद की निर्मिति का सबसे बड़ा शिकार हुआ है। लेकिन यह भी सच है कि इसी निर्मिति की विषम परिस्थितियों ने विद्रोही के दृढ़ निश्चयी एवं मुक्तिकामी-आस्थावान व्यक्तित्व को गढ़ा भी है।

विद्रोही के प्रोफ़ेसरों ने कदम-कदम पर उन्हें अपमानित किया है। जान-बूझकर उनका करिअर ख़राब करने की नीयत से एम.ए. प्रथम वर्ष के सभी आठ पेपरों में 'बी ओनली' दिया गया। स्वयं विद्रोही के अनुसार करिअर ख़राब करने के मकसद से ऐसा किया गया। कहा जा सकता है कि विद्रोही को वंचित समाज का तेज़ विद्यार्थी होने की सजा मिली, जो आज के समय जे.एन.यू. सहित तमाम विश्वविद्यालयों में बहुजन छात्रों के उत्पीड़न में आम बात हो गयी है। एक प्रसंग तो जे.एन.यू. के छात्रों के बीच किंवदंती बन गया है कि विद्रोही ने टर्म और सेमिनार पेपर लिखने की जगह बोलने की जिद ठान ली और प्रोफ़ेसरों से कहा कि उनके बोले पर ही मूल्यांकन किया जाए। प्रणय कृष्ण ने लिखा है कि "ऐसे में विद्रोही 'अमूल्याँकित' ही रहे लेकिन

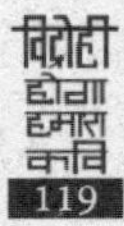

जे.एन.यू. छोड़ कहीं गए भी नहीं, वहीं के नागरिक बन गए। जे.एन.यू. की वाम राजनीति और संस्कृति प्रेमी छात्रों की कई पीढ़ियों ने विद्रोही को उनकी ही शर्तों पर स्वीकार और प्यार किया है और विद्रोही हैं कि छात्रों के हर न्यायपूर्ण आंदोलन में उनके साथ तख्ती उठाए, नारे लगाते, कविताएँ सुनाते, सड़क पर मार्च करते आज भी दिख जाते हैं। बेटा एक बार इनको पकड़कर गाँव ले गया, कुछेक महीने रहे, खेती-बारी की लेकिन जल्दी ही वापस अपने ठीहे पर लौट आए। जे.एन.यू. में रहने के चलते विद्रोही की आवाज़ दिल्ली की सड़कों पर, बैरिकेडों और पुलिस पिकेटों के सामने, तमाम तरह के लोकतांत्रिक जुलूसों, प्रदर्शनों के समय दो दशक से भी ज़्यादा समय से सुनी जाती रही है। पिछले दिनों 27 दिसंबर, 2010 के दिन साथी विनायक सेन को उम्र क़ैद सुनाए जाने के खिलाफ संसद मार्ग पर विशाल प्रतिवाद सभा का समापन विद्रोही के काव्यपाठ से हुआ। आंदोलन और विरोध सभाओं के दौरान कविता सुनाकर विद्रोही बच्चों की तरह ख़ुश होते हैं, अपनी उपलब्धि बताते हैं। यही उनका तमगा है, यही पुरस्कार।"[2] ध्यान देने की बात है कि रमाशंकर विद्रोही कविता कहते थे, लिखने और छपने-छपवाने में उनकी कोई दिलचस्पी नहीं थी। इसी तरह मान-सम्मान और पद-प्रतिष्ठा-पुस्कार क्या होता है, इसे जानने की ज़रूरत ही नहीं समझी। इसलिए जे.एन.यू के प्रोफ़ेसरों से वह भले 'अमूल्याँकित' रह गए लेकिन छात्र-छात्राओं की कई पीढ़ियों ने उन्हें सर-आँखों पर बिठाया, यही उनका मान-सम्मान और पुरस्कार है। विद्रोही पैसे के पीछे कभी नहीं भागे, इसकी आवश्यकता भी महसूस नहीं हुई। जे.एन.यू. के छात्रों ने रुपये की खनक से उनकी जिंदगी की खनक को कभी फीका नहीं पड़ने दिया। विद्रोही ने छात्रों के उतारे हुए बेसाइज के ढीले-ढाले कपड़े पहनकर, किसी भी छात्रावास में किसी छात्र के कमरे में रहकर या फिर गंगा ढाबा में पत्थर की पटिया पर न जाने कितनी रातें बिता दीं, कभी भूखे पेट भी रहना पड़ जाता होगा। मेरा विश्वास है कि ऐसे में प्रकृति भी उनकी मददगार साबित होती होगी।

आख़िर जे.एन.यू. के जामुन किस दिन काम आते, जिन्हें विद्रोही ने बड़ी शिद्दत से याद किया है-

> "जेएनयू में जामुन बहुत होते हैं/ हम लोग तो बिना जामुन के
> न जेएनयू में रह सकते हैं/ न दुनिया में ही रहना पसंद करेंगे
> कुछ अपने घर जाएँगे/ कुछ लोग मर जाएँगे
> लेकिन हम कहाँ जाएँगे/ हम जो न मर रहे हैं न जी रहे हैं
> सिर्फ़ कविता कर रहे हैं।"[3]

इस तरह जीते-मरते फटेहाल जिंदगी तैंतीस साल तक खींच ले जाना, बिना किसी आत्म विगलन के, यह कोई मामूली बात नहीं है। विद्रोही अपने लिए कहाँ जीते थे, दूसरों के लिए जीते थे, दूसरों के लिए सोचते थे और दूसरों के लिए कहते व करते थे। इसलिए प्रणय कृष्ण ने भूमिका में लिखा है- "विद्रोही की कविता में उनके व्यक्तिगत दु:ख कहीं नहीं हैं, हर कहीं समूह के ही दु:ख, तकलीफ़, आस्था और मुक्ति के नग्मे हैं। विद्रोही ख़ुद को लोगों में घुलाकर ही कवि बने हैं। विद्रोही की कविता बोलचाल से निकली गंभीर अर्थों, मुक्ति के भव्य आशयों, महान सपनों वाली कविता है, उसे अनपढ़ भी समझ सकता है।"[4] इसमें दो राय नहीं कि विद्रोही मध्यकालीन संतों की तरह मलंगई का सरल जीवन जीते थे लेकिन उनके विचार तार्किक और वैचारिक थे। सचमुच विद्रोही बड़े सपनों वाले कवि थे और उनकी कविता में एक व्यापक विश्व-दृष्टि मिलती है। इस संदर्भ में 'धर्म', 'मोहनजोदड़ो की आख़िरी सीढ़ी से' और 'औरत' शीर्षक कविताओं को देखा जा सकता है।

निष्कासन के बाद, जब से विद्रोही जी जे.एन.यू. के स्वयंभू नागरिक बन बैठे तभी से गंगा ढाबा सहित जे.एन.यू. के ढाबे, उनके साथी, पत बन गए। बिना नागा शाम को जे.एन.यू. पहुँच जाते विद्रोही जी और जब तक सभी ढाबे बंद न हो जाते तब तक वो वहीं बने रहते, फिर कहीं

न कहीं चले जाते। उस समय विद्रोही की दिनचर्या के बारे में प्रणय कृष्ण ने लिखा है- "1993-94 में, कुछ दिन तक वे मेरे कमरे में या मैं जिस कमरे में हूँ, जिस भी हास्टल के, विद्रोही वहीं ठहर जाते। एक दिन सुबह-सुबह भाभी जी पधारीं, उन्हें लिवा ले जाने। कई दिनों से घर में महाशय के पाँव ही नहीं पड़े थे। भाभी जी सामान्य-सी नौकरी करती हैं। फिर भी उन्होंने विद्रोही के साथ निभाया है। विद्रोही के साथ निभाना उनके ही जिगरे की बात है।"[5] जे.एन.यू के ढाबों पर देर रात तक क्यों पड़े रहते थे विद्रोही, क्या करते थे और यह क्यों कहते थे कि गंगा ढाबे पर नूर बरसता है, इसे बता रहे हैं विद्रोही के दूसरे आलोचक बृजेश यादव पूरे विस्तार के साथ-

"साढ़े चार बजे शाम से लगाकर अढ़ाई बजे रात तक किसी भी मौके पर गंगा ढाबे पर बैठे हुए लोगों पर एक निगाह डालिए तो सहज ही आप देख लेंगे कि वहाँ का पूरा बिजनेस ही अलग है इसलिए बिजी होने का मतलब भी अलग है। ये लोग ऊँच-नीच, लूट-खसोट, दलाली-चापलूसी और गलाकाट स्पर्द्धा की भगदड़ और भभ्भड़ से दूर किसी दूसरी जगह बैठे हुए लोग हैं, जहाँ असहमति और सहमति को 'सेटिल' करने के नये दृष्टिपूर्ण तरीक़े विकसित कर लिए गए हैं।"

बदलते समय में सत्य, न्याय व ज्ञान के नव-नवल भाष्य, अवतारवादी, आदर्शवादी भूलभुलैया को भेदकर किस प्रकार हमारी सभ्यता की ज्ञानात्मक परंपरा को समृद्ध कर रहे हैं- यह देखना हो तो गंगा ढाबे की मौज में कभी आएँ। ...इनकी गंभीरता का अंदाजा आप इस बात से लगा सकते हैं कि ये हाथापाई कभी नहीं करते हैं लेकिन 'मार' रोज होती है। अगले दिन तर्कों और उदाहरणों और संदर्भों के नये शस्त्र लेकर महारथी फिर जुटते हैं और फिर 'मार' होती है। कहना न होगा कि इसी घमासान के बीच से बोध-प्रबोध के वे नये चराग जलते हैं जिनसे लौ लेकर भविष्य के भारत को अभी जगमग होना है। इसी को विद्रोही कहते थे कि 'गंगा ढाबे पर नूर बरसता है।'[6] इन्हीं नये

चरागों में से विद्रोही एक ऐसे जनगमाते चराग हैं, स्वयं जिनके चेहरे से एक ख़ास तरह का नूर टपकता है। कहा जा सकता है कि यदि 'जलते समंदर की बड़वाग्नि में मौत का विस्तार' विद्रोही की कविता का लोकेल है तो गंगा ढाबा उसकी आंच को निर्घात झेल जाने की प्रेरणा भूमि, जहाँ से उनकी कविता में ज्ञानात्मक संवेदना और संवेदनात्मक ज्ञान के अंकुर फूटे हैं, वह प्रेरणा भूमि जिसने उनके व्यक्तित्व को गढ़ा है, मांजा है और पराजित योद्धा को अपराजेय बना दिया है। गंगा ढाबे की तासीर का अनुभव वही कर सकता है जो जे.एन.यू. का छात्र रहा है या जिसे वहाँ के वैचारिक युद्ध में एकाधिक बार शामिल होने का सौभाग्य मिला हो। मेरा विश्वास है कि जे.एन.यू. का कोई पूर्व छात्र, देश के किसी भी कोने में हो, गंगा ढाबे की स्मृति उसे 'हान्ट' करती होगी, वह उसके लिए ज़रूर हुड़कता होगा।

विद्रोही बड़े सपनों का कवि है- छोटे कद का बड़ा कवि। मनुष्यता उसमें कूट-कूटकर भरी हुई है। सपना वह नहीं जो हम सोते समय देखते हैं, सपना वह जो हमें सोने नहीं देता, जैसे कबीर का सपना, समाज बदलने का सपना-

> "सुखिया सब संसार है, खावे अरु सोवै।
> दुखिया दास कबीर है, जागे अरु रोवै॥"[7]

कबीर और विद्रोही का दुःख व्यक्तिगत दुःख नहीं बल्कि हजारों साल में अशिक्षा और अज्ञानता के अंधकार में डूबे वंचित समाज का दुःख है। ऐसे अधिकार-वंचितों की मुक्ति के लिए इन्हें रात-रात भर जागना पड़ा है। वैसे तो कवि होना ही बड़ी बात है, जनकवि होना और भी बड़ी बात है, लेकिन किसी बड़े जनकवि का बड़ा मनुष्य होना सबसे बड़ी बात है। इसमें दो राय नहीं कि कबीर और विद्रोही दोनों जितने बड़े जनपक्षधर कवि थे, उतने ही बड़े मनुष्य भी थे।

बहुत ही खतरनाक ढंग से कविता के भीतर प्रवेश करने का अदम्य साहस रखने वाले, प्रतिरोध के प्रखर कवि कबीर के सच्चे वारिस का नाम है- रमाशंकर विद्रोही। जो मुख्यधारा के हिन्दी साहित्य में गुमनामी का जीवन जीने को अभिशप्त रहा है। कबीर के वारिसों की लंबी सूची है, जिनमें प्रतिरोध की परंपरा को विकसित करने वाले जनवादी कवि भी आते हैं और अंबेडकरवादी कवि भी। कविता के भीतर ख़रतनाक ढंग से प्रवेश कर जोखिम उठाने वाले जनवादी कवियों में नागार्जुन, पाश, मुक्तिबोध, धूमिल, वेणु गोपाल, आलोक धन्वा, गोरख पांडेय, वीरेन डंगवाल, महेश्वर तथा अंबेडकरवादी कवियों में वशिष्ठ कवि मलखान सिंह, जयप्रकाश लीलवान, सी. वी. भारती, असंग घोष और पंजाबी दलित कवि लाल सिंह दिल के नाम उल्लेखनीय हैं। इन्हीं में से एक नाम रमाशंकर विद्रोही का भी है, जिन्हें मैंने कबीर का सच्चा वारिस कहा है। अक्खड़ता, फक्कड़ता और बेपरवाह मस्ती भरा जीवने जीने की दृष्टि से विद्रोही कबीर जैसे मलंग के जितने निकट प्रतीत होते हैं, उतना कोई दूसरा नहीं। दोनों लिखित के बरक्श मूलत: वाचिक परंपरा के कवि हैं। दोनों कविता लिखते नहीं, कविता कहते हैं। एक की वाणियों को संत धर्मदास ने लिपिबद्ध किया तो दूसरे की कविताओं को जे.एन.यू. के छात्रों ने 'रेकॉर्ड' और लिपिबद्ध किया जिसे संपादित कर प्रणय कृष्ण ने नयी खेती शीर्षक से प्रकाशित किया। एक मध्यकालीन है तो दूसरा आधुनिक जनवादी कवि। इसी के साथ यह भी सच है कि प्रतिरोध का प्रखर कवि कबीर अपनी सांस्कृतिक जनवाद की क़ीमती विरासत के साथ संत काव्य और आधुनिक प्रगतिशील कविता के बीच आवाजाही का संबंध-सेतु है।

विद्रोही भले फटेहाल कवि रहे, पर उनमें आत्म करुणा का भाव लेशमात्र भी नहीं था, विरोधियों के सामने यह तनकर खड़े रहे और इसका खामियाजा भी उन्हें भुगतना पड़ा। विद्रोही कविता करते हैं, कविता बोलते और कविता को जीते हैं, यही कवि-कर्म उनके

क्रियाशील जीवन की सार्थकता है। कविता करना उनका पेशा है और वे कविता के 'होल टाइमर' कवि हैं। इस पर उन्हें गर्व है। यह जानते हुए भी, जो लोग यह जानना चाहते हैं कि आख़िर विद्रोही करते क्या हैं, उन पर व्यंग्य करते हुए विद्रोही बड़े फख्र के साथ कहते हैं-

> "जब कवि गाता है/ तब भी कविता होती है
> और जब कवि रोता है/ तब भी कविता होती है
> कर्म है कविता/ जिसे मैं करता हूँ
> फिर भी लोग मुझसे पूछते हैं-
> विद्रोही!
> तुम क्या करते हो?"[8]

अपने कवि-कर्म पर कितना गर्व है विद्रोही को। 'कविता क्या है' इस प्रश्न पर रचनाकार से लेकर आलोचक तक मंथन करते आए हैं, धूमिल से लेकर रामचंद्र शुक्ल तक। खेती-किसानी और कविता ही विद्रोही का पेशा है। अत: कविता के बारे में विद्रोही की लोकधर्मी दृष्टि किंचित भिन्न है। धूमिल ने कविता की अनेक परिभाषाएँ दी हैं, मसलन 'कविता भाषा में आदमी होने की तमीज़ है', या फिर 'शब्दों की अदालत में/ मुजरिम के कठघरे में खड़े बेकसूर आदमी का हलफनामा है', इसके बरक्श विद्रोही की सीधी-सरल छोटी भी परिभाषा है जो अनपढ़ आदमी की समझ में भी आ जाए-

> "कविता क्या है/ खेती है
> बेटा बेटी है
> बाप का सूद है/ माँ की रोटी है।"[9]

और यही कविता में भाषा होने की तमीज़ भी है। विद्रोही की कविता वस्तुत: बोलचाल से निकली गंभीर अर्थों वाली और मुक्ति के भव्य आशयों वाली कविता है। कवि विद्रोही और उनकी कविता की सामाजिक भूमि व भूमिका को रेखांकित करते हुए प्रणय कृष्ण ने

लिखा है- "विद्रोही हमारे अपवंचित राष्ट्र के कवि हैं, उन लोगों के कवि जिन्हें अभी राष्ट्र बनना है। विद्रोही मूलत: इस देश के एक अत्यंत जागरूक किसान-बुद्धिजीवी हैं, जिसने अपनी अभिव्यक्ति कविता में पायी है। विद्रोही सामान्य किसान नहीं हैं, वे पूरी व्यवस्था की बुनावट को समझने वाले किसान हैं। मतलब यह कविता उनका जीवन है। किसानी और कविता उनका यहाँ एकमेक है।"[10] अत: कवि विद्रोही और उनकी कविता, तथा कविता व किसानी के अन्तःसंबंधों को ठीक से समझने, उसके निहितार्थ और तेवर को ठीक से पहचानने के लिए उनकी 'कविता और लाठी' शीर्षक कविता को देखा जा सकता है-

"मेरी कविता वस्तुत:/ लाठी ही है
इसे लो और भांजो/ मगर ठहरो!
ये वो लाठी नहीं है जो/ हर तरफ़ भंज जाती है
ये सिर्फ़ उस तरफ़ भंजती है/ जिधर मैं इसे प्रेरित करता हूँ
मसलन तुम इसे बड़ों के खिलाफ भांजोगे/ भंज जाएगी
छोटों के खिलाफ भांजोगे/ न/ नहीं भंजेगी
तुम इसे भगवान के खिलाफ भांजोगे/ भंज जाएगी
लेकिन इसे इनसान के खिलाफ भांजोगे/ न/ नहीं भंजेगी
कविता और लाठी में यही अंतर है।"[11]

सहज पठनीयता और बोधगम्यता भी कविता का एक विशिष्ट गुण है जो रचनाकार और पाठकों के बीच एक सामाजिक संबंध स्थापित करता है। शोषक और शोषित के कंट्रास्ट में रची गयी यह कवित और उसका निहितार्थ इतना स्पष्ट है कि किसी के भी समझ में आ जाए। पूंजीवाद, सामंतवाद, मार्क्सवाद की फार्मूलाबद्ध शब्दावली का प्रयोग किए बिना अपने प्रतिरोध को साफ़-सुथरी भाषा में पूरे तेवर के साथ व्यक्त किया जा सकता है, विद्रोही की कविताएँ इसकी गवाही देती हैं। इन्सान के पक्ष में ईश्वर पर लाठी भांजने वाली तमाम कविताएँ,

मार्क्सवादी सौंदर्यशास्त्र और दलित सौंदर्यशास्त्र के बीच आवाज़ाही का मार्ग प्रशस्त करती हैं।

पुनर्पाठ की परंपरा 19वीं शताब्दी में ज्योतिबा फुले ने आरंभ की थी। पुनर्पाठ माने पुनर्मूल्यांकन नहीं, बल्कि सामाजिक परिवर्तन के माध्यम से व्यवस्था-परिवर्तन की वह प्रक्रिया है, जिससे समतामूलक समाज-निर्माण का मार्ग प्रशस्त हो। इसके लिए वर्चस्ववादी सत्ता की विचारधारा को पुष्ट करने वाले, पूर्व स्थापित मिथकों व प्रतीकों को ध्वस्त कर वैकल्पिक मिथकीय प्रतीकों की संरचना की ज़रूरत होती है। हिन्दी में पुनर्पाठ की यह प्रक्रिया देर से बीसवीं शताब्दी के आख़िरी दशकों में शुरू हो पाती है; पहले स्त्री-पाठ, फिर दलित-पाठ और काफी देर से आदिवासी पाठ। जाति-व्यवस्था और श्रेष्ठता को स्थापित करने वाली ब्राह्मणवादी संरचना ने पाप और पुण्य, स्वर्ग और नरक, ब्राह्मण और अब्राह्मण, आर्य और अनार्य के बीच विभाजक रेखा खींचकर, नरक और पाप के भय से वंचित समाजों को भयभीत कर ग़ुलामी की बेड़ियों में जकड़ रखा है। ईश्वरीय चमत्कारों से इस व्यवस्था को उसने बराबर अक्षुण्ण बनाए रखा। विद्रोही का संघर्ष इस ग़ुलामी के विरुद्ध वंचित समाज की मुक्ति का संघर्ष है, जो हजारों साल से वर्चस्ववादी सत्ता के शोषण का शिकार रहा है।

वंचित समाज के विद्रोही उस व्यवस्था के पीड़ित थे जिसके उत्तराधिकारी आज खुलेआम हक़ छोड़ने की बात कर रहे हैं। वर्तमान शिक्षण व्यवस्थाएँ, हक़ की लड़ाई में अपना हक़ माँगने वालों को ही कुचल देने पर आमादा हैं। विद्रोही अपना हक़ छोड़ देने से साफ़ इनकार करते हैं। तुम चाहे हमारी कमर तोड़ दो, चाहे सिर फोड़ दो पर हम अपना हक़ नहीं छोड़ेंगे, हरगिज नहीं छोड़ेंगे। हम लड़ेंगे और अपना हक़ लेकर रहेंगे। जुल्मो-सितम के रहते विद्रोही ने जिद ठान ली है कि हम ग़ुलामी की अंतिम हदों तक लड़ेंगे-

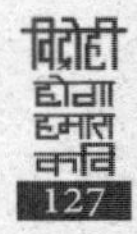

"जिसकी खातिर लड़ाई ये छेड़ी गई
जो शुरू से अभी तक चली आ रही
और चली जाएगी अंत के अंत तक
हम ग़ुलामी की अंतिम हदों तक लड़ेंगे।"[12]

रमाशंकर विद्रोही सत्ता परिवर्तन के नहीं, प्रेमचंद की तरह व्यवस्था परिवर्तन के रचनाकार थे। इसीलिए वे शोषित-वंचित समाज की मुक्ति के लिए आज़ादी की दूसरी लड़ाई लड़ रहे थे। वह वंचित समुदाय जो आज़ाद भारत में भी आज़ाद नहीं है। इसीलिए विद्रोही की कविताओं में एक सात्विक आक्रोश भी है, जिसके चलते उनका प्रतिरोध कभी-कभी प्रतिशोध का रूप ले लेता है-

"ज़ुल्म न होता, जलन न होती
जोत न जगती, क्रांति न होती
बिना क्रांति के खुले खजाना
कहीं कभी भी शांति न होती।"[13]

व्यवस्था परिवर्तन की प्रक्रिया सामाजिक क्रांति के लिए जितनी ज़रूरी है, उतनी ही कठिन और चुनौतीपूर्ण भी। सामाजिक क्रांति की पहल करने वाले प्रतिरोध के नायकों- बुद्ध, कबीर, फुले, अंबेडकर, पेरियार, भगत सिंह-सभी को इस चुनौती का सामना करना पड़ा है और उसका खामियाज़ा भी भुगतना पड़ा है। व्यवस्था परिवर्तन के लिए, सत्ता व्यवस्था द्वारा स्थापित मिथकीय संरचनाओं को खंडित कर वैकल्पिक अवधारणाएँ विकसित करनी पड़ती हैं। व्यवस्था-परिवर्तन की इस लड़ाई में विद्रोही को धर्मसत्ता, पितृसत्ता और राजसत्ता से बार-बार टकराना पड़ता है। इस लड़ाई में वे थकते हैं, हारते हैं पर हार नहीं मानते, फिर से उठ खड़े होते हैं। वह महसूस करते हैं कि ब्राह्मणवादी तंत्र को ध्वस्त करने की प्रक्रिया में ईश्वर सबसे बड़ी चुनौती है जिसे सामंतवाद के ब्राह्मणवादी तंत्र ने बड़ी मजबूती के साथ ज़मीन पर

रोप दिया है। उसने ईश्वर के चमत्कार से चमत्कृत जनता को धार्मिक पाखंडों व अंधविश्वासों में बुरी तरह जकड़ रखा है। ईश्वरीय चमत्कार का विरोध वैकल्पिक चमत्कार की अवधारणाओं से ही किया जा सकता है। अत: विद्रोही ब्राह्मणवादी तंत्र की चमत्कारी संस्कृति के बरक्स किसान संस्कृति से एक वैकल्पिक अवधारणा विकसित करते हैं- 'आसमान में धान बोना' और अपने ही ज़मीनी मोर्चे पर ईश्वर से लड़ाई ठान लेते हैं-

"मैं किसान हूँ

आसमान में धान बो रहा हूँ
कुछ लोग कह रहे हैं/ कि पगले आसमान में धान नहीं
जमता
मैं कहता हूँ कि/ गेगले-गोगले
अगर ज़मीन पर भगवान जम सकता है
तो आसमान में धान भी जम सकता है
और अब तो/ दोनों में एक होकर रहेगा-
या तो ज़मीन से भगवान उखड़ेगा
या आसमान में धान जमेगा।"[14]

यह है ठेठ किसान, जनवादी कवि विद्रोही की नयी खेती का नया संदेश जो अपनी ज़मीन पर जड़ जमाए बैठे ईश्वर को उखाड़ फेंकने की प्रेरणा देता है। लेकिन भगवान को अपनी ज़मीन से उखाड़ फेंकने पर आमादा विद्रोही अच्छी तरह जानते हैं कि झूठ-फरेब, छल-छद्म, अंधविश्वास और पाखंड की धुरी पर टिकी धर्मसत्ता कितनी क्रूर और निष्ठुर है। वहाँ 'मर्यादा पुरुषोत्तम के वंशजों को' शंबूकों का गाँव उजाड़ फेंकने की पूरी छूट है तो एकलव्य का अंगूठा काट लेने और उसके खिलाफ तमाम झूठी दस्तखतें बना देने का भी पूरा अधिकार है, क्योंकि-

"बाभन का बेटा
बूढ़े चमार के बलिदान पर जीता है
भूसुरों के गाँव में सारे बाशिंदे
किरायेदार होते हैं।"[15]

मैं नहीं समझता कि दलित कवियों के अलावा ऐसी कविता कोई जनवादी कवि भी लिख सकता है, नागार्जुन जैसे कुछ अपवाद हो सकते हैं। इस संदर्भ में विद्रोही जनवादी कवियों के बीच अपनी विशिष्ट पहचान बनाते हैं। 'धर्म' शीर्षक कविता इसका सर्वोत्तम उदाहरण है। ब्राह्मणवादी तंत्र में धर्म देश से बड़ा होता है और उससे भी बड़ा होता है धर्म का निर्माता, जिसकी रक्षा के लिए पुरानी पोथियाँ हथियार मुहैया कराती हैं। दुनिया में भारत अकेला ऐसा देश है, जहाँ ईश्वर सहित सभी देवी-देवता लगभग हथियारबंद हैं और खुलेआम अपनी क्रूरता और हिंसक-वृत्ति का प्रदर्शन करते हैं। धर्मसत्ता के पाखंडों और भेदभाव पर आधारित अमानवीय उसूलों का उल्लंघन करने वालों की गर्दन नापने के लिए ये हथियार हमेशा तैयार रहते हैं। धर्म-विरोधी को पापी बताकर नरक के भय से भयभीत किया जाता है लेकिन अपने लाभ के लिए पुरोहितों ने स्वर्ग जाने के लिए चोर दरवाज़े का खुला विकल्प भी छोड़ रखा है-

"धर्म के मुताबिक उनको मिल सकता है
वैतरणी का रिजर्वेशन
बशर्ते कि संकल्प दें अपनी बूढ़ी गाय
और खोज लाएँ सवा रुपया कर्ज
ताकि गाय को घोड़ी बनाया जा सके
किसान की गाय
पुरोहित की घोड़ी होती है।"[16]

धार्मिक पाखंडों और अनेक छल-छद्म से किसानों की ज़मीन हड़पने का धर्म-धंधा बड़ा पुराना है और आज तो ब्राह्मणवादी तंत्र और 'कारपोरेट' के गठबंधन ने और जटिल बना दिया है। आदिवासियों की कीमती ज़मीनें, सत्ता और उद्योगपतियों की मिलीभगत से हड़पकर उद्योग चमकाए जा रहे हैं और लाखों आदिवासियों को निर्वासित होने को मजबूर किया जा रहा है। लेकिन मैदानी इलाकों में ग़रीब किसानों की ज़मीन हड़पने का धंधा भी चल रहा है। रात के अंधेरे में उनके काले कारनामों का चमत्कार, सबेरे-सबेरे ग़रीब किसान के खेत में सहसा उग आयी किसी देवी या देवता की मूर्ति के दृश्य में दिखायी देता है और लुटेरों का दल झांझ मजीरा लेकर कीर्तन शुरू कर देता है। लाख कोशिश के बावजूद किसान की ज़मीन की सच्चाई झूठ बनकर रह जाती है-

> "गवाहियाँ बेमानी बन जाती हैं
> और मेरा गाँव सदियों की जोत से वंचित हो जाता है
> क्योंकि कागजात बताते हैं कि
> विवादित भूमि राम-जानकी की है।"[17]

देश का सिरदर्द बना 'रामजन्म भूमि' का धार्मिक विवाद बहुत दिनों से राजनीति का अखाड़ा बना हुआ है। राजनीति जब धर्मसत्ता की ग़ुलाम हो जाती है तो न्याय की अदालतें भी मुँह मोड़ लेती हैं। धर्मसत्ता के पाखंड को तार-तार करते हुए रमाशंकर विद्रोही, निष्कर्ष के रूप में जब नुकीली सूक्तियों का प्रयोग करते हैं तो प्रतिरोध का निहितार्थ कहीं ज़्यादा गंभीर और अर्थ-सघन होकर उभरता है। 'धर्म' शीर्षक कविता की कुछ चुनिंदा सूक्तियों को देखिए, उनकी धार को परखिए-

1. किसान की गाय पुरोहित की घोड़ी होती है।
2. धर्म की भीख ईमान की गर्दन होती है।
3. अदालतों के फ़ैसले आदमी नहीं, पुरानी पोथियाँ करती हैं।

4. भूसुरों के गाँव में सारे बाशिंदे किरायेदार होते हैं।
5. बाभन का बेटा बूढ़े चमार के बलिदान पर जीता है।
6. ऊसरों को तोड़ती आत्माएँ नरक में ढकेल दी जाती हैं।

विद्रोही की 'धर्म' और 'औरत' शीर्षक लंबी कविताएँ, जनवादी कवियों के लिए चुनौती हैं। धर्मसत्ता ने अपने धार्मिक वर्चस्व की सुरक्षा के लिए जिस कल्पित ईश्वर की सृष्टि की है, उसी के भय से जनता को भयभीत कर, सदियों से उसका शोषण करती आयी है। वह ईश्वर भी ग़ज़ब का मायावी है, कभी सिंह के रूप में प्रकट होता है तो कभी सूअर के रूप में। अत: विद्रोही उसे आमने-सामने की लड़ाई के लिए 'गुरिल्ले' का वैकल्पिक प्रतीक गढ़ते हैं, और मायावी ईश्वर को ललकारते हैं-

"और जब हम एक दिन/ ज़मीन से आसमान तक
खड़े-खड़े फाड़ देंगे तुम्हारी मेहराबें/ तो न तो उसमें से कोई/
कच्छप निकलेगा, न ही कोई नरसिंह/
तुम सूअरों से लेकर सिंहों तक/ सारे जानवरों का स्वभाव
अपना लो/ मगर, हम तो गुरिल्लों की औलाद हैं/
और गुरिल्ले ही रहेंगे।"[18]

सर्वेश्वर दयाल सक्सेना के प्रतिरोध का प्रतीक 'भेड़िया' है तो रमाशंकर विद्रोही के प्रतिरोध का प्रतीक 'गुरिल्ला' है, जिसके माध्यम से कवि ईश्वर के विरुद्ध छापामार युद्ध की घोषणा कर देता है। यह कविता 'धर्म' शीर्षक कविता का उपसंहार है। यह मात्र एक पराजित योद्धा के आक्रोश को शिनाख्त करने वाली कविता नहीं है, बल्कि हज़ारों साल से दबे-कुचले वंचित समुदाय के हृदय में दबी पड़ी वेदना और पीड़ा की सर्जनात्मक अभिव्यक्ति है। यह छाती पीटने वाला निष्क्रिय आक्रोश नहीं बल्कि दलित आक्रोश की गवाही देती कविता है, जो अपने खोए हुए हक़ व हक़ूक को छीन लेने के लिए प्रतिबद्ध है। 'धर्म'

और 'गुरिल्ला' शीर्षक जनवादी कविताओं को, दलित आक्रोश वाली मलखान सिंह और जयप्रकाश लीलवान की कविताओं के साथ रखकर भी पढ़ा जा सकता है। लंबी कविता 'धर्म' वस्तुत: जनवादी कविताओं और दलित कविताओं के बीच आवाज़ाही का मार्ग प्रशस्त करती है।

धर्मसत्ता के साथ ही पितृसत्ता व राजसत्ता के शोषणकारी दमन-तंत्र को तार-तार करते हुए रमाशंकर विद्रोही, स्त्री के दमन की गवाही देने वाले धर्म ग्रंथों और इतिहास के पन्नों की गहरी छानबीन करते हैं और निष्कर्ष निकालते हैं कि स्त्रियों की हत्या व आत्महत्या संबंधी जो विवरण प्रशासनिक रिकार्डों और धर्मग्रंथों में दर्ज हैं, वे सभी पुरुष-पक्ष को मजबूत बनाने वाले स्त्री-विरोधी झूठे विवरण हैं, जिन्हें निरस्त करते हुए कवि संकल्प करता है-

"मैं एक दिन पुलिस और पुरोहित
दोनों को एक ही साथ
औरतों की अदालत में तलब करूँगा
और बीच की सारी अदालतों को
मंसूख कर दूँगा।"[19]

कवि स्त्रियों की हत्या व आत्महत्या संबंधी घटनाओं की पूरी छानबीन करता है और अपने समय, समाज में हो रही दस्तावेज़ों की हेराफेरी के बरक्श उनकी मिलान करता है तो विचलित हो जाता है। वह देखता है कि जुल्म के सारे सबूतों को मिटाया जा रहा है, चंदन लेपित मस्तक को उठाए पुरोहित और तमगों से लैस सीना फुलाए हुए सैनिक महाराज की जय बोल रहे हैं-

"वे महाराज जो मर चुके हैं
और महारानियाँ सती होने की तैयारियाँ कर रही हैं
जब महारानियाँ नहीं रहेंगी
तो नौकरानियाँ क्या करेंगी

इसलिए वे भी तैयारियाँ कर रही हैं
मुझे महारानियों से ज़्यादा चिंता
नौकरानियों की होती है
जिनके पति जिंदा हैं और
बेचारे रो रहे हैं।"[20]

राजसत्ता और पितृसत्ता की स्त्री-विरोधी सबसे क्रूर और वीभत्स परंपरा सती प्रथा थी जिसके विरुद्ध सबसे पहले एक स्त्री-मीराबाई ने आवाज़ उठाई थी, आज से लगभग छः सौ साल पहले। बाद में आधुनिक काल में राजा राममोहन राय को सती प्रथा के खिलाफ बाक़ायदा आंदोलन चलाना पड़ा। महाराज की मृत्यु के बाद उनकी रानियों और सेवा में लगे नौकर-नौकरानियों को जीने का कोई अधिकार नहीं था, सब महाराज के ग़ुलाम थे। मध्यकाल के सामंती युग में लिखे गए सूफी काव्यों में एक खंड 'सती खंड' का होता था। इसके अनुसार राजा की मृत्यु के बाद क्रमशः उनकी रानियों के सती हो जाने पर, एक-एक कर सभी नौकर-नौकरानियों को भी सती होना पड़ता था। यहाँ तक कि तमोली को भी इसलिए सती होना पड़ता था कि स्वर्ग में महाराज को पान कौन खिलाएगा। कवि उस्मान की चित्रावली में सबसे दिलचस्प विवरण मिलता है। उस्मान व्यंग्य करते हैं कि पान खिलाने के लिए तमोली को तो सती होना पड़ता था। पर रसोइया को सती नहीं होना पड़ता था क्योंकि वह ब्राह्मण था। उस्मान और विद्रोही की चिंताएँ एक समान हैं।

सामंती समाज व्यवस्था में स्वयं रानियाँ महलों के ख़ूबसूरत क़ैदखाने में जीने को अभिशप्त थीं, कालिदास के अनुसार-असूर्यपश्या राजमहिषी रानियाँ और सेवा में लगी सभी नौकरानियाँ तथा अन्य नौकर-चाकर के ग़ुलाम थे। गुलामी की अंतिम हद लड़ने की जिद ठान बैठे रमाशंकर विद्रोही का हृदय, इस क्रूरता को देखकर कलकलाता रहा था। स्त्री-उत्पीड़न और उसकी हत्या को जब वह पूरे ऐतिहासिक परिप्रेक्ष्य में

देखते हैं तो उनके प्रश्नाकुल मन में तरह-तरह के सवाल कुलबुलान लगते हैं, मसलन-यही कि इतिहास में पहली स्त्री-हत्या किसने की और क्यों की? पितृसत्ता कब अस्तित्व में आई? और कवि की दृष्टि परशुराम और जमदग्नि पर जाकर टिक जाती है। लेकिन लाख टके का प्रश्न यह है कि-

"इतिहास में वह पहली औरत कौन थी
जिसे सबसे पहले जलाया गया
मैं नहीं जानता
लेकिन जो भी रही होगी
मेरी माँ रही होगी
लेकिन मेरी चिंता यह है कि
भविष्य में वह आख़िरी औरत कौन होगी
जिसे सबसे अंत में जलाया जाएगा
मैं नहीं जानता
लेकिन जो भी होगी
मेरी बेटी होगी-
मैं यह नहीं होने दूँगा।"[21]

कहना न होगा, विद्रोही ने जिस बेलौस ढंग से धर्मसत्ता, पितृसत्ता और राजसत्ता के छल-छद्म, पाखंड, धोखाधड़ी और निरंकुश क्रूरता का पर्दाफाश करते हुए उनकी आंतरिक सच्चाइयों को उजागर किया है तथा 'धर्म', 'औरत' एवं 'मोहनजोदड़ो की आख़िरी सीढ़ी से' शीर्षक कविताओं के माध्यम से जिस तेवर के साथ दलित और स्त्री अस्मिताओं के सवालों को उठाया है, वह जनवादी कवियों के लिए एक मिसाल है। इसके साथ ही ये सवाल रामविलास शर्मा और नामवर सिंह जैसे आलोचकों को भी आईना दिलाने का साहस करते-से प्रतीत होते हैं, जिन्होंने अस्मिता आंदोलनों से उठ खड़े हुए सवालों को कोई तवज्जो नहीं दी। इसका एक कारण तो यह है कि विद्रोही वंचित

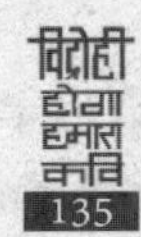

समुदाय से ताल्लुक रखते हैं और सही मायने में मार्क्सवाद वंचित समुदाय को ही रास आता है। प्रसंगवश, प्रणय कृष्ण ने इस पुस्तक की भूमिका में एक घटना का उल्लेख किया है- "नामवर जी की एक किताब हाल में आई है- कविता की ज़मीन और ज़मीन की कविता। विद्रोही ने एक दिन मुझसे कहा कि इस किताब में विद्रोही कहीं नहीं है जबकि आलोचक तो जे.एन.यू. में ही लंबे समय तक रहे। असल में विद्रोही कविता कहते रहे, छपे कहीं नहीं।" तब नामवर जी की किताब में होने का सवाल ही कहाँ उठता है। यह विद्रोही की सहज जिज्ञासा मात्र है।

वस्तुत: 'मोहनजोदड़ो की आख़िरी सीढ़ी से' मूलत: सभ्यता-विमर्श की लंबी कविता है, जिसमें स्त्री-अस्मिता के सवाल बार-बार टकराते हैं। दुनिया की प्राचीन सभ्यताओं का इतिहास जिस पर हम गर्व करते हैं, साम्राज्यवाद की क्रूरता का इतिहास है। स्त्रियों की जली हुई लाशें और इंसानों की बिखरी हुई हड्डियाँ, हर सभ्यता के भग्नावशेषों में मिल जाएँगी। एक प्रकार से देखा जाए तो यह कविता वैश्विक सभ्यताओं के विमर्श का शोधपरक आख्यान है, जिसका निष्कर्ष प्रस्तुत करते हुए कवि को एक सवाल बारहां व्यथित कर देता है- आख़िर क्या बात है कि हर सभ्यता के मुहाने पर औरत की जली हुई लाश और इन्सानों की बिखरी हुई हड्डियाँ मिलती हैं। बात केवल मोहनजोदड़ों तक सीमित नहीं है; बेबीलोनिया से लेकर मेसोपोटामिया तक, सीथिया की चट्टानों से लेकर सवाना के जंगलों तक, यह सिलसिला फैला हुआ है। यह उनकी बर्बरता का काला पक्ष है, जो स्त्री की जली हुई लाश और इन्सानों की बिखरी हुई हड्डियों के रूप में अपना निशान छोड़ गया है। विद्रोही उन सभ्यताओं के नीचे दबी पड़ी आंतरिक सच्चाइयों का पर्दाफाश करते हैं-

"यह लाश जली नहीं है, जलाई गई है
ये हड्डियाँ बिखरी नहीं हैं; बिखेरी गई हैं

ये आग लगी नहीं, लगाई गई है
ये लड़ाई छिड़ी नहीं है, छेड़ी गई है
लेकिन कविता भी लिखी नहीं, लिखाई गई है
और जब कविता लिखी जाती है
तो आग भड़क जाती है।"[22]

रमाशंकर विद्रोही की कुछ महत्त्वपूर्ण कविताएँ स्मृति कविताएँ हैं, जिनमें कवि अपने से बड़े और वरिष्ठ कवियों की कविताओं से होड़ लेता-सा दिखाई देता है। 'कन्हई कहार' त्रिलोचन की बहुचर्चित कविता 'नगई महरा' की याद दिलाती है तो 'जन-गण-मन' और 'नूर मियाँ का सुरमा' क्रमश: विश्वकवि रवींद्रनाथ टैगोर लिखित राष्ट्रगीत 'जन गण-मन अधिनायक' तथा वरिष्ठ कवि केदारनाथ सिंह की मार्मिक कविता 'नूरमियाँ' से प्रतिस्पर्द्धा करती, विद्रोही की चुनी हुई महत्त्वपूर्ण कविताएँ हैं। इसमें दो राय नहीं कि 'नूरमियाँ' केदारनाथ सिंह की बड़ी ही मर्मस्पर्शी कविता है लेकिन उसे यदि विद्रोही की कविता को सामने रखकर पढ़ा जाए तो विद्रोही की कविता बीस ही पड़ेगी, उन्नीस नहीं। उसका सबसे मार्मिक और संवेदनशील अंश है, नूरमियाँ का पाकिस्तान चले जाना। आख़िर क्यों चले गए पाकिस्तान नूरमियाँ? यह अनेक सवाल छोड़ जाता है-

"कहते हैं नूरमियाँ के कोई था नहीं
तब क्या हम कोई नहीं होते थेनूरमियाँ के
नूरमियाँ क्यों चले गए पाकिस्तान?
बिना हमको बताए
बिना हमारी दादी को बताए
नूरमियाँ क्यों चले गए पाकिस्तान।"[23]

विद्रोही से पहले वरिष्ठ कवि रघुवीर सहाय के मन में यह प्रश्न उठा था, आख़िर कौन है यह जन-गण-मन अधिनायक? और भारत-भाग्य विधाता कौन है?

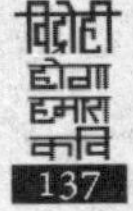

"राष्ट्रगीत में भला कौन वह/ भारत-भाग्य-विधाता है/
फटा सुथन्ना पहने जिसका/ गुन हरचरना गाता है।
कौन-कौन वह जन-गण-मन/ अधिनायक वह महाबली
डरा हुआ मन बेमन जिसका/ बाजा रोज बजाता है।"[24]

रघुवीर सहाय ने जिस 'भाग्य-विधाता' और 'अधिनायक' को प्रश्नांकित कर छोड़ दिया था, विद्रोही मरते दम तक उनसे लड़ने की जिद ठान लेते हैं। विद्रोही की 'जन-गण-मन' शीर्षक कविता एक पराजित योद्धा के बयान से शुरू होती है, ऐसा योद्धा जो जलते हुए समंदर की बड़वाग्नि में मौत का विस्तर बिछाकर पड़ गया है। वह सोचता है कि मौत तो उसे छोड़ेगी नहीं। वैसे भी एक न एक दिन मरना तो सबको है, लेकिन सामंतवाद-अधिनायकवाद को मारे बिना मरना भी कोई मरना है? मृत्यु वह जिसे लोग याद करें। अत: विद्रोही निश्चय करते हैं-

"मैं भी मरूँगा
भारत भाग्य-विधाता भी मरेगा।
मरना जन-गण-मन अधिनायक को भी पड़ेगा
लेकिन मैं चाहता हूँ कि पहले जन-गण-मन अधिनायक मरें
फिर भारत भाग्य-विधाता मरें/ फिर साधू के
काका मरें/ यानी सारे बड़े लोग पहले मर लें/
फिर मैं मरूँ/ उधर चलकर वसंत ऋतु में/
जब दानों में दूध/ आमों में बौर आ जाता है/
या फिर तब/ जब महुआ चूने लगता है/
या फिर तब/ जब बनवेला फूलती है/ नदी किनारे
मेरी चिता दहक कर महके/ और मित्र सब
करें दिल्लगी-/ कि यह विद्रोही भी क्या तगड़ा
कवि था/ जो सारे बड़े-बड़े लोगों को मारकर तब मरा।"[25]

जलते हुए समंदर की बड़वाग्नि में मौत का विस्तर बिछाकर लेटे हुए पराजित योद्धा रमाशंकर विद्रोही की, हास-परिहास की शैली में इच्छा-मृत्यु की यह कामना, महाभारत की युद्धभूमि में शर-श्य्या पर लेटे भीष्म पितामह की इच्छा-मृत्यु से कहीं ज़्यादा सार्थक और जीवंत है। इसमें संदेह नहीं कि विद्रोही की 'जन-गण-मन' कविता, राष्ट्रगीत में अभिव्यक्त अधिनायकवादी सामंती दृष्टि का तीखा प्रत्याख्यान करने के साथ ही जन-गण और अधिनायकवाद के बीच चिह्नित अंतर्विरोधों को भी स्पष्ट करती है। बहुजन पात्रों पर केन्द्रित त्रिलोचना की दो कविताएँ 'नगई महरा' और 'भोरई केवट के घर पर' बहुचर्चित कविताएँ हैं, जिनमें 'नगई महरा' के बरक्श विद्रोही की 'कन्हाई कहार' भी कमज़ोर कविता नहीं है।'

सुल्तानपुर जनपद में चिरानी पट्टी गाँव के निवासी त्रिलोचन तथा अहिरी गाँव के बाशिंदे, विद्रोही दोनों में कई एक समानताएँ हैं। दोनों को खेती-किसानी के श्रमशील जीवन का गहरा अनुभव है, दोनों ने खड़ी बोली के अलावा अपनी मातृभाषा अवधी में भी उसी सामर्थ्य से कविताएँ लिखी हैं। दोनों मार्क्सवादी विचारधारा से प्रभावित जनकवि हैं और दोनों 'जनसंस्कृति मंच' से जुड़े रहे हैं। दोनों की काव्य-भाषा अमूर्तता से मुक्त, सहज, पठनीय भाषा है, जिसमें गद्य की लयात्मकता का गुण मौजूद है। नागार्जुन की तरह दोनों अपनी मातृभाषा के मंजे हुए कवि हैं। विद्रोही ने भी नागार्जुन की तह आंदोलनधर्मी कविताएँ लिखी हैं, जो जनवादी आंदोलनों को प्रेरणास्रोत रही हैं। विद्रोही का मज़दूर पर लिखा निम्नलिखित अवधी गीत लोगों के बीच बहुत लोकप्रिय रहा है। जब जुलूसों में विद्रोही इसे सुनाते थे तो समां बंध जाता था-

"जनि जनिहा मनइया जगीर माँगऽऽता
कलजुगहा मजूर पूरी सीर माँगऽऽता

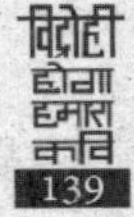

इ पसिनवा के बाबू आपन रेट माँगऽऽता
इ भरुकवा की जनहा गिलास माँगऽऽता
औ पतरवा कइ बदले थार माँगऽऽता
पूरा माल माँगऽऽता
मलिकाना माँगऽऽता
बाबू हमसे पूछा त ठकुराना माँगऽऽता
दूधे-दरिए के बरे अहिराना माँगऽऽता

ई सड़किया के बीचे खुलेआम माँगऽऽता
मांगे बहुतै सकारे, सरे शाम माँगऽऽता
आधी रतियाँ के मांगे आपन दाम माँगऽऽता
ई तो खाय बदे घोंघवा के खीर माँगऽऽता
दुलहिनिया के द्रौपदी कइ चीर माँगऽऽता
औ नचाये बरे बानर महावीर माँगऽऽता।"[25]

यह आंदोलनधर्मी जनवादी गीत, संभवत: दुनिया भर की भाषाओं में लिखे गए चुनिंदा मजदूर-गीतों में शामिल किए जाने की प्रवल दावेदारी पेश करता है, ऐसा विद्रोही के दूसरे आलोचक बृजेश यादव का दावा है। उसके अलावा इस संग्रह में कई और अवधी कविताएँ शामिल हैं जिनमें- 'छिड़ी बा लड़ाई मोरे खेत खरिहनवां', 'नापि कय बंटाय लेव', 'घूमइ दे मथानी अम्मा' के नाम उल्लेखनीय हैं।

आर्थिक विपन्नता के मारे किसी ग़रीब आदमी का अपमान होता देख विद्रोही का ख़ून खौल उठता है। वह उनकी जन-प्रतिबद्धता भी है और वैचारिक प्रतिबद्धता भी। साधन-विहीन व अधिकार-वंचित व्यक्ति का अपमान उन्हें अपना अपमान लगता है। एक जनकवि की प्रतिबद्धता जीने वाले विद्रोही जनता के प्रति अपनी जिम्मेदारी महसूस करते हैं और उत्तरदायित्व का निर्वाह करना, अपना कर्त्तव्य समझते हैं। वस्तुत: रमाशंकर विद्रोही संवेदनात्मक ज्ञान और ज्ञानात्मक

संवेदना के लोकधर्मी कवि हैं। उनकी कविताएँ कवि के विचारबोध का आईना हैं तो भाव-बोध की प्रतिमा भी। यह भ्रम नहीं होना चाहिए कि विद्रोही के हृदय में कभी प्रेमांकुर प्रस्फुटित ही नहीं हुआ था बल्कि यही कि परिस्थितियों के चलते उनके प्रेम का सोता सूख गया था-

"मैंने कभी नहीं सोचा था
कि मेरे प्रेम का सोता सुख जाएगा,
लेकिन पूंजीवादी समाज की चौपालो!
और सामंतवादी समाज के दलालो!
औरत का तन और मुर्दे का कफन
बिकता देखकर
मेरे प्यार का सोता सूख गया।"[26]

ऐसा नहीं कि विद्रोही प्यार करना जानते ही नहीं थे। आख़िर वह तीन-तीन बहनों के भाई थे, बहनों ने हल्दी, दूध और गले की हंसुली से चूम-चूमकर प्यार करना सिखाया था। हाँ, प्यार करने की प्रक्रिया उसका आधार और आशय, उन लोगों से भिन्न अवश्य थे जो दिन-रात प्रेम में डूबे रहते हैं। प्यार और सौंदर्य विद्रोही को कर्म-क्षेत्र में प्रवृत्त होने की प्रेरणा देते हैं-

"जब मैं तुम्हें देखता हूँ/ मुझे लगता है/ क्रांति होगी
तुम्हारा सौंदर्य मुझे/ विचार से समर की ओर ढकेलता है
और मेरे संघर्ष की भावना/ सैकड़ों तो क्या/ सहस्रों गुना
बढ़ जाती है।"[27]

प्यार विद्रोही को संघर्ष करने की प्रेरणा देता है और लड़ाई जीतने की ऊर्जा भी। इस संदर्भ में निराला की कविता 'राम की शक्ति पूजा' का वह दृश्य याद आता है जब युद्ध में पराजित राम थके-हारे वापस आते हैं। निराशा और अवसाद की मनोदशा में उनकी उदासी और बढ़ने

लगती है तो सहसा उन्हें विदेह के उपवन में सीता के साथ प्रथम मिलन का दृश्य याद आता है- 'पलकों का उत्थान-पतन', 'नयनों का नयनों से गोपन', 'प्रिय संभाषण' और वे ऊर्जा से भर जाते हैं। दूसरे दिन की लड़ाई जीतने की अपार शक्ति उन्हें मिल जाती है।

अपने समय समाज की उथल-पुथल, राजनीतिक उठा-पठक पर विद्रोही को कड़ी नज़र है जिसके लिए वे सीधी कार्रवाई पर उतर आते हैं-

"यह कविता करने का वक़्त नहीं है दोस्तो
मार करने का वक़्त है।
ये बदमाश लोग कुछ मान ही नहीं रहे हैं
न सामाजिक न्याय मान रहे हैं
न सामाजिक जनवाद की बात मान रहे हैं
एक मध्ययुगीन तनाव के चलते
तनाव पैदा कर रहे हैं
जो अमरीकी संस्कृति की विरासत है।"[28]

नागार्जुन की तरह विद्रोही की राजनीतिक बोध वाली तत्कालीन कविताएँ समाज की विडंबनाओं पर तीखा प्रहार करती हैं। अखंड भारत की बात करने वाले ये 'दंगों के व्यापारी' देश को खंड-खंड करने पर आमादा हैं। ये इतिहास को उलट देने का अधिकार चाहते हैं। ये सेठों, पूंजीपतियों, रजवाड़ों के अधिकार की बात करते हैं, जनता जाए चूल्हे भाड़ में। अमेरिका स्वयं अब्राहम लिंकन की परिभाषा से दूर चला गया है। जातीय दंगे, सांप्रदायिक दंगे, भाषायी दंगे, हमारे यहाँ दिल्ली तक फैले हैं। विकलांग श्रद्धा का दौर चल रहा है, लोकतंत्र के मुँह पर ताला लटका है। यह केवल राजनीतिकबोध नहीं, समकालीन बोध की जीवंत कविता है।

संदर्भ

1. नयी खेती, भूमिका पृ.-5, दूसरा संस्करण पृष्ठ 18, नवारुण प्रकाशन, गाजियाबाद
2. वही, भूमिका, पृ. 28
3. वही, 'दंगों के व्यापारी शीर्षक' कविता, पृष्ठ 148
4. वही, भूमिका, पृ. 28
5. वही, भूमिका, पृ. 27-28
6. वही, भूमिका, पृ. 21
7. कबीर ग्रंथावली, श्यामसुंदर दास, 'विरह को अंग', दोहा 145, पृ. 57, लोक भारती प्रकाशन, इलाहाबाद, संस्करण 2011
8. 'नयी खेती', दूसरा संस्करण, संपा. बृजेश यादव, 'कवि-कर्म' शीर्षक कविता, पृ. 124
9. वही, 'परिभाषा' शीर्षक कविता, पृ. 123
10. वही, भूमिका-2, पृ. 30
11. वही, 'कविता और लाठी' शीर्ष कविता, पृ. 108-109
12. वही, 'हम गुलामी की अंतिम हदों तक लड़ेंगे' शीर्षक कविता, पृ. 162
13. वही, 'पुरखे' शीर्षक कविता, पृ. 64
14. वही, 'नयी खेती' शीर्षक कविता, पृ. 45
15. वही, 'धर्म' शीर्षक कविता, पृ. 45
16. वही, पृ. 45
17. वही पृ. 47
18. वही, 'गुरिल्ले' शीर्षक कविता, पृ. 43
19. वही, 'औरत' शीर्षक कविता, पृ. 39
20. वही, पृ. 40-41
21. वही, पृ. 41

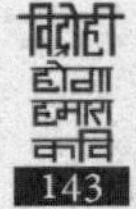

22. वही, 'मोहनजोदड़ो की आख़िरी सीढ़ी से' शीर्षक कविता, पृ. 53
23. वही, 'नूरमियाँ का सुरमा' शीर्षक कविता, पृ. 70
24. रघुवीर सहाय : प्रतिनिधि कविताएँ, 'अधिनायक' शीर्षक कविता, पृ. 46, राजकमल प्रकाशन (पेपर बैक) संस्करण, 2012
25. 'नयी खेती', 'जनि जनिहा मनइया जगीर मांगता', पृ. 178-79
26. वही, 'इक आग का दरिया है' शीर्षक कविता, पृ. 129
27. वही, 'इक आग का दरिया है', पृ. 130
28. वही, 'दंगों के व्यापारी' शीर्षक कविता, पृ. 49

विद्रोही, तुम क्या करते हो?

प्रणय कृष्ण

कई साल पहले मेरे बहुत कहने पर, कई दिनों की मेहनत के बाद वे अपनी ढेर सारी कविताएँ लिखकर मुझे दे गए। इलाहाबाद में मेरे घर पर उन कविताओं का अक्सर ही पाठ होता, लोग सुनकर चकित होते, लेकिन मसरूफ़ियात ऐसी थीं कि मैं उन्हें छपा न सका, लिहाज़ा कविताओं की पांडुलिपि विद्रोही जी को वापस पहुँच गई। विद्रोही निर्विकल्प कवि हैं। विद्रोही ने कविता कभी लिखी नहीं, वे आज भी कविता 'कहते' हैं, चाहे जितनी भी लम्बी हो। ऐसे में कितना मुश्किल रहा होगा उनके लिए उन कविताओं को लिपिबद्ध करना, इसकी याद मुझे बहुत पछतावा देती है। इस बार उदय, मार्तण्ड, रवि, शेफालिका और अवधेश (सभी जे.एन. यू. के छात्र) ने विद्रोही की कविताएँ या तो रिकार्ड कीं या अपनी हस्तलिपि में उतारीं जिनके चलते उनका संग्रह संभव हो सका है। यों विद्रोही के चाहनेवालों ने उनकी कई कविताएँ यू ट्यूब और बी.बी.सी. की वेबसाइट पर लगा रखी हैं।

विद्रोही की कविताएँ 'वाचिक परम्परा', उसकी सामूहिकता के स्वर को आधुनिक समय में ग़रीब और अपवंचित लोगों की मुक्ति के लिए ज़रूरी आधुनिक विचारधारा में पिरोकर कही गई हैं। 'लिखित' और 'मुद्रित' शब्द के 'आधुनिकतावादी' वर्चस्व को विद्रोही ने कभी नहीं माना। उनकी कविता की अनेक धुनें हैं, अनेक रंग हैं, उनके सोचने

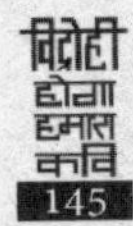

का तरीक़ा ही कविता का तरीक़ा है। कविता में वे बतियाते हैं, रोते और गाते हैं, ख़ुद को और सबको संबोधित करते है, चिंतन करते हैं, भाषण देते हैं, बौराते हैं, गलियाते हैं, संकल्प लेते हैं।

'कविता क्या है?' जैसे सनातन विषय पर विद्रोही के विचार भी देखें-

> "कविता क्या है
> खेती है
> कवि के बेटा-बेटी है
> बाप का सूद है, माँ की रोटी है।"

विद्रोही के व्यक्तित्व और उनकी कविताओं को चाहना शहराती और 'अपवर्डली मोबाइल' संवेदना के लोगों के लिए मुश्किल है, चाहे वे स्वयं साहित्य के सर्जक ही क्यों न हों। जबतक ऐसे लोग अपने भीतर झाँक कर अपनी आलोचना का रुख न अपनाएँ, विद्रोही से वे घृणा या हद से हद ईर्ष्या ही कर सकते हैं। दूसरी ओर, हमने ख़ुद देखा कि पिछले साल पटना में जब विद्रोही गांधी मैदान के इर्द-गिर्द चौराहों पर अपनी कविताएँ सुना चुके तो ठेले-खोमचे रखने वाले और दूसरे मेहनतकश जानना चाहते थे कि यह कवि कौन था, जो हमारी बातें कर रहा था।

विद्रोही जी का पूरा नाम है- रमाशंकर यादव 'विद्रोही'। उत्तर प्रदेश के जिला सुलतानपुर के मूल निवासी। नाटा कद, दुबली काठी, सांवला रंग, उम्र लगभग पचास-बावन के आसपास, चेहरा शरीर के अनुपात में थोड़ा बड़ा और तिकोना, जिसे पूरा हिला-हिलाकर वे जब बात (कविता) करते हैं, तो नज़र कहीं और जमा पाना मुश्किल होता है। विद्रोही फक्कड़ और फटेहाल रहते हैं, लेकिन आत्मकरुणा का लेशमात्र भी नहीं है, कहीं से। बड़े गर्व के साथ अपनी एक कविता में घोषणा करते हैं कि उनका पेशा है कविता बनाना और व्यंग्य करते हैं ऐसे लोगों पर जो यह जानने के बाद भी पूछते हैं 'विद्रोही, तुम क्या करते हो?'

"जब कवि गाता है तब भी कविता होती है/ और जब कवि रोता है तब भी कविता होती है/ कर्म है कविता/ जिसे मैं करता हूँ/ फिर भी लोग मुझसे पूछते हैं/ कि विद्रोही तुम क्या करते हो?"

विद्रोही पिछले न जाने कितने वर्षों से शाम ढले जे.एन.यू. पहुँच जाते हैं और फिर जबतक सभी ढाबे बंद नहीं हो जाते, कम से कम तब तक उनका क़याम यहीं होता है। फिर जैसी स्थिति रही, उस हिसाब से वे कहीं चल देते हैं। मसलन सन् 1993-94 में, कुछ दिन तक वे मेरे कमरे में या मैं जिस भी कमरे में हूँ, जिस भी हास्टल के, विद्रोही वहीं ठहर जाते। एक दिन सुबह-सुबह भाभी जी पधारीं उन्हें लिवा ले जाने। कई दिनों से घर में महाशय के पाँव ही नहीं पड़े थे। भाभी जी सामान्य-सी नौकरी करती हैं। फिर भी उन्होंने विद्रोही के साथ निभाया है। विद्रोही के साथ निभाना उनके ही जिगर की बात है।

विद्रोही कभी जे.एन.यू.के छात्र थे। इस विश्वविद्यालय में पढ़ाने और पढ़ने वाले तमाम लोगों ने साहित्य में बड़ा नाम किया है। विद्रोही का इनमें शुमार नहीं होता और विद्रोही ने इसकी फ़िक्र भी कभी नहीं की। नामवर जी की एक किताब हाल में आयी है- 'कविता की ज़मीन और ज़मीन की कविता'। विद्रोही ने एक दिन मुझसे कहा कि इस किताब में विद्रोही कहीं नहीं है, जबकि आलोचक तो जे.एन. यू. में ही लम्बे समय तक रहे। दरअसल, विद्रोही कविता कहते रहे, छपे कहीं नहीं, न उन्हें इसकी फ़िक्र कभी रही। मान-सम्मान पुरस्कार-पद-प्रतिष्ठा की दौड़ कहाँ होती है, ये जानना भी ज़रूरी नहीं समझते। किंवदंती के अनुसार जे.एन.यू. के छात्र रहते हुए उन्होंने टर्म और सेमिनार पेपर लिखने की जगह बोलने की जिद ठान ली और प्रोफ़ेसरों से कहा कि उनके बोले पर ही मूल्यांकन किया जाए। ऐसे में विद्रोही 'अमूल्याँकित' ही रहे लेकिन जे.एन.यू. छोड़ वे कहीं गए भी नहीं, वहीं के नागरिक बन गए। जे.एन.यू. की वाम राजनीति और संस्कृतिप्रेमी छात्रों की कई पीढियों ने विद्रोही को उनकी ही शर्तों पर स्वीकार और प्यार किया है और विद्रोही हैं कि छात्रों के हर न्यायपूर्ण आंदोलन में उनके साथ तख़्ती

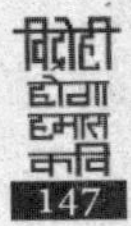

उठाए, नारे लगाते, कविताएँ सुनाते, सड़क पर मार्च करते आज भी दिख जाते हैं। कॉमरेड चंद्रशेखर की शहादत के बाद उठे आंदोलन में विद्रोही आठवीं-नवीं में पढ़ रहे अपने बेटे को भी साथ ले आते ताकि वह भी उस दुनिया को जाने, जिसमें उन्होंने जिंदगी बसर की है। बेटा भी एक बार इनको पकड़कर गाँव ले गया, कुछेक महीने रहे, खेती-बारी की, लेकिन जल्दी ही वापस अपने ठीहे पर लौट आए। विद्रोही की ख़्वाहिश है कि उनकी बेटी भी जे.एन.यू. में पढ़े। जे.एन.यू. में रहने के चलते विद्रोही की आवाज़ दिल्ली की सड़कों पर, बैरिकेडों और पुलिस पिकेटों के सामने तमाम तरह के लोकतांत्रिक जुलूसों, प्रदर्शनों के समय दो दशक से भी ज़्यादा समय से सुनी जाती रही है। पिछले दिनों, 27 दिसम्बर, 2010 के दिन साथी बिनायक सेन को उम्र क़ैद सुनाए जाने के ख़िलाफ़ संसद मार्ग पर विशाल प्रतिवाद सभा का समापन विद्रोही के काव्यपाठ से हुआ। आंदोलन और विरोध समाओं के दौरान कविता सुनाकर विद्रोही बच्चों की तरह ख़ुश होते हैं, अपनी उपलब्धि बताते हैं। यही उनका तमगा है, यही पुरस्कार। विद्रोही की कविता में उनके व्यक्तिगत दुःख कहीं नहीं हैं, हर कहीं समूह के ही दुःख, तकलीफ़, आस्था और मुक्ति के नग्में हैं। विद्रोही ख़ुद को लोगों में घुलाकर ही कवि बने हैं। विद्रोही की कविता बोलचाल से निकली गंभीर अर्थों, मुक्ति के भव्य आशयों, महान स्वप्नों वाली कविता है, उसे अनपढ़ भी समझ सकता है। विद्रोही जानते हैं कि यह धारणा झूठ है कि अनपढ़ कविता नहीं समझ सकते।

आख़िर भक्तिकाल की कविता कम गंभीर नहीं थी और उसे अनपढ़ों ने ख़ूब समझा। बहुधा तो कबीर जैसे अनपढ़ों ने ही उस कविता को गढ़ा। विद्रोही, जैसा मैंने पहले भी कहा, न कविता लिखते हैं, न गढ़ते हैं, बल्कि कविता कहते हैं। उनकी रचना-प्रक्रिया की तर्जुमानी कबीर की ये पंक्तियाँ ही बेहतर करती हैं- 'तुम जिन जानौ गीत है, यहु निज ब्रह्म विचार'। कबीर दास जैसे 'दरेरा देकर' भी शब्द को अपने भाव के अनुकूल बना लिया करते थे, वैसा विद्रोही को भी करना पडता है।

छंदशास्त्र की मर्यादाएँ, वर्तनी और व्याकरण भी कई बार इस 'दरेरे' के लपेटे में आ जाते हैं।

दरअसल, अनपढ़ों को भी समझ में आ सकने वाली कविता खड़ी बोली में भी वही कवि लिख सकता है जो साथ ही साथ अपनी मातृभाषा में भी कविता कहता हो। विद्रोही अवधी और खड़ी बोली में समाभ्यस्त हैं। विद्रोही के एक अवधी गीत के कुछ अंश यहाँ उद्धृत कर रहा हूँ जिसमें मजूर द्वारा मालिकाना मांगने का प्रसंग है-

'जनि जनिहा मनइया जगीर माँगSSता
ई कलिजुगहा मजूर पूरी सीर माँगSSता
कि पसिनवा के बाबू आपन रेट माँगSSता
ई भरुकवा की जगहा गिलास माँगSSता
औ पतरवा के बदले थार माँगSSता
पूरा माल माँगSSता
मलिकाना माँगSSता
बाबू हमसे पूछा त ठकुराना माँगSSता
दूधे-दहिए के बरे अहिराना माँगSSता
ई सड़किया के बीचे खुलेआम माँगSSता
मांगे बहुतै सकारे, सरे शाम माँगSSता
आधी रतियौ के मांगे आपन दाम माँगSSता
ई तो खाय बरे घोंघवा के खीर माँगSSता
दुलहिनिया के द्रोपदी के चीर माँगSSता
औ नचावै बरे बानर महाबीर माँगSSता'

विद्रोही को आदमी पहचानते देर नहीं लगती। अगर कोई उन्हें बना रहा है या उन्हें कितनी ही मीठी शब्दावली में खींच रहा है, विद्रोही भाँप लेते हैं और फट पड़ते हैं। घर से उन्हें कुछ मिलता है या नहीं, मालूम नहीं, लेकिन उनकी ज़रूरतें बेहद कम हैं और चाय-पानी, नशा-पत्ती का ख़्याल उनके चाहने वाले रख ही लेते हैं। विद्रोही पैसे

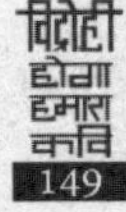

से दुश्मनी पाले बैठे हैं। हाँ, स्वाभिमान बहुत प्यारा है उन्हें, जान से भी ज़्यादा। जे.एन.यू. के हर कवि सम्मेलन मुशायरे में वे रहते ही हैं और कई बार जब 'बड़े' कवियों को जाने की जल्दी हो आती है, तो मंच वे अकेले संभालते हैं और घंटों लोगों की फरमाइश पर काव्य-पाठ करते हैं। हाल के दिनों में विद्रोही दिल्ली के बाहर भी पटना, छत्तीसगढ़ जैसी जगहों पर आंदोलनरत लोगों के बुलावे पर गए हैं। हाल में वे जे.एन.यू. प्रशासन के भी कोपभाजन बने हैं और कैम्पस से निकाले-पैठाए गए हैं, लेकिन छात्र समुदाय उन्हें अपने बीच हर बार खींच लाने में सफल रहा है। विद्रोही कवि-परम्परा के बड़े नामों से कई बार प्रतिस्पर्धा भी ठान लेते हैं, जैसे 'जन-गण-मन' शीर्षक कविता में गुरुदेव से, या 'कन्हई कहार' शीर्षक कविता में त्रिलोचन से या फिर 'नूर मियाँ' जैसी कविता लिखकर केदारनाथ सिंह से। 'जन-गण-मन' शीर्षक तीन खंडों वाली लम्बी कविता के आख़िर की पंक्तियाँ देखें-

"है मैं भी मरूँगा
और भारत भग्य विधाता भी मरेगा
मरना तो जन-गण-मन अधिनायक को भी पड़ेगा
लेकिन मैं चाहता हूँ
कि पहले जन-गण-मन अधिनायक मरे
फिर भारत-भाग्य विधाता मरे
फिर साधू के काका मरें
यानी सारे बड़े-बड़े लोग पहले मर लें
फिर मैं मरूँ- आराम से, उधर चलकर बसंत ऋतु में
जब दानों में दूध और आमों में बौर आ जाता है
या फिर तब जब महुवा चूने लगता है
या फिर तब जब वनबेला फूलती है
नदी किनारे मेरी चिता दहक कर महके
और मित्र सब करें दिल्लगी
कि ये विद्रोही भी क्या तगड़ा कवि था
कि सारे बड़े-बड़े लोगों को मारकर तब मरा।"

विद्रोही हमारे अपवंचित राष्ट्र के कवि हैं, उन लोगों के कवि जिन्हें अभी राष्ट्र बनना है। विद्रोही मूलतः इस देश के एक अत्यंत जागरूक किसान-बुद्धिजीवी हैं, जिसने अपनी अभिव्यक्ति कविता में पायी है। विद्रोही सामान्य किसान नहीं हैं, वे पूरी व्यवस्था की बुनावट को समझने वाले किसान हैं। मतलब यह है कविता उनका जीवन है। किसानी और कविता उनके यहाँ एकमेक हैं। 'नयी खेती' शीर्षक कविता में लिखते हैं-

"मैं किसान हूँ
आसमान में धान बो रहा हूँ
कुछ लोग कह रहे हैं कि पगले!
आसमान में धान नहीं जमा करता
मैं कहता हूँ गेगले-गोगले!
अगर ज़मीन पर भगवान जम सकता है
तो आसमान में धान भी जम सकता है
और अब तो दोनों में से कोई एक होकर रहेगा
या तो ज़मीन से भगवान उखड़ेगा
या आसमान में धान जमेगा।"

विद्रोही पितृसत्ता-धर्मसत्ता और राजसत्ता के हर छद्म से वाक़िफ़ हैं, परंपरा और आधुनिकता दोनों के मिथकों से आगाह हैं। विद्रोही की 'औरत' शीर्षक कविता की आख़िरी पंक्तियाँ देखिए-

"इतिहास में वह पहली औरत कौन थी
जिसे सबसे पहले जलाया गया?
मैं नहीं जानता
लेकिन जो भी रही हो मेरी माँ रही होगी,
मेरी चिंता यह है कि भविष्य में वह आख़िरी स्त्री कौन होगी
जिसे सबसे अंत में जलाया जाएगा?
मैं नहीं जानता
लेकिन जो भी होगी मेरी बेटी होगी
और यह मैं नहीं होने दूँगा।"

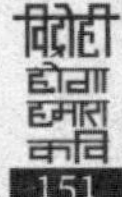

विद्रोही के साथ चलना हर किसी के लिए आसान नहीं है। उनकी कविता जिन लोगों के साथ है, वे विद्रोही को पहचान रहे हैं। ज़ाहिर है कि उन लोगों के दुश्मन भी विद्रोही को अपने ढंग से पहचानेंगे। मुझे नहीं मालूम कि साहित्य की दुनिया उस कवि के प्रति क्या रुख़ तय करेगी जो लिख रहा है-

"तुम वे सारे लोग मिलकर मुझे बचाओ-
जिसके ख़ून के गारे से
पिरामिड बने, मीनारें बनीं, दीवारें बनीं,
क्योंकि मुझको बचाना उस औरत को बचाना है,
जिसकी लाश मोहनजोदड़ो के तालाब की आख़िरी सीढ़ी पर
पड़ी है।
मुझको बचाना उन इंसानों को बचाना है,
जिनकी हड्डियाँ तालाब में बिखरी पड़ी हैं।
मुझको बचाना अपने पुरखों को बचाना है,
मुझको बचाना अपने बच्चों को बचाना है,
तुम मुझे बचाओ!
मैं तुम्हारा कवि हूँ।"

विद्रोही भी क्या तगड़ा कवि था

आशुतोष कुमार

आठ दिसम्बर, 2015 को आइसा और दीगर वामपंथी छात्र संगठनों ने दिल्ली मार्च का आह्वान किया था। यह डेढ़ महीने से चल रहे ऑक्युपाइ यूजीसी आंदोलन का हिस्सा था। छात्र यूजीसी द्वारा नॉननेट फेलोशिप समाप्त करने की घोषणा का विरोध कर रहे थे। वे इसे विश्व व्यापार संगठन की गैट्स वार्ताओं में उच्चशिक्षा को उपभोग सामग्री के रूप में शामिल करने के परिणाम के रूप में देख रहे थे। उन्हें लगता था कि यह दुनिया को शिक्षा का मुक्त बाज़ार बनाने की कोशिश है। तथा इसके तहत शिक्षा पर सरकारी खर्चों यानी छात्रवृत्तियों, अनुदानों और सब्सिडियों को खत्म करने की व्यवस्था निर्मित की जा रही थी। ऐसा करना शिक्षा के निजी व्यापार के बेरोकटोक विस्तार के लिए ज़रूरी था। उस दिन देश भर के हज़ारों छात्र विरोध मार्च के लिए यूजीसी कार्यालय के पास आइटीओ चौराहे पर उपस्थित थे। अट्ठावन वर्षीय कवि रमाशंकर यादव 'विद्रोही' जी भी इस कतार में खड़े थे।

अचानक उन्हें बेचैनी महसूस हुई थी। उन्हें तत्काल हस्पताल ले जाया गया। शाम साढ़े चार बजे डॉक्टरों ने उनके न रहने की घोषणा कर दी थी। उस समय मार्च जंतर-मंतर पहुँच कर बड़ी जनसभा में बदल चुका था। मेधा पाटेकर, हरवंश मुखिया, अनिल सद्गोपाल, लोकगायक संभाजी भगत और योगेन्द्र यादव जैसे लोग इस ऐतिहासिक जनसभा में मौजूद थे। सभा बीच में रोककर विद्रोही जी को श्रद्धांजलि दी गई। चेहरे डबडबाए। शोक की लहर उठी। लेकिन युवाओं ने संयम का परिचय दिया। विद्रोहीजी के संकल्प को याद करते हुए सभा चलती रही।

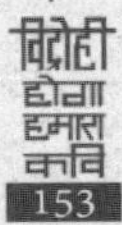

नब्बे के बाद से नौजवानों के बीच इस फटेहाल, फक्कड़, इंकलाबी कवि की लोकप्रियता बढ़ती गयी थी। सोशल मीडिया पर उनके नाम के पेज़ और ब्लॉग बनाए गए थे। उनकी कविताओं की पंक्तियाँ और रिकॉर्डिंग साझा की गई थीं। नौजवानों ने ही मेहनत करके उनकी मुँहज़बानी कही गई कविताओं को लिपिबद्ध और संकलित किया था, जिसे जन संस्कृति मंच ने प्रणय कृष्ण के सम्पादन में संग्रह के रूप में 2011 में प्रकाशित किया था। विद्रोही जी दिल्ली में होने वाले छात्रों-नौजवानों के सभी आंदोलनों में बुलाए जाते थे, और बिन बुलाए भी शामिल होते थे। कई सालों से जेएनयू छात्रसंघ भवन ही उनका रैन बसेरा था। उसके पहले अक्सर किसी छात्र के कमरे में, कभी कॉमन रूम में, तो कभी जेएनयू के जंगल में भी उनकी रातें बीतती थीं।

सोशल मीडिया पर विद्रोही जी के लिए उमड़ने वाली भावाकुल श्रद्धांजलियों की बाढ़ ऐसी थी कि आमतौर पर हिन्दी कवियों के जीने-मरने से बेपरवाह रहने वाले अंग्रेज़ी मीडिया को इसका संज़ीदगी से संज्ञान लेना पड़ा था। इंडियन एक्सप्रेस, इंडिया टुडे और स्क्रॉल डॉट इन आदि ने विद्रोही जी पर प्रमुखता से आलेख प्रकाशित किए थे। अनेक शहरों में स्मृति सभाएँ आयोजित की गयीं थीं। जेएनयू छात्र संघ भवन का नाम 'विद्रोही भवन' रखने की घोषणा की गई। उनका एकमात्र संग्रह 'नयी खेती' को खोज-खोजकर पढ़ा जाने लगा। भले ही अब तक हिन्दी साहित्य की सम्मानित गोष्ठियों में विद्रोही जी की कोई ख़ास नोटिस न ली गई थी।

उत्तर भारत का संभ्रांत बौद्धिक समाज अचकचाया-सा एक शब्दशः सर्वहारा कवि के लिए शोक का अभूतपूर्व ज्वार उमड़ता देख रहा था। इस ज्वार के पीछे क्या था? छात्रों-नौजवानों के आंदोलनों से विद्रोहीजी की अटूट प्रतिबद्धता? उनका रैडिकल मार्क्सवाद? उनकी फ़कीराना जीवन शैली? या उनकी विद्रोही कविता? निस्संदेह इस जीवन शैली का एक आकर्षण था। विद्रोही जी ने जीवन के हर

तन्त्र को ठुकराया। एल.एल.बी. में दाखिला लिया, लेकिन आर्थिक कठिनाइयों के कारण बीच में ही छोड़ दिया। कुछ समय नौकरी की, फिर हिन्दी से एम.ए. करने जेएनयू आ गए। वाम छात्र आन्दोलन से जुड़े। 1983 में बड़ा छात्र आन्दोलन हुआ। इस आन्दोलन में हिस्सा लेने के अपराध में विद्रोही जी को जेएनयू से निकाल दिया गया। पढ़ाई छूट गई, लेकिन जेएनयू नहीं छूटा। बाद के दिनों में एक बार उन्हें जेएनयू परिसर छोड़ने का आदेश भी दिया गया। लेकिन छात्रों ने इस आदेश के खिलाफ ऐसा ज़ोरदार आन्दोलन खड़ा किया कि आदेश वापिस लेना पड़ा।

विद्रोहीजी की शादी बचपन में ही हो गई थी। पत्नी शांति देवी ने स्वयं शिक्षा प्राप्त की। नौकरी हासिल की। पतिदेव को भी पढने-लिखने के लिए प्रेरित किया। दो बच्चों को पढ़ाया-लिखाया। विद्रोहीजी घर आते-जाते रहते थे। उनकी बड़ी बेटी अमिता ने बताया कि पापा शून्य लालच, न्यूनतम ज़रूरतें, अधिकतम प्यार और सम्पूर्ण स्वाधीन चेतना के साथ जीने की कला सिखा गए। विद्रोहीजी के बारे में कुछ लोगों का यह ख़याल है कि उन्होंने अपनी धुन में परिवार की उपेक्षा की थी। अमिता इस धारणा का खंडन करती हैं। उन्होंने अपने माता-पिता के अनोखे रिश्ते के बारे में विस्तार से बताया है। पिता विद्रोही थे तो माँ विद्रोहिणी। उन्होंने विद्रोहीजी को घर चलाने के ताने कभी नहीं दिए। गृहत्यागी कवि की ज़रूरतों का भरसक ख्याल रखा। अपनी गृहस्थी को मजबूती से सम्हाला। वे गाँव की पहली शिक्षित और कामकाजी महिला बनीं। बेटी अमिता दूसरी।

शांतिजी को कुछ 'शुभचिंतकों' ने बहुत समझाया कि विद्रोहीजी गृहस्थी में कुछ हाथ बँटाते नहीं, आप तलाक़ ले लीजिए। किस आधार पर तलाक लूँ? विद्रोहीजी ने मुझसे हमेशा इज़्ज़त से बात की। झगड़े में भी कभी तू-तड़ाक नहीं किया। जब उन्हने कभी मुझे अपनी तरह चलाने की कोशिश नहीं की, तो मैं उन्हें क्यों करूँ। उनकी अपनी

ज़िन्दगी है। जैसे चाहें, जिएँ। चोरी-चकारी करते नहीं। किसी का दिल दुखाते नहीं तो शिकायत किस बात की करूँ?

लोगों ने कहा, आपको नहीं मालूम, विद्रोहीजी ने धर्म त्याग दिया है, कम्युनिस्ट हो गए हैं। यह तो शांतिजी के लिए बड़ी बात हो गयी। उन्होंने विद्रोहीजी के खिलाफ तलाक़ का मुकदमा दायर कर दिया। इस आधार पर कि विद्रोहीजी ने धर्म-परिवर्तन कर लिया है। अदालत आश्चर्यचकित। अदालत ने कहा, कम्युनिस्ट होने से धर्म-परिवर्तन का मामला नहीं बनता। कम्युनिज्म कोई धर्म नहीं है। शांतिजी ने मुकदमे की फ़ाइल उठाई, उसकी चिन्दियाँ की और अपने 'शुभचिंतक' वकील के सिर पर बिखेर दिया। काहे को वकील बने जो तुम्हे इतना भी नहीं मालूम!

विद्रोहीजी ने अपने एकमात्र संग्रह के समर्पण-पृष्ठ पर लिखा है- "पत्नी शांतिजी को, जिन्होंने मुझे घर-गृहस्थी की जिम्मेदारियों से मुक्त रखा!" भारत में घर-गृहस्थी की जिम्मेदारियाँ इंसान के 'सुधर जाने' की अंतिम गारंटी मानी जाती है। कैसा भी बिगड़ैल हो, गृहस्थी की बेड़ियाँ पड़ते ही पालतू हो जाता है। विद्रोहीजी ज़मीन से भगवान को उखाड़ सकते थे, अर्थ-राजनीतिक सत्ता के खिलाफ बग़ावत कर सकते थे, साहित्य के मठों को नकार सकते थे, विश्वविद्यालयों के तंत्र को छिन्न-भिन्न कर सकते थे, नौकरी-चाकरी को ठुकरा सकते थे, लेकिन गृहस्थी के चंगुल से शांतिजी के इस असाधारण सहयोग के बिना मुक्त न हो सकते थे! जिस आदमी के लिए 'ग़ुलामी की अंतिम हदों तक लड़ना' मनुष्य के जीवन का ही नहीं, मनुष्यता के इतिहास का भी एकमात्र उद्देश्य हो, वह अगर अपना चुना हुआ विद्रोही जीवन जी सका तो, इसका सबसे बड़ा श्रेय उस असाधारण स्त्री को है, जिसके लिए दाम्पत्य का अर्थ एक दूसरे को ग़ुलाम बनाना नहीं, बल्कि अपनी ज़िन्दगी जीने की आज़ादी देना था! वे इस अर्थ को सैद्धांतिक रूप में समझती हों या नहीं, लेकिन उनका जीवन व्यवहार इसकी गवाही

देता है। इस बात को समझे बिना विद्रोहीजी के इस 'समर्पण' का पूरा आशय समझ में नहीं आयेगा।

विद्रोहीजी विद्रोही थे, विच्छिन्न नहीं। व्यवस्था-विरोधी थे, अव्यवस्थित नहीं। नितिन की फ़िल्म में उन्होंने स्वयं कहा है कि उनका जीवन कठोर अनुशासन की मिसाल है। व्यवस्था से उन्होंने बग़ावत की, मनुष्यता से अपने गहरे प्रेम के कारण। उनकी बग़ावत मनुष्य को ग़ुलाम बनाने वाली तमाम संरचनाओं के खिलाफ थी। उनका जीवन और काव्य मनुष्य की संरचित पराधीनता के खिलाफ उसकी स्वाधीनता का घोषणापत्र है। ऐसा जीवन चुनना आसान नहीं है। हर तरह की असुरक्षा, खतरों और तकलीफ़ों को गले लगाना है। यह बिना उच्चतम अनुशासन के सध नहीं सकता। यों ही नहीं है कि हर बंधन को ठुकराने वाले विद्रोही के व्यक्तित्व में हर एक को इतनी तरल आत्मीयता महसूस हुई। परिवार को, मित्रों को, राजनीतिक साथियों को, जेएनयू के कर्मचारियों को।

'मैं तुम्हारा कवि हूँ' के आख़ीर में एक अद्भुत सीक्वेंस है, जिसकी निर्देशक ने पूर्व-कल्पना न की थी। यह कवि की अपनी औचक सूझ थी। विद्रोहीजी शांतिजी के साथ घर में हैं। बातचीत चल रही है। अचानक निर्देशक से कहते हैं, मैं चाहता हूँ कि शांतिजी के साथ इन सीढ़ियों से हो कर छत पर जाऊँ। मैं आगे-आगे, वे पीछे-पीछे। फिर इन्हीं से उतर कर वापिस आऊँ। वे आगे, मैं पीछे। वे इसके लिए पहले निर्देशक से, फिर पत्नी से इजाजत लेते हैं। दृश्य फिल्माया जाता है और फ़िल्म का क्लोजिंग सीक्वेंस बनता है।

लगता है, कवि पत्नी को घर की चहारदीवारी से बाहर निकाल आज़ादी के खुले आसमान की ओर ले जा रहा है, और फिर स्त्री के पीछे-पीछे चलता हुआ धरती की प्रेम-धुरी की ओर लौट रहा है! यह वही स्त्री है, जो एक माँ, बहन, बीवी और बेटी के रूप में उनकी कविताओं में बार-बार लौट कर आती है, जो उनकी समूची कविता-यात्रा की धुरी है।

और फिर वही बात
कि हर सभ्यता के मुहाने पर
एक औरत की जली हुई लाश
और इंसानों की बिखरी हुई हड्डियाँ

विद्रोहीजी की कविता लम्बे समय तक अलक्षित रही। साहित्यिक प्रतिष्ठानों और पत्र-पत्रिकाओं में उनकी नोटिस नहीं ली गयी। लेकिन नयी सदी में जब इंटरनेट, ब्लॉगिंग और सोशल मीडिया का संसार खुला, वे धीरे-धीरे साझा की जाती रहीं। जल्द ही नौजवानों के बीच उसने अपने बेशुमार मुरीद पैदा कर लिए। जो बात उन्हें अन्य कवियों से बिलकुल अलग करती है, वह यह है कि उनकी लोकप्रियता साहित्य के विद्यार्थियों और अध्येताओं तक सीमित नहीं थी। केवल छात्र-नौजवान ही उनके मुरीद नहीं थे। जब कभी वे जलसे-जुलूसों में, नुक्कड़ों-चौराहों पर, बस-रेल के सफ़र में कविता सुनाने लगते आम लोग, किसान-मजदूर, कारीगर-किरानी उनके आसपास इकट्ठे हो जाते। स्त्रियाँ, युवतियाँ हों या सयानियाँ, उनकी कविता सबसे ज़्यादा पसंद करतीं।

कविता का ऐसा बहुरंगी जनाधार हिन्दी में दिनकर, बच्चन, दुष्यंत कुमार, अदम गोंडवी और बल्ली सिंह चीमा जैसे छांदिक कवियों को ही नसीब हुआ। मुक्तछंद के कवियों के लिए ऐसी लोकप्रियता दिवास्वप्न ही रही। इस अर्थ में विद्रोही हिन्दी कविता में एक चमत्कार की तरह दिखाई देते हैं। यह चमत्कार और भी विलक्षण लगता है, जब इस ओर ध्यान जाता है कि लम्बे समय से समकालीन हिन्दी कविता पाठकों के अभाव का रोना रोती आयी है। अनेक समकालीन कवियों ने कहा है कि लिखते समय उनके सामने किसी पाठक का चेहरा नहीं रहता, क्योंकि वे नहीं जानते कि हिन्दी कविता का पाठक कौन है और कहाँ है।

अनुपस्थित और अज्ञात पाठक के लिए लिखने की यह प्रक्रिया स्वतः पाठक को रचना से दूर करने की प्रक्रिया भी हो सकती है। पाठक सामने न हो तो कविता में कवि का संवाद पाठक से न होकर अपने आप से होने लगेगा। ऐसे में कविता आत्मालाप, एकालाप, विलाप या शुद्ध प्रलाप में बदल जाए, यह असम्भव नहीं। ऐसी कविता में पाठक की दिलचस्पी भला क्यों होगी? आधुनिक काल में छापे के विकास के बाद कविता मौखिक और श्रव्य न रहकर मुद्रित और पाठ्य हो गई। आमने-सामने सुनने-सुनाने की जगह एकांत में पढ़ने की चीज़ हो गई। तकनीक के इस बदलाव ने धीरे-धीरे पाठक को नेपथ्य में पहुँचा दिया। कवि-पाठक का आमने-सामने का जीवंत सम्बन्ध टूट गया। अज्ञेय ने इस बदलाव पर विस्तार से विचार किया है। इस पर उनका प्रसिद्ध अभिभाषण 'कविता : श्रव्य से पाठ्य तक' हिन्दी समय की वेबसाइट पर सुलभ है। आधुनिक जीवन की और जटिलताएँ भी इस सम्बंध-विच्छेद के पीछे रही होंगी, जैसे- मनुष्य का बढ़ता हुआ अलगाव, बाज़ार का सुरसामुखी विस्तार, कविता का मुद्रण-उद्योग यानी उत्पादन-वितरण-उपभोग की प्रक्रिया से जुड़ना और सांस्कृतिक फ़ुरसत का क्षरण।

विद्रोहीजी ने पहला चमत्कार यह किया कि इस प्रक्रिया को पलट दिया। 'नयी खेती' की भूमिका में सम्पादक प्रणय कृष्ण ने उल्लेख किया है कि विद्रोही कविता लिखते नहीं, 'कहते थे'। उर्दू कविता मे 'शेर' लिखे नहीं 'कहे' जाते हैं। महफ़िलों में आमने-सामने सुनाये जाते हैं। विद्रोहीजी ने कोई कविता कागज़ पर नहीं लिखी। संकलन तैयार करने के लिए भी उनकी कविताएँ उन्हें सामने बिठाकर, उनसे सुनकर, कागज़ पर उतारी गईं। अपनी तमाम कविताएँ उन्हें अंत तक ज़बानी याद थीं। सुनते-सुनाते उनमें कहीं कुछ फेरबदल हो जाए, यह उनकी कविता के लिए सहज था। लेकिन मुख्य बात यह है कि कविता कहते समय उनके ध्यान में एक विशाल श्रोता समूह मौजूद रहता। अपने ऊपर बनी फ़िल्म में विद्रोहीजी ने अपनी इस रचना-प्रक्रिया की

चर्चा की है। इससे कविता की पूरी प्रकृति बदल जाती है। पहले तो यह कि कविता आत्मालाप न रहकर परस्पर सम्वाद की वस्तु बन जाती है। कविता पाठक को सीधे पुकारते हुई एक पुकार बन जाती है। ऐसा संवादधर्मी कवि ही लोगों से यह कहने का साहस कर सकता है कि "मैं तुम्हारा कवि हूँ"। ख़ास तौर पर इस 'आधुनिक' समय में, जब अधिकतर कवियों को लगता है कि अपने सिवा किसी का प्रतिनिधित्व नहीं करते।

> तुम वे सारे लोग मिलकर मुझे बचाओ-
> जिसके ख़ून के गारे से
> पिरामिड बने, मीनारें बनीं, दीवारें बनीं,
> क्योंकि मुझको बचाना उस औरत को बचाना है,
> जिसकी लाश मोहनजोदड़ो के तालाब की आख़िरी सीढ़ी पर
> पड़ी है।
> मुझको बचाना उन इंसानों को बचाना है,
> जिनकी हड्डियाँ तालाब में बिखरी पड़ी है।
> मुझको बचाना अपने पुरखों को बचाना है,
> मुझको बचाना अपने बच्चों को बचाना है,
> तुम मुझे बचाओ!
> मैं तुम्हारा कवि हूँ।

कविता संवादधर्मिता कविता की कहन, मिज़ाज, तेवर, लय और भाषा तक को बदल देती है। विद्रोही जी ने अवधी में कुछ गीत लिखे हैं। ग़ज़ल और नज़्म के शिल्प में बहुत-सी कविताएँ लिखी हैं। छंद में रहते हुए भी वे छंद के कठोर अनुशासन को भंग करते चलते हैं। वे काव्यशास्त्र के बनी बनाई संरचनाओं को उसी तरह झकझोरते चलते हैं, जैसे अपने जीवन में सामाजिक संरचनाओं को।

कोई अल्लाह नहीं, अल्लाह का बच्चा भी नहीं
सवाल आदमी का है, और आदमी ही खड़ा होगा
मुझे मसीहाई में कोई यक़ीन है ही नहीं
मैं मानता ही नहीं कोई मुझसे बड़ा होगा

मुक्तछंद की लंबी कविताओं में यह संवादधर्मिता अधिक उन्मुक्तता के साथ आयी है- कविता को एक आत्मीय वार्तालाप में बदलती हुई। इस बोलती-बतियाती हुई भाषा का जादू केवल विद्रोहीजी की कविता में मिलता है।

जेएनयू में जामुन बहुत होते हैं
और हम लोग तो बिना जामुन के
न जेएनयू में रह सकते हैं
और न दुनिया में ही रहना पसंद करेंगे।
लेकिन दंगों के व्यापारी,
जम्बूद्वीप नहीं रहेगा तो
करील कुंज में डेरा डाल लेंगे,
देश नहीं रहा तो क्या हुआ,
विदेश चले जाएंगे।
कुछ लोग अपने घाट जाएंगे,
कुछ लोग मर जाएंगे,
लेकिन हम कहाँ जाएंगे?
हम जो न मर रहे हैं और न जी रहे हैं,
सिर्फ़ कविता कर रहे हैं।
यह कविता करने का वक़्त नहीं है दोस्तो!
मार करने का वक़्त है।
ये बदमाश लोग कुछ मान ही नहीं रहे हैं-
न सामाजिक न्याय मान रहे हैं,
न सामाजिक जनवाद की बात मान रहे हैं,

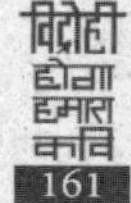

एक मध्ययुगीन सांस्कृतिक तनाव के चलते
तनाव पैदा कर रहे हैं,
टेंशन पैदा कर रहे हैं,
जो अमरीकी संस्कृति की विरासत है।

दंगों के व्यापारी
न कोई ईसा मसीह मानते हैं,
और न कोई अबू बेन आदम।
उनके लिए जैसे चिली, वैसे वेनेजुएला,
जैसे अलेंदे, वैसे ह्यूगो शावेज,
वे मुशर्रफ़ और मनमोहन की बातचीत भी करवा सकते हैं,
और होती बात को बीच से दो-फाड़ भी
कर सकते हैं।
दंगों के व्यापारी कोई फ़ादर-वादर नहीं
मानते,
कोई बापू-सापू नहीं मानते,
इन्हीं लोगों ने अब्राहम लिंकन को भी मारा,
और इन्हीं लोगों ने महात्मा गांधी को भी।
और सद्दाम हुसैन को किसने मारा?

हमारे देश के लम्पट राजनीतिक
जनता को झाँसा दे रहे हैं कि
बग़ावत मत करो!
हिंदुस्तान सुरक्षा परिषद् का
सदस्य बनने वाला है।
जनता कहती है-
भाड़ में जाये सुरक्षा परिषद!
हम अपनी सुरक्षा ख़ुद कर लेंगे।

विद्रोहीजी की कविता जैसे इसी उन्मुक्तता के साथ जनता के मन की बात करते हुए फ़ासीवाद से राजनीतिक, वैचारिक और सांस्कृतिक स्तर पर सीधी टक्कर लेने में सक्षम है। फ़ासीवादी राजनीति पर बुदबुदाती-फुसफुसाती कविताएँ भी हिन्दी में बहुत लिखी गई हैं, जिनमें आर्तनादअधिक है, ललकार कम। लेकिन विद्रोहीजी की कविता का तेवर कुछ और ही है।

विद्रोहीजी की भाषा की विलक्षणता मुहावरों के इस्तेमाल में दिखाई देती है। बोलचाल की भाषा से जुड़ने के लिए मुहावरों का इस्तेमाल तो बहुत से समकालीन कवि करते हैं, लेकिन मुहावरों को कविता के स्तर तक उठा देने की कला विद्रोही को ही आती है।

> कविता नहीं कहानी है
> ये दुनिया सब की नानी है
> और नानी के आगे ननिहाल का वर्णन अच्छा नहीं लगता
>
> (नानी)

नानी के आगे ननिहाल का वर्णन तो सभी करते हैं, लेकिन विद्रोही की कविता इसे याद भी रखती है। इस याद रखने से वर्णन प्रवचन नहीं हो पाता। सहज संवाद बना रहता है। मुहावरों से विद्रोहीजी कविता में क्या काम लेते हैं, इसे देखने के लिए इसी कविता का यह अंतिम हिस्सा देखिए।

> पेड़ थी दोस्तों, मेरी नानी आदमीयत की।
> जिसका का कि मैं एक पत्ता हूँ।
> मेरी नानी मरी नहीं है।
> वह मोहनजोदड़ो के तालाब में स्नान करने गई है।
> और उसकी आख़िरी सीढ़ी पर अपनी धोती सूखा रही।
>
> उसकी कुंजी वहीं कहीं खो गई है,
> और वह उसे बड़ी बेचैनी के साथ खोज रही है।
> मैं देखता हूँ कि मेरी नानी हिमालय पर मूँग दल रही है।

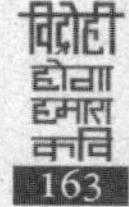

और अपनी गाय को एवरेस्ट के खूँटे से बाँधे हुए है।
मैं ख़ुशी में तालियाँ बजाना चाहता हूँ।
लेकिन यह क्या?
मेरी हथेलियों पर तो सरसों उग आई है।
मैं उसे पुकारना चाहता हूँ।

लेकिन मेरे होंठों पर तो दही जम गई है।
मैं देखता हूँ कि मेरी नानी दही की नदी में बही जा रही है।

मैं उसे पकड़ना चाहता हूँ,
लेकिन पकड़ नहीं पाता हूँ।

मैं उसे बुलाना चाहता हूँ,
लेकिन बुला नहीं पाता हूँ।
और मेरी समूची देह, एक टूटे हुए पत्ते की तरह,
थर-थर काँपने लगती है।
जो कि अब गिरा कि तब गिरा।
अब गिरा की तब गिरा।

विद्रोहीजी नवें दशक से कविताएँ लिख रहे थे, लेकिन उनकी कविताएँ मकबूल हुईं नब्बे के बाद के दौर में। उनकी कविता अनेक महत्त्वपूर्ण अर्थों में आठवें दशक की 'समकालीन कविता' से एकदम भिन्न मिज़ाज की कविता है। उनकी कविता का मिज़ाज नब्बे के बाद की हिन्दी कविता के माहौल से मेल खाता है। यानी उस माहौल से, जिसमें दलित और स्त्री विमर्श की धूम है, जिसमें प्रतिरोध की चेतना सक्रिय है, जिसका स्वर रक्षात्मक नहीं आक्रामक है और जो एकालाप से अधिक सम्वाद पर ज़ोर देती है। अगर ये विशेषताएँ हिन्दी कविता के किसी मौसम का पता देती हैं, तो विद्रोही की कविताएँ उस वसंत की अग्रदूत हैं।

आठवें दशक की कविता के लिए हिन्दी में 'समकालीन कविता' नाम चल पड़ा। इसका एक कारण शायद यह था कि इस दौर में समकालीनता की चेतना पर कुछ अधिक बल दिया गया। यह नयी कविता की 'आधुनिकतावादी' चेतना और प्रगतिवादी कविता की 'आधुनिक -वादी चेतना' से भिन्न कालबोध है। आधुनिक और आधुनिकता जैसे शब्दों द्वारा परम्परा से विद्रोह का जो संकेत मिलता है, उसके लिए दीर्घ कालबोध और इतिहास का विस्तृत परिप्रेक्ष्य ज़रूरी है। समकालीन कविता इस ऐतिहासिक परिप्रेक्ष्य से स्वयं को समृद्ध करती है, लेकिन वह ठीक अपने समय पर ध्यान केन्द्रित करना अधिक ज़रूरी समझती है। शायद इस कारण कि उसका समय विद्रोह की उपलब्धियों को सहेजने का नहीं, बल्कि उसकी विफलता की परिणतियों का सामना करने का है। बहुत सारी समकालीन कविताएँ यह बताने की कोशिश करती हैं कि यह समय कैसा समय है। संकट का बढ़ता हुआ अहसास अपने समय के साथ अपनी ज़मीन के लिए भी गहरी बेचैनी पैदा करता है। अपने गाँव-कस्बे-शहर, अपने पहाड़, अपने जंगल से एक गहरी पहचान बनाने और उसे कविता में दर्ज करने की व्यग्रता दिखाई देती है। समकालीनता के साथ स्थानीयता का आग्रह बढ़ता है। नब्बे के बाद भूमंडलीकरण की आंधी चलती है, और यह सारा परिप्रेक्ष्य छिन्न-भिन्न होने लगता है।

विद्रोही जी की कविता समकालीनता और स्थानीयता के इस परिप्रेक्ष्य को पूरी तरह नकार देती है। उनकी कविता 'मोहनजोदड़ो के तालाब की आख़िरी सीढ़ी से' और 'अतिआधुनिक अमरीकी साम्राज्य' के मुहाने से एक साथ बोलती है, जैसे यह सारा इतिहास आज का समय हो! वह बड़ी सहजता से सभ्यता के समूचे इतिहास को समकालीन बना देती है। और सम्पूर्ण भूमंडल को स्थानीय।

कहाँ हड़प्पा, कहाँ सवाना,
कहाँ वोल्गा, मिसीसिपी,

मरी टेम्स में डूब औरतें,
भूखी, प्यासी, लदी-फदी।
वहाँ कापुआ के महलों के,
नीचे ख़ून ग़ुलामों के,
बहती है एक धार लहू की,
अरबी तेल खदानों में।
कज्जाकों की बहुत लड़कियाँ,
भाग गयीं मंगोलों पर,
डूबा चाइना याँगटिसी में,
लटका हुआ दिवालों से।
पत्थर ढोता रहा पीठ पर,
तिब्बत दलाई लामा का,
वियतनाम में रेड इंडियन,
बम बंधवाएं पेटों पे।
विश्वयुद्ध आस्ट्रिया का कुत्ता,
जाकर मरा सर्बिया में,
याद है बसना उन सबों का
डेन्यूब नदी के तीरे पर,
रही रौंदती रोमन फ़ौजें
सदियों जिनके सीनों को।

(पुरखे)

फिर भी विद्रोही की कविता हमेशा ऐतिहासिक समय में ही रहती है। मिथकीय समय की शरण में नहीं जाती। अगर कभी उस ओर जाती भी है तो, उसे खींच कर समकालीन समय में ले आने के लिए। अगर वह पिता जमदग्नि के हुक्म पर परशुराम द्वारा की गयी माँ की हत्या का प्रसंग याद करती है तो यह बताने के लिए कि आख़िर 'पितृसत्ता' की शुरुआत कैसे हुई होगी। अगर शांतनु और जाह्नवी को याद करती है तो यह बताने के लिए कि राजा किसी का नहीं होता।

शांतनु जाह्नवी का नहीं हुआ
क्योंकि राजा किसी का नहीं होता।
लक्ष्मी किसी की नहीं होती।
धर्म किसी का नहीं होता।
लेकिन राजा के सब होते हैं,
गाय भी, गंगा भी, गीता भी, गायत्री भी।

(मोहनजोदड़ो की आख़िरी सीढ़ी से)

आठवें दशक की कविता विनाश के भय के विरुद्ध जीवन के राग की कविता थी। वह सीधे-सीधे राजनीतिक नारेबाजी करने की जगह जीवन व्यापार में अंतर्निहित राजनीतिक समीकरणों को उद्घाटित करने में रुचि रखती थी। वह देखना और दिखाना चाहती थी कि काम पर जाते हुए बच्चों की पीछे कौन-सी राजनीति काम कर रही है। उसने चंहुओर व्याप रहे मृत्यु के सर्वग्रासी आतंक को परास्त करने के लिए जीवन के संघर्ष को रेखांकित करने का रास्ता चुना था। यह सत्ता की राजनीति का मुक़ाबला करने को अपनाई गई कविता की राजनीति थी। विद्रोहीजी की कविता इस परिप्रेक्ष्य को भी बदल देती है। उनकी कविता में जीवन और मृत्यु का, निर्माण और विनाश का, राजनीतिक कविता और कविता की राजनीति का द्वंद्व मुखामुखम में बदल जाता है। उनकी कविता में विनाश निर्माण की भूमिका बनाता है। जीवन और मृत्य आपस में संवाद करते हैं। उनकी हर कविता, बाहर और भीतर, दोनों स्तरों पर राजनीतिक है। उनकी प्रसिद्ध कविता 'जन-गण-मन' इसका उदाहरण है। इस कविता में स्वाभाविक मृत्यु भी एक राजनीतिक कार्रवाई बन जाती है। मृत्यु जीवन का अंत नहीं, सर्वोच्च शिखर बन जाती है। उतनी ही आत्मीय और ऐन्द्रिक। इस कविता में वाचक अपने को पराजित योद्धा कहता है। वह इस सचाई से मुँह नहीं मोड़ता कि सत्ता से सभ्यता के इतिहासव्यापी संघर्ष में मनुष्यता अभी भी पराजित है, लेकिन यह भी नहीं भूलता कि वह एक योद्धा है, जिसका मतलब यह कि लड़ाई अब भी जारी है। रघुवीर सहाय

ने राष्ट्रगीत में छुपे हुए 'भारत भाग्यविधाता' की ओर इशारा किया था, जो फटे सुथन्ने पहने हरचरने से अपनी जय बुलवाता है। लेकिन विद्रोहीजी की कविता में यह पराजित योद्धा 'हरचरना' सीधी चुनौती देता है। यह चुनौती उसकी मृत्यु को भी सुंदर बना देती है, जबकि 'भारत भाग्यविधाता' का शेष जीवन हास्यास्पद और अर्थहीन हो जाता है।

मैं भी मरूँगा
और भारत के भाग्य विधाता भी मरेंगे
लेकिन मैं चाहता हूँ
कि पहले जन-गण-मन अधिनायक मरें
फिर भारत भाग्य विधाता मरें
फिर साधू के काका मरें
यानी सारे बड़े-बड़े लोग पहले मर लें
फिर मैं मरूँ- आराम से
उधर चल कर वसंत ऋतु में
जब दानों में दूध और आमों में बौर आ जाता है
या फिर तब जब महुवा चूने लगता है
या फिर तब जब वनबेला फूलती है
नदी किनारे मेरी चिता दहक कर महके
और मित्र सब करें दिल्लगी
कि ये विद्रोही भी क्या तगड़ा कवि था
कि सारे बड़े-बड़े लोगों को मारकर तब मरा.

(जन-गण-मन)

विद्रोह का वैश्विक कवि

कमलेश वर्मा

रमाशंकर यादव 'विद्रोही' को कुल 58 साल की उम्र मिली थी; 03 दिसम्बर,1957 से 08 दिसम्बर, 2015 तक। सामाजिक, राजनीतिक और आर्थिक आधार पर बनी हुई किसी भी व्यवस्था की रूढ़ियों के विरुद्ध रहे 'विद्रोही'! इन सबका विरोध करते हुए वे अंततः अपने जीवन के भी विरुद्ध खड़े हो गए। जीवित रहने के लिए भोजन, वस्त्र और आवास को अनिवार्य माना गया है; 'विद्रोही' इनकी भी परवाह नहीं करते थे। 1996 से लेकर उनके जीवन के अंत तक उन्हें प्रत्यक्ष रूप से जितना मैंने जाना-समझा उन सब के आधार पर कह सकता हूँ कि वे सामान्य मनुष्य होने की प्रत्येक 'शर्त' से परे थे। उन्हें लगातार भटकते देखा, गन्दे कपड़ों में देखा, भूखा देखा, 2 बजे रात तक जे एन यू के गंगा ढाबे पर पागलों की तरह कई रागों में अकेले आलाप लेते देखा। न जाने कितने संस्मरण होंगे लोगों के पास जिनका सारांश यही होगा कि 'विद्रोही' किसी भी तरह की 'व्यवस्था' में समा नहीं पाते थे। 'विद्रोही' की साँसें और उनकी कविताएँ आपस में घुली-मिली हैं। कविताओं को रचने के लिए वे जीवन को गलाते गए-

"ओढ़ कर अपना कफ़न हम लेट जाएँगे जनाब
इतना तो तस्कीन है हम याद आएँगे जनाब!"

(नयी खेती, पृ.- 150)

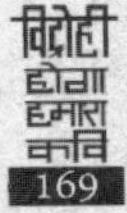

तय है कि 'विद्रोही' कई तरह से याद किए जाएँगे! हिन्दी कविता के इतिहास में 'विद्रोही' का नाम किसी ने अब तक दर्ज नहीं किया है। इधर के कई दशकों से हिन्दी साहित्य के इतिहास की कोई किताब लिखी भी नहीं गयी है। फिर भी ऐतिहासिक परिप्रेक्ष्यों को ध्यान में रखकर लेखकों के मूल्यांकन होते रहे हैं। ऐसे आलेखों में कोशिश की जाती रही है कि साहित्य के इतिहास के लिहाज से भी लेखक के बारे में बात हो। मगर, 'विद्रोही' को यह अवसर प्राप्त नहीं हुआ कि उनका मूल्यांकन साहित्य के इतिहास की परंपरा के भीतर हो!

रमाशंकर यादव की कविताओं के साथ लेखन वर्ष का ज़िक्र प्रायः नहीं मिलता है। उनकी अव्यवस्थित ज़िंदगी और फक्कड़ स्वभाव के कारण यह सम्भव भी नहीं था। उनकी कविताएँ संकलित कर ली गयीं, यही बड़ी बात है। आज वह जमाना नहीं है कि किसी कवि की कविता लोककंठ में बस जाए! सच्चाई यह है कि अब कवि की कविता उसके अपने कंठ में भी नहीं बसती है। अपनी कविता के पाठ के लिए आज का कवि लिखित रूप का सहारा लेता है। यह सब हुआ है कविता के स्वरूप में बुनियादी बदलाव के कारण! अब की कविता अपने लिखित रूप में पढ़ी-सुनी जाती है, मौखिक रूप में प्रायः नहीं! मगर 'विद्रोही' की कविता मौखिक रूप में बनी थी। वह लिखित से ज़्यादा मौखिक रूप में कवि के द्वारा सुनाई गई और ज़्यादातर आंदोलनकारियों के बीच सुनी-सराही गई। इस क्रम में उनकी कविताएँ बहुत बार बदल भी गई होंगी। उनकी रिकॉर्डिंग सुनकर इस बात को समझा जा सकता है। 'विद्रोही' कविता पढ़ते समय कभी भी लिखित रूप का सहारा नहीं लेते थे! वे दूसरे कवियों की कविताओं को भी स्मृति के बल पर सुनाते थे! मुझे याद है कि केदारनाथ अग्रवाल की मृत्यु पर जे एन यू के झेलम हॉस्टल में रात को अचानक रखी गई शोकसभा में 'विद्रोही' भी आए थे! श्रद्धांजलि स्वरूप केदारनाथ अग्रवाल की कविताओं से दो-चार पंक्तियाँ रखकर ज़्यादातर वक्ताओं ने काम चला लिया था। 'विद्रोही' एकमात्र वक्ता थे जिन्होंने धाराप्रवाह कई कविताएँ सुनाकर अपने

प्रिय कवि को याद किया था! कविता उनके कंठ में बसती थी। उनके द्वारा किए गए पाठ में एक ख़ास तरह की लयात्मकता थी जिसके कारण वे छन्दमुक्त कविताओं को भी प्रवाहमय बना देते थे!

'विद्रोही' की कविताएँ 1980 के बाद की कविताएँ हैं। वे लगभग 35 वर्षों तक एक ख़ास तरह के कवि के रूप में अपनी पहचान बनाए हुए थे। वे भद्र लोक के कवि नहीं थे। वे अकादमियों के मंचों पर कविता-पाठ के लिए नहीं बुलाए जाते थे। मुख्यधारा के कवि उन्हें अपनी बगल में बिठाना भी नहीं चाहते होंगे। मैले-कुचैले कपड़ों में लिपटे कवि को कौन अपने पास बिठाए? ऐसी स्थितियों में वे पुरस्कृत तो हो ही नहीं सकते थे, अलबत्ता घनघोर रूप से तिरस्कृत ज़रूर थे! लेकिन 'विद्रोही' तो 'विद्रोही' थे, वे ऐसे नाज़ुक नहीं थे कि इन तिरस्कारों से टूट जाएँ! उन्होंने कविता के लिए जो मानक तय किए थे, उन पर वे अडिग रहे! 1980 के बाद ढेर सारे कवि हुए, जिनमें से अनेक आज भी सृजनरत हैं। आलोकधन्वा, अरुण कमल, मंगलेश डबराल, मदन कश्यप आदि अनेक बड़े कवियों को हम उनकी उपलब्धियों के साथ जानते हैं। इन कवियों के महत्त्व को हिन्दी आलोचना मानती-स्वीकारती आई है। इन कवियों की विशेषताओं पर अनेक आलेख लिखे गए हैं। इनके काव्य-संग्रहों पर अनेक समीक्षाएँ छप चुकी हैं। अकादमिक जगत में भी इनकी जगह बनी हुई है। इन सब के समकालीन होने के बावजूद 'विद्रोही' की स्थित अलग ढंग की है।

रमाशंकर यादव अपनी पीढ़ी के कवियों से कई मामलों में बहुत आगे हैं और कई मामलों में बहुत पीछे!

हिन्दी कविता के इतिहास में वे सम्भवतः अंतिम बड़े कवि हैं जिनने कविता के मौखिक रूप को साध लिया था। उनकी पीढ़ी के किसी भी बड़े कवि में यह गुण नहीं पाया जाता है। कविता के मौखिक रूप का मामला केवल याददाश्त से जुड़ा हुआ नहीं होता है। इसका अर्थ यह नहीं लगाना चाहिए कि कवि को अपनी कविता कंठस्थ रखनी चाहिए!

कविता का मौखिक रूप उसकी भाषिक बनावट से जुड़ा है। काव्य-भाषा और उसके प्रवाह के अभ्यास से ही इस तरह की कविता सम्भव हो पाती है। ऐसी कविता हर हालत में जनता के लिए लिखी जाती है। 'विद्रोही' के दौर में हिन्दी का कोई बड़ा कवि ऐसा नहीं मिलता जिसकी कविता हजार-पाँच सौ लोगों के बीच भी सुनाई जा सके! 'विद्रोही' तो इसी के विशेषज्ञ थे। आंदोलनों में बे-मंच के इस कवि की ताक़त को देखनेवालों ने ख़ूब महसूस किया है। उनकी कविता साधारण लोगों से लेकर विशिष्ट लोगों तक को प्रभावित करती थी। इसका अर्थ यह भी नहीं है कि 'विद्रोही' की तुलना मंचीय कवियों से की जा सकती है। मंचीय कवियों में वैचारिक परिपक्वता नहीं होती है। वे प्रश्नों को उनकी जटिलता में न तो उठा पाते हैं और न ही समझा पाते हैं। 'विद्रोही' अपनी पीढ़ी के कवियों की तुलना में वैचारिक रूप से कहीं भी कमतर नहीं हैं। वे केवल भाषा के स्तर के इंकलाबी भी नहीं हैं। यह कहना अतिशयोक्ति नहीं होगी कि वैचारिक प्रतिबद्धता के मामले में वे अपनी पीढ़ी के कवियों की तुलना में सर्वाधिक मुखरित थे-

"सुनो कि भूख प्यास हर तरफ़ है हर जगह पे है
सुनो कि ज़ुल्म त्रास हर तरफ़ है हर जगह पे है
मगर तुम्हें क़सम है तू वहीं से इंक़लाब कर
दोस्त कॉमरेड जिस तरफ़ तू जिस जगह पे है"

(नयी खेती, पृ.- 146)

उनकी कविताओं के अनेक अंश उद्धृत किए जा सकते हैं जिनसे यह बात प्रमाणित होती है कि वे अपनी वैचारिक प्रतिबद्धता को पूरी मुखरता के साथ पेश करते थे। ऐसा करते हुए वे किसी की ओट नहीं लेते थे, वे अपने बचाव के लिए कुछ भी नहीं छोड़ते थे। पिछले चार दशकों की हिन्दी कविता में वैचारिक प्रतिबद्धता की कमी नहीं रही है, मगर जैसी मुखरता 'विद्रोही' ने अपनाई वह दुर्लभ है! इसका एक कारण यह भी माना जा सकता है कि 'विद्रोही' मार्क्सवादी विचारधारा में उस जगह पर जानबूझ कर खड़े हो गए हैं, जहाँ खोने के लिए कुछ

भी नहीं है। 'विद्रोही' ने 'निर्धन' रहने की साधना की थी। वे अपनी पृष्ठभूमि से धनहीन नहीं थे। वे चाहते तो मध्यवर्गीय जीवन जी सकते थे। मगर उनकी मिट्टी दूसरी थी, जिससे ऐसी मूरत नहीं गढ़ी जा सकती थी जो अपने लिए सुविधाकांक्षी हो! उस मिट्टी से ऐसा व्यक्तित्व ही बन सकता था जो अपने को और अपनों को दुनियादारी की सुख-सुविधाएँ नहीं दे सके! फिलहाल इतना कि 'विद्रोही' ने 'निर्धन' रहने की साधना की थी! उनके पास खोने के लिए बस एक 'निर्धन' शरीर था और उनके मन में शोषितों के लिए पूरा संसार प्राप्त करने का उत्साह था! ढूँढ़ लीजिए ऐसी वैचारिक प्रतिबद्धता उनकी पीढ़ी के किसी भी दूसरे कवि में! ऐसी प्रतिबद्धता किसी दूसरे में हो भी नहीं सकती थी, क्योंकि इसके स्रोत 'विद्रोही' के उस जीवन में थे, जिसे कोई दूसरा नहीं जी सकता था। सर्वहारा तो पूरे संसार में हैं, मगर सर्वहारा होते हुए वैचारिक प्रतिबद्धता के साथ कविता के मौखिक रूप को रच लेना कभी-कभी ही सम्भव हो पाता है।

'विद्रोही' अपनी पीढ़ी के अन्य कवियों से इस मामले में पीछे थे कि उनकी कविताओं में विषय की विविधता कम दिखाई पड़ती है। ८० के बाद के कवियों ने अनेक छोटे प्रसंगों को कविता का विषय बनाया। पारिवारिक और मध्यवर्गीय जीवन ने जिन विषयों और प्रसंगों को जन्म दिया उनकी अभिव्यक्ति कई तरह से इस दौर की कविताओं में मिलती है। इस दौर में विचारधारा का स्थान बौद्धिकता लेने लगती है। विचारधारा-विशेष से जुड़ी शब्दावलियों की जगह कवियों ने अपने ढंग से शब्दों का चयन किया। मनुष्यता की शर्त को आगे करके बौद्धिक तरीक़े से विचार करने की स्वतंत्र प्रवृत्ति इस दौर में बढ़ती हुई मालूम पड़ती है। यह विषय बहुत बड़ा है। विभिन्न कवियों की कविताओं से उदाहरण देकर इस बात की पुष्टि की जा सकती है। यहाँ केवल इतना कहना प्रासंगिक होगा कि 'विद्रोही' की कविताएँ इस विविधता को प्रकट नहीं करती हैं। इस मामले में वे अपनी पीढ़ी के कवियों से पीछे रह जाते हैं।

ऐसा होने के पीछे भी कई कारण हैं। पहला कारण यह है कि 'विद्रोही' दूसरों की तुलना में अपील की कविताएँ ज़्यादा लिखते हैं। अपील की कविताएँ दुविधा की भाषा में नहीं लिखी जा सकती हैं। ऐसी कविताओं की भाषा ही नहीं उनमें निहित विचारों को भी दुविधामुक्त होना पड़ता है। ऐसी कविताओं में बौद्धिकता को भी सामूहिकता के परिवेश में प्रकट करना होता है। कविता के लिखित रूप में बौद्धिक जटिलता और ऊहापोह को जगह दी जा सकती है, मगर अपील करनेवाली कविताओं को अपना रूप सुलझाकर रखना पड़ता है। दूसरा कारण यह है कि 'विद्रोही' की जीवन-दृष्टि बाक़ी कवियों से सर्वथा भिन्न है। वे मध्यवर्गीय सीमाओं से सर्वथा मुक्त हैं और बाक़ी कवि इन्हीं सीमाओं के भीतर से अपनी दृष्टि का निर्माण करते हैं।

'विद्रोही' ने अपनी कविताओं में जिन विषयों को उठाया है उनके रूप प्रायः वैश्विक रहे हैं। जैसे, वे स्त्री के प्रश्नों को वैश्विक परिवेश में उठाते हैं। सभ्यता के प्रश्नों को वे दुनिया के कोने-कोने में दिखाते हैं। ईश्वर से जुड़ी मान्यताओं को किसी धर्म-विशेष तक सीमित नहीं रखते। वे कवि-कर्म को भी पूर्णकालिक काम मानने पर ज़ोर देते हैं। जैसे 'वसुधैव कुटुम्बकम्' की वैश्विकता में आध्यात्मिक आधार मौजूद है और 'भूमंडलीकरण' में बाज़ार का आधार मौजूद है उसी तरह से 'विद्रोही' की विश्व-दृष्टि में शोषण का आधार मौजूद है। वे 'शोषण' के वैश्विक रूप की पहचान करते हैं।

'मोहनजोदड़ो की आख़िरी सीढ़ी से' शीर्षक कविता का यह अंश देखिए-

> "मैं वहाँ से बोल रहा हूँ
> जहाँ मोहनजोदड़ो के तालाब की आख़िरी सीढ़ी है,
> जिस पर एक औरत की जली हुई लाश पड़ी है
> और तालाब में इंसानों की हड्डियाँ बिखरी पड़ी हैं।
> इसी तरह एक औरत की जली हुई लाश

आपको बेबीलोनिया में भी मिल जाएगी,
और इसी तरह इंसानों की बिखरी हुई हड्डियाँ
मेसोपोटामिया में भी।"

(नयी खेती, पृ.- 13)

स्त्री के शोषण की वैश्विक तस्वीर पेश करते हैं 'विद्रोही'। वे प्रत्येक सभ्यता में छिपी इस बर्बरता की पहचान करते हैं। उन्होंने सभ्यताओं का ज़िक्र अनेक जगहों पर किया है। वे इसी कविता में कई जगहों की चर्चा करते हैं, जैसे– 'सीथिया की चट्टानों', 'बंगाल के मैदानों', 'सवाना के जंगलों', 'कान्हा के वनों', 'रोमन गुलामों', 'बंगाल के जुलाहों', 'वियतनामी, फिलीस्तीनी, इराकी बच्चों' आदि। सारांश यह कि,

"साम्राज्य आख़िर साम्राज्य ही होता है,
चाहे वो रोमन साम्राज्य हो,
चाहे वो ब्रिटिश साम्राज्य हो,
या अति आधुनिक अमरीकी साम्राज्य।
जिसका एक ही काम है कि
पहाड़ों पर, पत्थरों पर,
नदी किनारे, सागर तीरे,
मैदानों में, इंसानों की हड्डियाँ बिखेर देना।"

(नयी खेती, पृ.- 15)

सभ्यताओं के विकास और साम्राज्यवाद के विस्तार के भीतर मौजूद औरत और इंसान के शोषण की कथा को 'विद्रोही' बख़ूबी पहचानते हैं। उनकी कविताओं की चिंता में वैश्विक परिप्रेक्ष्य है। वे अपने अध्ययन, संगत और मनन-चिंतन से इन निष्कर्षों तक पहुँचते हैं। उनकी स्थित लगभग संत कवियों जैसी है कि जिन्होंने संसार के अत्यंत छोटे से हिस्से में अपना जीवन गुजार दिया था मगर वे 'विश्व मानवता' के पक्ष में कविताएँ लिखते थे। 'विद्रोही' की प्रत्यक्ष देखी हुई दुनिया बहुत बड़ी नहीं थी। सुल्तानपुर में जन्मे थे और दिल्ली में वक़्त गुज़ारते रहे। मगर उनके 'अंतःकरण का आयतन' बहुत बड़ा

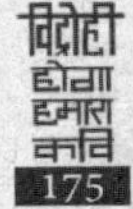

था। वे उसके बल पर बहुत सारी गुत्थियों का समाधान निकालते थे। उनका दार्शनिक पक्ष सुलझा हुआ था। उनकी तर्क-पद्धति दुविधा नहीं जानती थी,

"और अब तो
दोनों में एक होकर रहेगा—
या तो ज़मीन से भगवान उखड़ेगा
या आसमान में धान जमेगा।"

(नयी खेती, पृ.- 115)

'विद्रोही' के लिए कवि-कर्म पूर्णकालिक काम है। अपने जीवन को दाँव पर लगाकर वे कविता रचते हैं। कविता लिखना उनके लिए 'हॉबी' नहीं, बल्कि उनके जीवित होने का प्रमाण है। वे कहते हैं,

"कर्म है कविता,
जिसे मैं करता हूँ,
फिर भी लोग मुझसे पूछते हैं
कि विद्रोही तुम क्या करते हो..."

(नयी खेती, पृ.- 116)

ढाई-तीन सौ साल पहले घनानंद ने कहा था कि मेरी कविताएँ मुझे बनाती हैं, 'मोहिं तो मेरे कवित्त बनावत'। इस बीच शायद किसी कवि ने इतना ज़ोर देकर नहीं कहा कि कविता और जीवन को मैं एक मानता हूँ। फ़ैज़ जैसा क्रांतिकारी कवि भी इन दोनों के अभेद को मिटा न सका, "कुछ इश्क किया कुछ काम किया"। फ़ैज़ ने माना है कि जो लोग इश्क को काम समझते थे और काम को इश्क, वे बड़े ख़ुशकिस्मत थे। 'विद्रोही' – फ़ैज़ के शब्दों में 'ख़ुशकिस्मत' थे। इसलिए जब वे आह्वान करते हैं कि "तुम मुझे बचाओ!/मैं तुम्हारा कवि हूँ।" तो इसका अर्थ यह नहीं है कि 'विद्रोही' को अपनी व्यक्तिगत सुरक्षा की चिंता है। उनकी चिंता यह है कि यदि कविता और जीवन के अभेद का कवि नहीं होगा तो इंसानों को बचाने की मुहिम कौन चलाएगा?

आततायी सत्ताओं के खिलाफ किसकी आवाज़ बुलंद हो पाएगी? जब वे कहते हैं कि जिस औरत को सबसे अंत में जलाया जाएगा, वह चाहे जो हो, वह मेरी बेटी होगी और मैं ऐसा होने नहीं दूँगा! ऐसी बात कहने का साहस वे कैसे जुटा पाते हैं? कहाँ से मिलती है उन्हें यह ताक़त? ज़ाहिर-सी बात है कि 'विद्रोही' को यह साहस मिलता है एक तरह के 'विश्वास' से! यह 'विश्वास' धार्मिक या आध्यात्मिक तो कतई नहीं है। यह 'विश्वास' प्रतिरोध की दार्शनिकता से उपजा है। कवि को 'विश्वास' है कि शोषितों की चिंगारी कभी भी बुझाई नहीं जा सकती। शोषितों के भीतर प्रतिरोध की आग को जुल्म करके बुझाया नहीं जा सकता है। मनुष्य की प्रतिरोधी क्षमता पर अटूट भरोसा है 'विद्रोही' का! उनके लिए 'कविता' का विकल्प अगर कोई है तो वह है 'क्रांति'। उनके इन दोनों विकल्पों से आज असहमति हो सकती है। मगर, इस तरह की असहमति का अर्थ है प्रतिरोध के रास्ते को छोड़ देना! पर यह कब तक चल पाएगा? समझौते तात्कालिक समाधान देते हैं। ध्यान रखना चाहिए कि प्रतिरोध की ताक़त को खोकर जो समझौते किए जाते हैं उनमें ज़्यादा दम नहीं होता,

"कुछ लोग अपने घाट जाएँगे,
कुछ लोग मर जाएँगे
लेकिन हम कहाँ जाएँगे?
हम जो न मर रहे हैं और न जी रहे हैं,
सिर्फ़ कविता कर रहे हैं!
यह कविता करने का वक़्त नहीं है दोस्तो!
मार करने का वक़्त है।"

(नयी खेती, पृ.- 51)

आत्मविश्वास देखिए कि 'विद्रोही' को कोई नहीं मार सकता, लगभग कबीर की तरह, 'हम न मरैं मरिहैं संसारा'–

"मुझे क्या कम मारा गया है
इस कलिकाल में।

अनेकों बार मुझे मारा गया है
अनेकों बार घोषित किया गया है
राष्ट्रीय अख़बारों में, पत्रिकाओं में,
कथाओं में, कहानियों में
कि विद्रोही मर गया।
तो क्या मैं सचमुच मर गया!
नहीं, मैं जिन्दा हूँ,
और गा रहा हूँ।”

(नयी खेती, पृ.- 56)

प्रतिरोध की आवाज़ हमेशा रहेगी। इसके बिना यह संसार चल नहीं सकता। शोषण-मुक्त समाज और व्यवस्था तो दुनिया में नहीं आ सकी मगर इसके लिए किए गए प्रयास आज भी जारी हैं। प्रतिरोध के तरीक़े बदलते हैं, प्रतिरोध की भाषा बदलती है। कविता प्रतिरोध की भाषा को प्रगल्भ बनाती है। ऐसी कविताएँ सत्ता को खटकती हैं। साहित्य में कम रुचि लेनेवाली जनता भी प्रसंग आने पर प्रतिरोध की भाषा में लिखी हुई कविता से ऊर्जा प्राप्त करती है। दुनिया भर के आंदोलनों में प्रयुक्त हुई काव्य-पंक्तियों को आम जनता ने प्रतिरोध की भाषा के रूप में अपनाया है। ‘विद्रोही’ को इन्हीं कारणों से पूरा भरोसा है कि उनकी आवाज़ हमेशा ज़िन्दा रहेगी।

प्रतिरोध पर भरोसा ऐसा कि 08 दिसम्बर, 2015 को यू जी सी के कार्यालय के सामने हो रहे छात्रों के धरना-प्रदर्शन के आन्दोलन में ‘विद्रोही’ भी शामिल थे। ख़राब स्वास्थ्य के बावजूद वे वहाँ हाज़िर थे। वैसे, उनके स्वास्थ्य के बारे में कोई दूसरा जान भी नहीं सकता था। जायसी याद आते हैं कि मेरा नाम मुहम्मद है, मैं प्रेम का कवि हूँ, मेरे शरीर में न रक्त है न मांस; जिसने भी मेरा मुँह देखा वह हँस पड़ा, मगर कविताएँ सुनीं तो उसकी आँखों में आँसू छलक आए-

"मुहमद कवि यह पेम का न तन रकत न माँसु
जेइ मुख देखा तेइ हँसा सुना तो आए आँसु।"

विद्रोही के तन में भी न रक्त था न मांस, उनके सूखे हुए विचित्र चेहरे को देखकर कुछ लोगों को हँसी आ जाती थी; मगर कसौटी तो कविता थी और उन कविताओं के पीछे मौजूद अखंड जीजिविषा! प्रतिरोध पर अटूट विश्वास रखनेवाला यह 'कलंदर' 08 दिसम्बर के उस आन्दोलन की ज़मीन पर सदा के लिए लेट गया। मगर कबीर की तरह दुनिया को एक विश्वास दे गया कि 'हरि मरिहैं तो हमहूँ मरिहैं'— जब हरि मरेंगे तभी मैं मरूँगा! जब जनता के बीच से 'प्रतिरोध' समाप्त हो जाएगा तभी 'विद्रोही' समाप्त हो पाएगा! अन्यथा— 'मैं जिन्दा हूँ,/और गा रहा हूँ।'

कविता और जीवन को 'विद्रोही' ने एक दार्शनिक ऊँचाई के साथ समझा था। उस ऊँचाई से देखने पर ही उनकी सार्थकता समझ में आती है, अन्यथा वे अराजकता की एक जीती जागती प्रतिमा थे।

वह आग जो दावानल से भी अधिक धधकती है!

रामजी यादव

रमाशंकर यादव 'विद्रोही' को पढ़ते हुए मुझे बहुत आश्चर्य होता है। और यह एक ही तरह का आश्चर्य नहीं होता बल्कि अनेक तरह के आश्चर्य होते हैं। सबसे पहले तो ज़िंदगी के पूरे-पूरे पैंतीस साल तक वह आदमी कैसे न केवल अपना मानसिक संतुलन बचा ले गया बल्कि बौद्धिक और दार्शनिक रूप से इतनी ऊँचाई तक जा पहुँचा जहाँ तक पहुँचना किसी के लिए भी एक दुस्साध्य और दुर्लभ उपलब्धि है। विद्रोही जो भी हैं अपनी सम्पूर्ण संवेदना, चेतना और सरोकारों के साथ हैं। कहीं भी वे आधे-अधूरे नहीं हैं और इसीलिए वे कविता में छुआ-छुवव्वल का खेल नहीं खेलते बल्कि बेधते हैं। एक दुर्लभ आग उनके शब्दों से निकलकर हमारी चेतना में जगह बना लेती है और उसकी पहली परिणति यह होती है कि चीज़ों और हालात को हम भी उतनी ही शिद्दत और आलोचनात्मक निगाह से देख सकते हैं जितनी शिद्दत और आलोचनात्मक निगाह से विद्रोही देखते हैं और तब तक देखते चले जाते हैं जब तक कि हमारी उर्वरता मरी नहीं होती। उनकी कविताएँ हमें बहुत देर तक बेचैन करती रहती हैं और इस बुरी दुनिया की सख्त आलोचना करने और उसकी अन्यायपूर्ण व्यवस्था को खारिज कर देने के तल्ख़ विचारों से हमें समृद्ध करती हैं। विद्रोही की कविताएँ अपने पाठकों को इस 'बास्टर्ड दुनिया' के छल-छद्म से रूबरू ही नहीं करातीं बल्कि उससे लड़ जाने

और अपना फ़ैसला कर लेने की कूवत भरती हैं। दूसरे शब्दों में, विद्रोही की कविताएँ ऐसे 'बास्टर्ड' लोगों के लिए नहीं हैं जो बौद्धिक घालमेल करते हैं और व्यक्तियों और वस्तुओं, हालात और परिणामों की टुंटपुंजिया परिभाषाएँ गढ़ते हैं। बेशक, विद्रोही कविता-कर्म की ज़मीन पर बहुत बड़ी चुनौती हैं। लेकिन यहाँ तक पहुँचने के लिए विद्रोही ने बहुत कुछ का बलिदान किया है। उनका पूरा जीवन इसी बलिदान का एक विराट प्रतिफलन है।

रमाशंकर यादव का जन्म उत्तर प्रदेश के निम्नवर्गीय खेतिहर परिवार में हुआ। सुल्तानपुर जिले के अहिरी फिरोजपुर गाँव के इस परिवार के पास भैंस भी रही होगी क्योंकि विद्रोही भैंस के उद्भट उद्गाता हैं। लेकिन जैसा कि विद्रोही की छोटी बहन नन्हका देवी ने दिनेश कबीर को बताया कि बचपन में उनका परिवार काफी दिक्कतों और अभावों में रहा। 'परिस्थितियाँ ऐसी थीं कि अगल-बगल वाले लोग बहुत सताना चाहते थे। किसी न किसी प्रकार से हमें परेशान करते थे। साथ ही पढ़ाई-लिखाई में अवरोध पैदा करते थे, ताकि विद्रोही पढ़ न सकें।' यह गाँवों का आम दृश्य है। अड़ोसी-पड़ोसी, गोतिया-दयाद नहीं चाहते कि आपके घर में चूल्हा जले। अगर फिर भी जल रहा है तो किसी और रूप में क़ाबू करने की कोशिशें होती हैं, मसलन किसी बुरी आदत या चरित्र संबंधी अफवाहों के माध्यम से नीचा दिखाने का काम लगातार चलता रहता है। वहाँ प्यार और झगड़ा एक ही मेड़ के दो किनारों पर मौजूद मिलते हैं। यदि आपके पास उस मेड़ पर चलने का कौशल नहीं है तो किसी न किसी ओर जाना तय है। उन दिनों बचपन में अक्सर किसी ज़हीन विद्यार्थी के ऊपर दबाव बनाने के लिए अड़ोसी-पड़ोसी उसके माता-पिता के कानों में मंत्र फूँकते कि ज़्यादा पढ़ने से आँख तो ख़राब होगी ही, दिमाग भी ख़राब हो जाने का डर है। चार कोस दूर फलाने गाँव में एक लड़का ऐसे ही दिन-रात किताब में आँख गड़ाए रहता था और एक दिन ऐसा दिमाग बिगड़ा कि पागलखाने ले जाना पड़ा। इसलिए अपने बच्चे से आप घर का और

खेत का काम कराइए जिससे हाथ-पाँव जाम न होने पाएँ और दिमाग़ भी क़ाबू में रहे। लड़कियों से चूल्हा-चौका संभालने को कहिए नहीं तो ज़्यादा पढ़कर सिनेमा-सर्कस जाएँगी और हाथ से निकल जाएँगी। ऐसी अनेक सलाहें तो दी ही जाती थीं साथ ही किसी का बनता काम भी बिगाड़ दिया जाता था। विद्रोही का भी बचपन ऐसा ही रहा होगा। परिवार ग़रीब ज़रूर था लेकिन दयनीय नहीं था। विद्रोही के बचपन के अनेक अक्स उनकी अवधी कविताओं में बिखरे पड़े हैं जो उनकी संवेदना की गहराई और चेतना की ऊँचाई के सबूत हैं। उनकी एक कविता है 'घूमइ दे मथानी अम्मा'। इस कविता में उनके परिवार का किसानी वैभव तो दिखता ही है उनकी तार्किकता और मेधा भी दिखती है। इस कविता के दृश्यों पर ध्यान दीजिए– ऊपर आसमान है और नीचे धरती है और इसके बीच मेरी माँ दही मथ रही है। इस दृश्य को देखकर विद्रोही का रोम-रोम पुलकित हो रहा है। वे कह रहे हैं कि मथानी घूम रही है और दुनिया नाच रही है जिसमें ऋषि-मुनि, ओझा गुणी सब नाच रहे हैं और साथ में इनका वह भगवान भी नाच रहा है जो पता नहीं सच है कि झूठ है।

विद्रोही यह दृश्य बचपन में देख रहे हैं और विचारमग्न हो रहे हैं। तेइस साल के बाद तो उनका जीवन दिल्ली में ही बीता। और उनकी सर्वाधिक मशहूर कविता नयी खेती में आसमान से भगवान को उखाड़ने का साहस बचपन में आकार लेने लगा था। वे ईश्वर नामक शय को लेकर शंकाशील बन रहे थे। उसके अस्तित्व के प्रति उनमें अविश्वास गहराने लगा था। वे दुनिया और ईश्वर की बनी-बनाई अवधारणा को नकारने की मानसिक ताक़त से भरे हुये थे। शायद तभी वे अम्मा की मथानी और दही के मटके को एक पूरी दुनिया की तरह देखने के क़ाबिल हो चुके थे। आगे के दृश्यों को देखिए– कि इस मटकी में राजा, जमींदार और पुलिस भी नाच रहे हैं, गुरु और हवन करने वाला पुरोहित और अपनी खाता-बही के साथ सेठ-साहूकार भी नाच रहे हैं। साथ ही सरकार और उसका दलाल तंत्र भी नाच रहा है। उस घूमती

मथानी में ताज़ और तख्त सबकुछ नाच रहा है, किला-महल सब नाच रहा है और इन सबके मस्तिष्क का पाप भी ऐसे नाच रहा जैसे पहिया घूम रहा हो। इसके बाद तीन पंक्तियाँ और भी हैं लेकिन उनसे पहले मैं ग़ालिब के एक शेर की मार्फत विद्रोही की दृष्टि की बात करूँगा। ग़ालिब कहते हैं- *क़तरे में दज़ला दिखाई न दे और जुज़्व में कुल/ खेल लड़कों का हुआ दीद-ए-बीना न हुआ।* अर्थात एक बूँद में विशाल नदी और एक कण में जो संसार नहीं देख सकता वह क्या कविता करेगा। वह तो बच्चों का खेल ही करेगा। उसकी निगाह, उसकी दीद, उसकी बीनाई, उसका विज़न क्या है? कुछ भी नहीं। अब इसके बरक्स विद्रोही की दीद-ए-बीना देखिए। एक किशोर अपनी माँ को दही मथते हुए देख रहा है और क्या सोच रहा है? कि एक किसानिन की दही की मटकी में शोषण की सारी की सारी व्यवस्था नाच रही है। यानी किसानिन के श्रम और उत्पाद को खाने के लिए सारा राजपाट, सरकार, पुलिस, बनिया, सामंत, पुजारी, पुरोहित, साहूकार और भगवान सब नाच रहे हैं। श्रमजीवी क्यों ग़रीब है? क्योंकि इतने मुफ़्तख़ोर उसके ऊपर सवार हैं। और मुफ़्तख़ोरी का जटिल और अकाट्य जाल श्रमजीवी के ऊपर बिछाया हुआ है। विद्रोही उस जाल को देख रहे हैं और उनका कवि मथी जा रही दही को केवल ख़ुशी और आह्लाद से देख ही नहीं रहा है बल्कि उस तंत्र को भी देख रहा है जो किसानों, हरवाहों, चरवाहों और मजदूरों की मेहनत पर रक्तपिपासु शेर की घात और भेड़िये की चालाकी से निगाह गड़ाए हुए है। इस संदर्भ में दो बातें मुझे याद आ रही हैं। अठारहवीं शताब्दी में एक किसान या दीगर उत्पादकों की कमाई को खाने वाले तंत्र में छः श्रेणियाँ शामिल थीं। उन्नीसवीं शताब्दी में उनमें इजाफ़ा हुआ और इनकी संख्या बीस हो गई और बीसवीं शताब्दी में एक सौ से ऊपर हो गई। महात्मा ज्योतिबा फुले कहते थे कि भारत की सरकार किसानों और उत्पादकों के विशाल उत्पादनों से प्राप्त राजस्व पर चलती है। यह हर बात से ज़्यादा प्रखर सत्य है। अपनी प्रसिद्ध पुस्तक किसान का कोड़ा में तो उन्होंने किसान के जन्म

लेने से उसके मरने तक उसका ख़ून चूसने वाले तंत्र का भयानक वर्णन किया है।

विद्रोही का कवि अपने आस-पास बहुत बारीकी से देखने वाला कवि है। वह देहाती सौन्दर्य का महान गायक है और वस्तुतः वह श्रमजीवियों और किसानों की ख़ुशियों और उन ख़ुशियों के छोटे-छोटे माध्यमों का गायक है। इसीलिए जब वह गाता है तो ख़ुशी उसके शब्दों से छिटककर बिखरती हुई मालूम देती है। और विभोर होकर जब उसके शब्द पकड़िए तब वह आपको यथार्थ के ऐसे बीहड़ में ले जाएगा कि आगे चकित और निरुत्तर होने के अलावा कोई रास्ता ही नहीं बचता गोया किसी ने अपनी ख़ुशी कहते-कहते अचानक दुखों की बारिश कर दी हो। ख़ुशी के बीच अवसाद का ऐसा ऊँचा वितान एक ऐसे रचनात्मक स्रोत की ओर इशारा करता हुआ प्रतीत होता है जहाँ इतनी बातें, इतने दृश्य, इतनी पीड़ा, इतनी तार्किकता, इतना विक्षोभ और इतनी आग है कि कितना भी कहिए न जाने कितना अनकहा रह जाता है। कितना भी लिखिए लेकिन अपरिमित अनलिखा छूट जाता है वह कभी खत्म ही नहीं होता। उनकी एक दूसरी अवधी कविता है- *नापि क बंटाय लेब*। यह कविता विद्रोही की उस मनस्संरचना की ओर इंगित करती है जो जितनी आकर्षक और बेधक है उससे कहीं जटिल है और वस्तुतः यही जटिलता उनको दो टूक और तल्ख़ तो बनाती ही है, उन्हें एक ऐसे विज़नरी के रूप में भी विकसित करती है जो अपने समय के साथ ही इतिहास और भविष्य को भी साफ़-साफ़ देख सकता है। कविता शुरू होती है बचपन से। बचपन के आह्लाद से– बिरहा गाते हुए ढेला सधाने की बात है। ढेला सधाना माने निशाना लगाकर ढेला मारना। निशाना लग जाने पर विजयी होने की ख़ुशी में गाने लगना। लेकिन इसमें एक और भी चीज़ निहित है। किसान प्रायः गीत गाते हुए खेत के काम करता है। तो क्या विद्रोही बिरहा गाते हुये खेत के ढेलों को तोड़कर बुवाई लायक भुरभुरी ज़मीन बनाने की बात कर रहे हैं? हो सकता है। आगे वे कहते हैं कि हमलोग तीर-धनुष और गुलेल खेलेंगे

और बारात करेंगे यानी बारात में जाएँगे और दूल्हे के माँ-बाप द्वारा लुटाये गए पैसों को लूटेंगे और भेड़े तथा भैंसे को घेरकर लड़ाएँगे। जिन लोगों ने भेंड़े और भैंसे को लड़ते देखा होगा वे ही उस रोमांच को जान सकते हैं। अन्य लोगों के लिए यह अनबूझा खेल होगा।

ज़ाहिर है ये दृश्य और इनकी ख़ुशियाँ अनमोल हैं। उनमें जो रोमांच है वह दुर्लभ है। उनमें जो मज़ा है वह कहीं नहीं है। लेकिन यह रोमांच चार ही पंक्तियों में है। उसके बाद दृश्य बदल रहा है। उसके बाद ख़ुशी का रोमांच हार-जीत के फैसले में रूपांतरित होने जा रहा है और बचपन के उस वैभव और उसके माल-असबाब के बँटवारे का समय आ रहा है। उसके बाद पैना-पैना यानी भैंसों और गायों को हाँकने वाले डंडे से और रस्सी से सबकुछ नाप लिया जाएगा। गाय-भैंस, बाग-बगीचा, घर-दुआर, फटी कथरी-दरी-गलीचा और पाँव की पनही तक बाँट लिया जाएगा। यहाँ तक कि बाप की खोपड़ी के बालों को भी बाँट लिया जाएगा। बाप भी बँटेगा और माँ भी बँटेगी। दीया और माचिस के अलावा सुई में डाला गया धागा और गाँठ का धागा भी बँटेगा। यहाँ तक कि फूटा हुआ दीया और घूरे में पड़ा हुआ लत्ता, भूमि-भूमिहार, धोबी-धरकार, पटवारी, नाई, कहार, बढ़ई-लुहार, कुम्हार, फूटी हुई चिलम, गुरु-पुरोहित, माता-भवानी देवी-देवता और देवताओं की जो घरिया, माने खिलौने जैसा घड़ा, सब कुछ बँटेगा। अगर नहीं बँटा तो मूसल से मारकर सबकुछ नापूँगा और बँटवा लूँगा। यह कविता कैसे पढ़ी जाय? वास्तव में यह कविता विद्रोही की चेतना का प्रस्थान बिंदु है। वे खेल में हैं लेकिन खेल भी उनके लिए कोई मज़ाक का या अगंभीर माध्यम नहीं है। वे वहाँ भी निर्णायक मुद्रा में हैं और निर्णायक भी बहुत तल्ख़ हैं। और यह तल्ख़ी एक ख़ुशी से शुरू होती हुई जब अपने चरम पर पहुँचती है तब एक भीषण सच की ओर संकेत बन जाती है। अब एक बार फिर से उस कविता कि ओर चलिये जिसकी तीन पंक्तियाँ छूट गई थीं। वह कविता एक बालक की ख़ुशी से शुरू होती है और क्रमशः एक तल

की व्याख्या बन जाती है। और वह बच्चा! वह तो गोया आर-पार के मूड में है– वह अपनी माँ से बीच अकास में दीया जलाने को कह रहा है और दही बिलोने से निकले मक्खन को खौलाकर घी निकालने की बात कह रहा है, जिससे माँ की इज्जत और हमारे कहने की लाज रह जाती। अब सारी कविता के संदर्भ इतने व्यापक हो जाते हैं कि लगता है कवि पूरे शोषण तंत्र से लड़ने के लिए अपनी पैदावार के उपयोग से चेतना का दीया जलाना चाहता है और दर्जनों लोगों की ख़ुराक बनाने की जगह अपने परिश्रम के हासिल को अपने लिए सुरक्षित रखना चाहता है। यह वस्तुतः आत्मनिर्भरता और स्वावलंबन की बात है। यह आज़ादी की बात है।

विद्रोही की अवधी कविताएँ उनकी काव्य-चेतना के विकास की कविताएँ हैं। ये एक कवि का अपनी मातृभाषा में आँख खोलने और अपना विश्व-दृष्टिकोण बनाने की कविताएँ हैं और आगे चलकर जो विद्रोही की प्रखर राजनीतिक चेतना विकसित हुई वस्तुतः ये कविताएँ उसी की सीढ़ी हैं। एक अन्य कविता *मारि कय मुआय देब, जरि से मिटाय* देब, देखना चाहिए। इस कविता को पढ़कर समझ में आता है कि कविता में विद्रोह कैसे आता है। आता है तो एक चलती हुई कहानी की तरह जिसके बीच में कोई ऐसी बात होती है। ऐसा मोड़ आता है कि कहानी की राह बदल जाती है। उसका अर्थ और उसकी ध्वनि बदल जाती है। और इसी में हम उस विद्रोही को अंखुआते देख सकते हैं जो क्रूरतम और बर्बरतम व्यवस्था द्वारा ध्वस्त और बर्बाद किए जाने के हर षड्यंत्र के बावजूद न पागल होता है, न समझौतावादी होता है और न ही आत्महत्या करता है न पलायन करता है। वह लड़ता है और लड़ते हुए शहीद हो जाता है। यह कविता भी बचपन के वैभव से ही शुरू होती है जिसमें इस पार कवि की भैंस और पड़िया चर रही हैं और पार उसका लाल बछड़ा चर रहा है। कवि कह रहा है कि जब तक मेरी बांसुरी बजती रहेगी तब तक शेर डरता रहेगा। अब इस बात पर ध्यान दीजिए कि बांसुरी बजाने की क्या स्थिति है। मुहावरा है चैन की

बंसी बजाना। चैन की बंसी वही बजा सकता है जिसके घर में अनाज हो लेकिन वहाँ चूहे दंड न पेलते हों। जिसके खूँटे पर भैंस हो लेकिन बिसुकी हुई न हो। जिसके दरवाजे पर बैल हों लेकिन निकलुआ और मरकहे न हों। जिसके बच्चे हों लेकिन आवारा और कामचोर न हों। दूसरे शब्दों में जो आज़ाद हो। और अगर आज़ाद होगा तो बांसुरी बजाएगा ही और जब तक बांसुरी बजेगी तब तक उसके पशुओं पर हमला करने की औक़ात शेर में न होगी। लेकिन बांसुरी बजाने वाले इस अहीर छोकरे का परिचय देखिए जो कहता है कि मैं बांसुरी ज़रूर बजाता हूँ लेकिन मैं कृष्ण नहीं हूँ और ही मेरा गाँव किसी नदी के किनारे है। मैं तो बिरहिया मनई हूँ जो गाँव-शहर को फूँकते-तापते घूम रहा हूँ और दोस्त, तुमसे बता रहा हूँ कि समय बहुत ख़राब है।

और आगे का संदर्भ समझने के लिए पहले इस कविता की लय को समझ लिया जाय और साथ ही साथ विद्रोही की लय को भी, तब यह समझा जा सकता है कि वास्तव में यह आदमी यथार्थ के बीहड़ में कैसे उतरता होगा। विद्रोही अवधी की स्थानीयता की वह लय आत्मसात कर लेते हैं जो एक कथासूत्र के साथ आगे बढ़ती है और ज़िंदगी और व्यवस्था की एक सच्चाई की परतें खोलती जाती हैं जो होती तो हमारे आसपास रहती हैं लेकिन जब विद्रोही के शब्दों में पढ़ते हैं तो अवाक रह जाना पड़ता है। मैं इस बात को विद्रोही के विज़न और चेतना के विकास के रूप में देखता हूँ जो आगे चलकर उनकी सम्पूर्ण काव्य-चेतना और राजनीतिक प्रखरता में ढल जाती है। शायद इसीलिए विद्रोही एक अनथक कवि-योद्धा की तरह सक्रिय रहे और उनके सरोकार व्यापक जनता से जुड़े रहे। अब जरा इस कविता के कथानक की ओर चलिये। विद्रोही कहते हैं– मैं तो छोटा-सा लड़का हूँ उबटन से जिसकी मालिश होती है आँखों में डिठौना लगता है। ये दोनों क्रियाएँ गहरे दुलार का प्रतीक हैं और जिसे इतना दुलार मिला उसके नमक रोटी के आगे छप्पन भोग भी फीका है। यह देहातों में माना जाता है। विद्रोही कहते हैं– इसीलिए मैं यह बिरहा गाता हूँ

और इसके अलावा मुझे कोई आल्हा और मल्हार नहीं आता। लेकिन मुझे सीधा जानकर मेरा सत्तू मत छीनो नहीं तो गेहूँ चावल के रूप में हर्जाना देना पड़ेगा। जरा ध्यान दीजिए कि बिरहा पौरुष और वीरत्व का गान है। यह वस्तुतः जनता का गाना है। विद्रोही ने आजीवन इस त्वरा को बरकरार रखा। आल्हा सामंती विरुदावली है और मल्हार भी अभिजात्य गान है और वे कह रहे हैं कि ये दोनों ही मुझे नहीं आते।

विद्रोही कहते हैं कि प्यारे मित्र अगर नेवता दोगे तो हम पति-पत्नी दोनों आएँगे और पहले तुमको खिला कर पीछे हम खाएँगे। क्यों कोने-अंतरे भोजन चुरा रहे हो? खाने के सवाल पर एक बात याद आई कि एक बार तुम्हारे पुरखों ने हमको नेवता दिया था तब हम नौजवान छैल-छबीले थे और मेरी रेखें उठ रही थीं। पतला-पतला हाथ-पैर था और घुंघराले बाल थे और लहककर ऐसे बिरहा गाता था कि अपने आपमें ख़ुशी से अकड़ जाता था। और जब आँखें तरेर कर देखता था तब दुनिया छोटी लगती थी। हर बात पर हँसी आती थी और कूदते हुए रास्ता चलता था। खेलते हुए तुम्हारे घर साँझ के समय पहुँचा।

विद्रोही कहते हैं कि मित्र अपने पुरखों का हाल सुनो। तुम्हारे पुरखे मेरे भी पुरखे थे लेकिन उन्होंने खिलाने वाली जगह पर झाड़ू-बहारू नहीं किया बल्कि वहीँ फटही कथरी बिछा दिया और पत्तल में खाना और कुल्हड़ में पानी दिया। यह देखकर मेरे बदन में आग लग गई। मैंने उसी दम प्रतिज्ञा की कि अब मैं इसका बहिष्कार करूँगा। और अपनी जगह ज़मीन बंटवा लूँगा। मैं उनको मारकर ख़त्म कर दूँगा और जड़ से ही मिटा दूँगा। एकदम नामोनिशान मिटा दूँगा। तुम उन्हीं के नवासे हो और हमारे साथी हो।

विद्रोही की इस कहानी के निहितार्थ बहुत मार्मिक है। उनका बचपन सिवान में चरवाही करते बीता। खेलते-कूदते बिरहा गाते विद्रोही बड़े हुए। उन्हीं की तरह उनके साथी-संघाती भी रहे। वे लोग उनके

पट्टीदार थे। एक ही जैसा रहना-सहना था। उसी पृष्ठभूमि के लोग थे। हो सकता है जाति-बिरादरी में अंतर हो। लेकिन विद्रोही इस अंतर को कब महत्त्व देते थे। बचपन से ही उनमें इंसानी जिंदगी और सम्मान का अहसास हो चुका था। विद्रोही अपने साथी से अपनी बात कह रहे हैं यानी वे एक भेदभाव वाली बात की शिकायत कर रहे हैं। और शिकायत भी इतनी आक्रोशमयी है कि वे उस व्यवस्था के खिलाफ हैं और उसे जड़ से मिटा डालना चाहते हैं जो उनके सम्मान को कुचलनेवाली है। यह ध्यान देने की बात है कि वे ऐसी पतनशील सामंती व्यवस्था को एकदम से बर्दाश्त करने की स्थिति में नहीं हैं। वे बड़ी निर्ममता से घर बुलाकर पत्तल में खिलाने और पानी देने को ख़ारिज करते हैं और उस व्यवस्था से अपना नाता तोड़ लेना चाहते हैं। इस प्रकार हम देखते हैं कि बचपन से विद्रोही गैरबराबरी, सामंतवाद, भेदभाव, जातिवाद और ब्राह्मणवाद के सारे रिवाज और व्यवहार के खिलाफ हैं। यह बिंदु ही विद्रोही को जन्म देता है और ऐसे जितने भी वाकये हैं वे विद्रोही के मन की धधकती आग को दावानल में तब्दील करते हैं। और वे इसे कभी बुझने नहीं देते बल्कि यह कभी बुझता ही नहीं। यही विद्रोही का काव्य-चरित्र है। इस कविता में विद्रोही अपने मित्र से अपना आक्रोश इन शब्दों में कहते हैं कि मछली को मारकर उसका मुड़ा और पीछा भले ही खाओ लेकिन उसका पेट मत रेतो। क्या मार्मिक पंक्ति है। ऊपर की पंक्तियों में जब अपना परिचय देते हुए अपने चरवाहे होने और बिरहा गाने का उल्लेख करते हैं तो उनमें रंचमात्र भी अपनी जाति और जीवन को लेकर हीनता का बोध नहीं हैं। वे किसान और चरवाहे अहीर के सच्चे और खरे प्रतिनिधि हैं और कृष्ण के मिथक से भी अपने को अलगाते हैं। यही 'अहीरपन' उनके जीवन की सच्चाई है और इस प्रकार वे सर्वहारा के प्रतिनिधि कवि हैं।

विद्रोही की कविता का मर्म जानने की कोशिश करने वाले अनेक विचारकों ने ठीक ही कहा है कि कबीर के बाद विद्रोही अकेले ऐसे कवि हैं जो अपनी जाति को अपनी कविता का एक महत्त्वपूर्ण घटक

बना देते हैं और यह घटक वस्तुतः उनकी चेतना का उद्घोष बन जाता है। बल्कि यह कि अगर विद्रोही के बिम्ब अपने समकालीनों में सबसे अलग हैं तो सिर्फ़ इसलिए कि वे जहाँ जन्मे और पले-बढे वहाँ की एक एक चीज़ और एक-एक गतिविधि को बहुत बारीकी और सम्पूर्णता से न सिर्फ़ जिया बल्कि उनको अपनी चेतना में बड़ी शिद्दत से संजोया भी और आगे चलकर उनसे बेमिसाल काम लिया। वे अहीर होकर भारत के सर्वहारा के जीवन में सहज ही घुले-मिले हुए हैं। उन्हें बाहर से सहानुभूति दिखाने की ज़रूरत ही नहीं पड़ती। इसीलिए जब वे नूर मियाँ पर कविता लिखते हैं तो नूर मियाँ से उनके ख़ून और दर्द दोनों का रिश्ता जगमगा उठता है। कन्हई कँहार या भुखाली हलवाह की बात करते हैं तो भी अपने पड़ोसी भाइयों की बात करते हैं। जब वे यह मासूम सवाल पूछते हैं कि 'तब क्या हम कोई नहीं होते थे नूर मियाँ के/ नूर मियाँ क्यों चले गए पाकिस्तान?' तब वे हमारी धर्मनिरपेक्ष चेतना और निष्क्रिय भाईचारे में जैसे सुई चुभा देते हैं। असल में यहीं पता चलता है कि संवेदनाओं और रिश्तों की बुनियाद मानव समाज और इंसानों के उस सतत व्यवहार से मजबूत होती है जहाँ इंसान के लिए इन्सान आर्थिक उपनिवेश नहीं है। जहाँ वह तिजारत का माध्यम नहीं है।

विद्रोही की अवधी कविताएँ उनके काव्य-वैभव का गेटवे हैं। बिना उनसे गुजरे यह जानना मुश्किल होगा कि उनका विस्तार कहाँ से कहाँ तक है? बिना इनसे गुजरे उस किसान को नहीं जाना जा सकता जो अब नये दौर के अवध का पुराना बँटाईदार किसान नहीं है बल्कि उसके पास एक नयी राजनीतिक व्यवस्था है। नयी राजनीतिक व्यवस्था है तो तकलीफ़ों का नया भण्डार भी है। नये प्रकार की अर्थव्यवस्था है जिसमें जमींदार नहीं बल्कि बाज़ार और उसके नये कारिंदे प्रभावी हैं। असल में यह किसान इंदिरा गाँधी के 'ग़रीबी हटाओ अभियान' का वह बदनसीब ग़रीब है जिसकी ग़रीबी कभी हटती ही नहीं। वह औद्योगिक भारत से बहिष्कृत वह कामगार है जो शहर में नहीं गया बल्कि देहात में ही खप गया। उसने अपने श्रम को उस छोटे रकबे को

हरा-भरा बनाने में खर्च कर दिया जिसपर उसका नाम है। इस छोटे से रकबे पर एक भरे-पूरे परिवार का जीवन निर्भर है। विद्रोही छोटे किसानों की व्यथा के किस्सागो हैं। वह छोटा किसान जो अपने खेत में जी-जान से जूझता है और अपनी ज़मीन के गहरे मोह से भरा हुआ है। अपनी एक कविता *छिड़ी बा लड़ाई मोरे खेत खरिहनवा में* ऐसे ही अवधि किसान का आत्मचित्र उकेरते हैं। पर्यावरण वही है। आम, इमली, महुए की छाँव में जेठ की दुपहरिया बिताते लोग हैं। उनकी अवधी ज़मीन धान का कटोरा है लेकिन धरती को बारिश का इंतज़ार है। और जब बारिश की बूँदें पड़ती हैं तो सारा गाँव फरसा-कुदाल लेकर परती ज़मीन की ओर भागता है। लेकिन पहला वार ही पत्थर पर पड़ा। कुदाल छिटकी और खोपड़ी पर जा लगी। सिर फट गया।

विद्रोही कहते हैं कि दोस्त! तुम ज़मीन का दर्द नहीं जान पाओगे। खोपड़ी टनक रही है और दर्द से बेहाल हूँ और ख़ून पसीने की तरह बह रहा है। यह धरती मेरी माँ है और मरने पर भी इसकी ममता नहीं जाएगी। विद्रोही कह रहे हैं कि मेरी वही माँ, मेरी धरती, हड़प ली गई है और यही मेरे दुःख का कारण है। वे अपने खेत-खलिहान में छिड़ी हुई लड़ाई में साथ देने की गुहार कर रहे हैं और कह रहे हैं कि जो इस समर में मेरे साथ आएगा मैं उसी का गीत गाऊँगा और अपने ख़ून से रंगकर रेशम की पगड़ी उसके सर पर बांधूंगा। वे कह रहे हैं कि मेरे करेजे में जन्मज़ात सुलगती आग अब बुझेगी नहीं कभी। यह इतनी तीव्र आग है कि एक क्षण में दुनिया को जला दूँगा। क्या विद्रोही इसमें केवल आत्मपीड़ा की बात कर रहे हैं? नहीं, वे उन सभी किसानों की रूदाद और पीड़ा की बात कर रहे हैं जिन्हें व्यवस्था ने केवल छला और अकेला कर दिया है। वे किसान अपने साथ खड़े होने वाले के प्रति इतने कृतज्ञ हो सकते हैं कि अपने ख़ून से रंगकर उसे रेशम की पगडी पहना सकते हैं क्या उनके सन्दर्भ में यह कल्पना कोरी कल्पना होगी कि वे एकजुट हो जाएँ तो दुनिया को जला न देंगे? जबकि मीर कहते हैं कि *अश्क आँखों से कब नहीं आता/ लहू आता है जब नहीं आता।*

मुझे लगता है कि विद्रोही के दिल की ज़बान तक पहुँचने की शर्त है कि पहले उनकी मातृभाषा के मेयार को देख लिया जाय। वही मातृभाषा जिसमें गोसाईं तुलसीदास ने लम्बा-चौड़ा पोथा लिखा, जिसको प्रायोजित रूप से जनता की बात बनाने के भयंकर प्रयास हुए, लेकिन विद्रोही उस पोथे की परवाह नहीं करते। वे जनता की निगाह से स्थितियों और चरित्रों को देखते हैं इसलिए उनकी रामायण गिन कर महज़ दस पंक्तियों में स्त्री के दुःख और भगवान के छद्म को बहुत सहजता से चित्रित कर डालते हैं– सीता घर से बन में गईं जहाँ वे हर ली गईं। खोजने पर मिलीं तो पति ने घर से निकाल दिया। इसको चाहे राम की रामायण कहो या सीता जी का बिरहा कहो। भगवान अपनी शर्त हार गए और उनसे एक भी धर्म का निबाह न हुआ। तुम्हारा धर्म धन्य है। तुम्हारे धर्म से पार न लगेगा।

ऐसे आदमी ने दुनिया से असहमति गहरी की और दिल-दिमाग में विद्रोह का दावानल भर लिया।

दो

एक ऐसा विशालचेता और जेनुइन युवा कवि सन उन्नीस सौ तिरासी में सपत्नीक और चार साल की बेटी के साथ दिल्ली के जवाहर लाल नेहरू विश्वविद्यालय गया कि वहाँ उच्च शिक्षा प्राप्त करेगा। योजना थी कि पत्नी कोई छोटी-मोटी नौकरी करेंगी और विद्रोही विश्वविद्यालय में पढ़ेंगे। लेकिन जो सोचकर आये थे वह कत्तई न हुआ। बल्कि जो हुआ उसके लिए तैयार होकर नहीं आये थे। विद्रोही ने एम ए में दाखिला लिया लेकिन आठ के आठ पेपरों में उनका परीक्षाफल 'बी ओनली' था यानी केवल बी। न बी प्लस न बी माइनस। मतलब परीक्षा दिए लेकिन न पास हुए न फेल। यह विद्रोही के लिए सदमा था लेकिन वे होश खोने वालों में नहीं थे। वे भिड़ गए– ऐसा कैसे हो सकता है। उनका उत्तर मुँहजबानी सुना जाय। वे बोलेंगे और देखेंगे कि क्या वे सचमुच बी ओनली लायक़ विद्यार्थी हैं? उनकी आवाज़ निश्चित ही तेज़ और तल्ख़

रही होगी क्योंकि वे किसी भी अन्याय पर चुप कैसे हो सकते थे। जब वे अपनी मातृभाषा में कभी चुप नहीं रहे तो राष्ट्रभाषा में क्यों और कैसे चुप रह सकते थे। और उनकी यही तल्ख़ी उन शातिर द्रोणाचार्यों को नागवार गुजरी क्योंकि वे थे तो उसी धूर्त विचार परम्परा के, जिसने बिना कोई ज्ञान दिए भी विद्रोही के किसी पूर्वज से गुरुदक्षिणा में अंगूठा माँगा था। लेकिन विद्रोही इतने विनम्र और गुरुवत्सल नस्ल के नहीं थे कि भावुकता के झाँसे में आ जाते। बिलकुल नहीं। वे अपनी बात पर अड़े रहे कि उनसे सभी पेपरों के जवाब मौखिक सुने जाएँ। और इस दावानल का सामना वे शातिर अध्यापक नहीं कर सकते थे। उनके लिए एक विद्यार्थी का इस तरह तनकर खड़ा होना बदतमीजी थी। उन्होंने किसी अहीर लड़के को ऐसा देखा ही नहीं था। उन्होंने विनम्रों की कतारें देखी थी इसलिए उसका साहस उनके लिए हिमाकत ही नहीं थी बल्कि वह तो उनकी चेतना से ही बाहर का था। इसलिए उन्होंने जो किया उसका परिणाम यही था कि विद्रोही को कैम्पस से बाहर हो जाना होगा। बकौल विद्रोही यह सब उनके करिअर को बर्बाद करने के लिए किया गया था। यह फ़ैसला उन कूढ़मगज, सामंती और जातिविद्वेष से भरे अध्यापकों का था और इसे विद्रोही ने कत्तई स्वीकार नहीं किया और आजीवन नहीं स्वीकार किया। उन्होंने कैम्पस छोड़ा ही नहीं। कह सकते हैं कि वे आगामी तैंतीस सालों तक उनकी छाती पर मूँग दलते रहे। उन लोगों ने विद्रोही को जीवित प्रेत बनाने का मंसूबा किया था लेकिन विद्रोही संघर्षशील जनता के बहुत बड़े कवि होकर रहे। उनके आह्लाद के लिए गंगा ढाबे का नूर और जे एन यू के जामुन बहुत बड़ी शै थे।

विद्रोही की सबसे बड़ी ताक़त थी कि वे भभककर ख़त्म होने वाली नहीं लगातार सुलगनेवाली आग थे। एक ऐसी आग जिससे आप बीड़ी, चूल्हा और अलाव सुलगा सकते हैं। वह आग जिसे मनुष्यों के पूर्वजों ने जलते हुए पत्थरों से उधार लेकर भविष्य के लिए रख लिया था। विद्रोही उसी आग का अंश थे और आग ने अपनी नयी भूमिकाओं को तय कर लिया। लड़ना है। जलना है। चुप नहीं रहना है। और इसीलिए हम देखते हैं जिस कैम्पस में गोरख पाण्डेय जैसे उद्भट काव्य-विशारद

आत्महत्या कर लेते हैं उसी कैम्पस से विद्रोही लगातार अनथक उन लोगों के सामने कविताएँ कहते रहते हैं जो उनकी बर्बादी के कारण थे। फेलोशिप रोककर दी जानेवाली प्रताड़ना से रोहित वेमुला और जाति के नाम पर अपमानित किये जाने से पायल तडवी जैसे प्रतिभाशाली युवा जिस समय में जीवन से भरोसा खो देते हैं उसी समय में विद्रोही साम्राज्यवाद, साम्प्रदायिकता और ईश्वर के खिलाफ पूरी ताक़त से भिड़े हुए थे। ब्राह्मणवादी वर्चस्व वाले संस्थानों दलित और पिछड़ों को कम अपमानित और प्रताड़ित नहीं किया गया है। लेकिन रीढ़ वाले लोग लड़ने से पीछे नहीं रहे। जिनकी हड्डियों में दम नहीं था उनके समझौतों की कोई इन्तहाँ नहीं है। असल में विद्रोही रमाशंकर यादव का उपनाम भर नहीं है बल्कि वह उनका बेसिक चरित्र है।

इसलिए अपनी मातृभाषा में भेदभाव और सामंतवाद को पहचानकर उससे लड़ने वाला विद्रोही जब राष्ट्रभाषा में ज़बान खोलता है तो ज़्यादा तल्ख़ी और ताक़त से, ज़्यादा शिद्दत और निर्भीकता से अपनी बात रखता है। अब खोने को बचा क्या है? पाने को सारी दुनिया है। ग़ालिब ने ख़ून को अपनी अनेक ग़ज़लों में तवज्जो दी है। वे रगों में दौड़ने से ज़्यादा आँखों से टपकने वाले ख़ून के क़ायल है। और एक जगह तो वे कहते हैं 'है ख़ून-ए-जिगर जोश में दिल खोल के रोना/ होते जो कई दीद-ए-खूं नाब-ए-फ़िशा और' यानी कितना अच्छा होता कि कई आँखें होतीं तो उनमें से भी ख़ून टपकता। हम देखते हैं विद्रोही भी ख़ून-ए-जिगर के जोश को व्यक्त करने के लिए कई आँखों की ज़रूरत महसूस करते हैं। सबसे पहले उनके पास उन औरतों के आँसू और दुःख हैं जिनको कभी सुना नहीं गया। उनके लिए उनकी आँख से ख़ून टपकता है। एक सताए हुए मनुष्य ने हजारों-लाखों सताए हुए मनुष्यों से अपना रिश्ता जोड़ लिया है। यह रिश्ता इतना गहरा है कि जब विद्रोही कहते हैं कि *हर सभ्यता के मुहाने पर एक औरत की जली हुई लाश है* तो यह केवल एक जुमला भर नहीं होता बल्कि इन्सान से इन्सान के रिश्तों की मुनादी होता है– इतिहास की पहली जलाई गई औरत विद्रोही की माँ होती है

और भविष्य की सबसे आख़िर में जलाई जानेवाली औरत उनकी बेटी होती है। वे ऐसा नहीं होने देने के लिए प्रतिबद्ध कवि हैं और उनका सबसे बड़ा कार्यभार उस औरत को बचाना है जिसकी लाश मोहनजोदड़ो के तालाब की आख़िरी सीढ़ी पर पड़ी है। क्या यह आयरनी या उलटबाँसी है। कवि विद्रोही उस औरत को बचाना चाहते हैं जिसकी लाश तालाब की आख़िरी सीढ़ी पर है। क्या लाश को? दरअसल वे उस औरत को बचाना चाहते हैं जिसकी लाश तालाब की सीढ़ी पर पड़ी है यानी उसने जितनी औरतों को जन्म दिया, जितनी भी उसकी बहनें हैं, बेटियाँ-पोतियाँ हैं और उन सब औरतों की कोखों से जितनी औरतें जन्मती रहीं और जन्मते-जन्मते आज तक चली आईं उन सबको विद्रोही बचा लेना चाहते हैं क्योंकि सबकी नियति वही है। वे कहते हैं कि मेरी पुरखिनें आसमान में आर्तनाद कर रही हैं/ मैं इस औरत की जली हुई लाश पर/ सिर पटककर जान दे देता/ अगर मेरी एक बेटी न होती तो /और बेटी कहती है/ कि पापा तुम बेवजह ही/ हम लड़कियों के बारे में इतने भावुक होते हो/ हम लड़कियाँ तो लकड़ियाँ होती हैं/ जो बड़ी होने पर चूल्हे में लगा दी जाती हैं।

उफ़! क्या एक संवेदनशील पिता की अतिसंवेदनशील बेटी गलत कह रही है? चूल्हे में लगाना कितनी भयानक क्रिया है इसका आपको अंदाजा है? अंततः स्त्री को चूल्हे चौके में लगना ही पड़ता है लेकिन यहाँ तो मामला ही और है। लड़कियाँ इस दुनिया में लकड़ियाँ हैं और बड़े होने पर चूल्हे में झोंक दी जाती हैं। भोजपुरी में औरतें अपने अपराधी को गालियाँ देती हैं 'मुरेरकर चूल्हे में लगा दूँगी'। तो विद्रोही क्या कह रहे हैं? यही तो कह रहे हैं कि मोहनजोदड़ो के तालाब की सीढ़ी पर एक जली हुई स्त्री की लाश है और मुझे उसको यानी उसके पूरे वंश को बचाना है क्योंकि एक ही स्त्री नहीं जलनेवाली है। इतिहास, वर्तमान और भविष्य में स्त्रियों का जलना बंद नहीं होने वाला। होलिका हो या सीता या रेणुका, हिपेशिया हो या जॉन ऑफ़ आर्क या अन्ना केरेनिना सभी की नियति एक ही जैसी है। इसीलिए विद्रोही का ख़ून

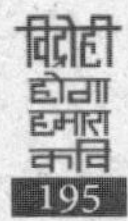

कलकला रहा है और वे कहते हैं कि हर सभ्यता की सीढ़ी पर एक जली हुई औरत की लाश है। और- यह लाश जली नहीं है जलाई गई है /ये हड्डियाँ बिखरी नहीं बिखेरी गई हैं। इन औरतों के साथ सदियों तक अन्याय हुआ। किसी अदालत ने उन्हें न्याय नहीं दिया। तभी तो विद्रोही कहते हैं कि– मैं एक दिन पुलिस और पुरोहित/ दोनों को एक ही साथ/ औरतों की अदालत में तलब करूँगा/ और बीच की सारी अदालतों को मंसूख कर दूँगा।/ मैं उन दावों को भी मंसूख कर दूँगा / जिन्हें श्रीमानों ने/ औरतों और बच्चों के खिलाफ पेश किये हैं/ मैं उन डिगरियों को निरस्त कर दूँगा/ जिन्हें लेकर फ़ौजें और तुलबा चलते हैं/ मैं उन वसीयतों को ख़ारिज कर दूँगा/ जिन्हें दुर्बल ने भुजबल के नाम किये हुए हैं/ मैं उन औरतों को जो/ कुएँ में कूदकर या चिता में जलकर मरी हैं/ फिर से जिंदा करूँगा/ और उनके बयानों को/ दोबारा कलमबंद करूँगा।

फ़ैज़ अहमद फ़ैज़ कहते हैं– जब जुल्म-ओ-सितम के कोहेगरां रुई की तरह उड़ जाएंगे/ हम महक़ूमों के पाँव तले यह धरती धड़-धड़ धड़केगी/ और अहल-ए-हक़्म के सर ऊपर जब बिजली कड़-कड़ कड़केगी/ हम देखेंगे/ जब अर्ज-ए-ख़ुदा के काबे से/ सब बुत उठवाये जाएंगे/ हम अहल-ए-सफा मरदूद-ए-हरम/ मसनद पे बिठाये जाएंगे/ जब ताज उछाले जाएंगे/ सब तख़्त गिराए जाएंगे/ हम देखेंगे।

ये दोनों कविताएँ क्या कहती हैं। इनका तात्पर्य क्या है। यही कि अपने अपने युग के दो महान रचनाकारों के जीवन का रास्ता और चिंतन बहुत करीबी होता है। उनका शत्रु बहुत भयानक और अपराजेय होता है लेकिन वे उसे पीठ नहीं दिखाते हैं बल्कि भिड़ते हैं। फ़ैज़ बार-बार जेल जाते रहे और विद्रोही! विद्रोही सर्वाधिक मुखर होकर अपने शत्रु के खिलाफ सबसे डरावने इलाकों तक कविता पढ़ आते रहे हैं। जिरहबख्तर पहने, बंदूकों और लाठियों से लैस पुलिस लगी हुई है और विद्रोही वहाँ ज़ोर-शोर से कविता पढ़ने में लगे हुए हैं। लेकिन

विद्रोही को लोगों ने क्या समझा– पगला। और इसका मलाल उन्हें जीवन भर था। वे अक्सर कहते थे कि 'मैं इस भारतीय सोसायटी के चरित्र को समझता हूँ। यह एक बास्टर्ड सोसायटी है, जो कवि को न इनाम देती है न दंड।' सभी ज़रूरी जगहों पर निधड़क कविता पढ़ने वाले विद्रोही को सोसायटी ने क्या दिया? कुछ भी दिया? क्या इसलिए कि विद्रोही के कपड़े मैले थे और नाख़ून बड़े थे। एक प्रसंग भाई बृजेश यादव के हवाले से याद आ रहा है जिसे उन्होंने नयी खेती के दूसरे संस्करण की भूमिका में लिखा है– 'एक सज्जन नाख़ून साफ़ रखने की बात कहने लगे। पहले तो विद्रोही ने कहा कि वह सब ठीक है, यह सब कोई इशू नहीं है मगर जब वे कहने लगे कि फिर भी करना चाहिए तो विद्रोही को (विद्यार्थियों की छूटन, अक्सर बे-साइज) कपड़ों का झिंगोला फाँदकर बाहर आना पड़ा। बताया कि करने को तो मैं और भी बहुत कुछ नहीं करता हूँ, सुनेंगे तो आपको यक़ीन नहीं होगा कि मैं खाना खाने के बाद हाथ भी नहीं धोता, टट्टी करने के बाद वहाँ भी कोई ज़रूरत नहीं पड़ती, मंजन-फंजन तो देखा ही नहीं, साबुन तेल का सवाल ही नहीं है, लिखने उखने का काम, आप जानते हैं– नहीं करता, सोने का काम भी नहीं करता, हरदम जाग रहा हूँ, सोने की फुर्सत कहाँ है हमारे पास, हमारे दुश्मनों की सरकार चल रही है, इंटरनेशनल अपराधियों से लड़ाई चल रही है हमारी– समझत हया? वे सकपका गए, कहने लगे कि उनका मतलब वह नहीं था तो गंगा ढाबे पर, बिट्टू के दुकान की बगलवाली पटिया पर पालथी मारकर बैठा विद्रोही बाईं तरफ़ टेढ़ा होकर उनके सामने सीधा हो गया– तू हम्मय नांय चीन्हत हया लेकिन हम तोंहय ख़ूब चीन्हत हई, तेरी बकलोल की...'। 'तू काव समझत हया, हम नहन्नी लई के चलीं, सैलून खोलय आय हई हन यहिं... नह काटीं? काटीं कि कटवाईं? कलाकार बनत ब सार एकरी...'

इसका मतलब है विद्रोही उस अभिजात कुलीन साहित्य के दायरे से बाहर थे जहाँ कविता से ज़्यादा कपड़े और जूते और शरीर की तराश

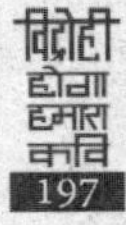

और दीगर ठाठ-बाट महत्त्व रखते थे। जबकि विद्रोही का परिचय और सौंदर्य उनकी कविता थी जो वे बिना कागज़ देखे और पूरी त्वरा से पढ़ते थे और प्रायः हर जनजुटान के मौके पर पढ़ते थे। जिस कैम्पस में विद्रोही ने जीवन गुजार दिया उसी कैम्पस में प्रोफ़ेसर नामवर सिंह से लेकर सर्वप्रोफ़ेसर केदारनाथ सिंह, मैनेजर पाण्डेय, वीर भारत तलवार, तुलसीराम, पुरुषोत्तम अग्रवाल और गोविन्द प्रसाद तक सब थे और जिस दिल्ली में धीरे-धीरे विद्रोही आन्दोलनों के बीच एक जाने-पहचाने और ज़रूरी कवि हो गए थे उसी दिल्ली में राजेंद्र यादव, मंगलेश डबराल, पंकज सिंह, विष्णु खरे, विष्णु नागर जैसे लोग थे लेकिन क्या सबने विद्रोही के कपडे और नाख़ून ही देखे? क्या कविता से पहले कपड़े और नाख़ून ही ज़रूरी घटक थे। क्या इसीलिए न किसी ने विद्रोही को सुना, न उनसे कुछ कहा, न उनकी तारीफ़ की न निंदा की, न कभी उन्हें छापा? या फिर उन लोगों कभी-कभार विद्रोही को सुना लेकिन कोई ध्यान नहीं दिया क्योंकि विद्रोही के नाख़ून बे-कटे थे? क्या इन्हीं लोगों को विद्रोही ने 'बास्टर्ड सोसायटी' कहा था?

मैं बात दूसरी कहने जा रहा था। वह यह कि जब अपने अपने युगों के महान रचनाकार अपने सबसे बड़े शत्रु से लड़ने जाते हैं तो अपनी ताक़त को सबसे कमज़ोर, सबसे उत्पीड़ित और सबसे पराजित कौमों से लेते हैं। वे वैचारिक और व्यवहारिक रूप से सबसे अधिक डीक्लास होते हैं और उनकी आवाज़ बन जाते हैं। फ़ैज़ ने सबसे वंचित और बहिष्कृत कौम को अपनी ताक़त बनाया तो विद्रोही ने सबसे पीड़ित और कुचली गई स्त्री कौम से अपनी ताक़त ग्रहण की। अगर फ़ैज़ को उस दिन का इंतज़ार है जिसका वादा है तो विद्रोही को भी इस बात का पक्का भरोसा है कि एक दिन वे स्त्रियों के न्याय करेंगे। अगर फ़ैज़ को तख़्त गिराए जाने का और व्यवथा बदल जाने का इल्हाम है तो विद्रोही को इतिहास में सबसे अंत में जलाई जाने वाली औरत को बचा लेने का विश्वास है। अगर फ़ैज़ एक निरंकुश निजाम के खिलाफ खड़े हैं तो विद्रोही एक भयावह पितृसत्ता के खिलाफ लामबंद हैं। इस

मेयार पर विद्रोही फ़ैज़ से कमतर नहीं हैं। भले ही उनकी किताबों की संख्या फ़ैज़ से कम है। भले फ़ैज़ की तरह उन्हें इक़बाल बानो और आबिदा परवीन जैसे गायकों ने न गाया हो। भले ही उन्हें फ़ैज़ की तरह प्रगतिशील और जनवादी लेखक संघ जैसे अखिल भारतीय विस्तार वाले संगठनों का लाड़-दुलार नहीं मिला। फ़ैज़ अंततः अल्लाह वाले हैं और उन्हें विश्वास है कि बस अल्लाह का नाम रहेगा जो दृश्य भी है और देखनेवाला भी लेकिन विद्रोही इस गड़बड़झाले में नहीं पड़े और चिल्लाकर कहते हैं कि *खोद कर गाड़ दूँगा मैं भगवान को/ रब्बियों नब्बियों का मैं सिर काट दूँगा।*

विद्रोही कबीर और पेरियार की परंपरा के व्यक्ति हैं। वे ज़्यादा इधर-इधर की नहीं करते बल्कि उस भगवान को उखाड़ फेंकने के लिए कमर कसे हुए हैं जो हर रूप में मनुष्यता को गर्त में धकेलने का माध्यम है। सूअर और कछुए के अवतार वाला भगवान हो चाहे किसी और रूप में रहनेवाला वे उसे एक मिनट के लिए बर्दाश्त नहीं करना चाहते। तभी तो वे आसमान में धान बोने को उतारू हैं जिससे बिलबिलाकर सारे 'भगवानदीन' उन्हें यह समझाने लगे हैं कि अरे पगले आसमान में कैसे धान उग सकता है। लेकिन वह विद्रोही ही क्या जो आसमान में धान न उगा दे। अगर ज़मीन पर भगवान उगेगा तो आसमान में धान कैसे न उगेगा। या तो आसमान में धान उगेगा या धरती से भगवान उखड़ेगा। इस कैलीबर का नाम है विद्रोही। जिसे ज़ोर आजमाइश करना हो मैदान में आये। और एक ही जगह थोड़े है। विद्रोही उस अमेरिकी बुकवा का मालिश किये और पैरों में डॉलर बांधे रामचंदर को भी उखाड़ेंगे। वे देख रहे हैं कि साम्प्रदायिकता का स्रोत केवल ब्राह्मणवाद और सामंतवाद ही नहीं है बल्कि अमेरिको सरमायेदारी भी है, जिसके सबसे बड़े पिछलग्गू राम के भक्त ही हैं। और जो बरसों से इस देश में सारे सामाजिक ताने-बाने को बिगाड़ने के लिए हवा दे रहा हैं। विद्रोही यह बात समझते हैं इसलिए वे न ख़ुदा को महत्त्व देते हैं न रामचंदर को। उनका दर्द बहुत मानवीय है और असल

में वह दर्द नहीं है बल्कि दहकता हुआ दावानल है। वह दर्द न ख़ुदा के बन्दे समझ सकते हैं न रामचंदर के भक्त समझेंगे। वे नूर मियाँ के पकिस्तान जाने की तकलीफ़ को जीनेवाले कवि हैं। एक इंसान जो एक इंसानी बस्ती से अपने धर्म के कारण दूर चला गया है। और ऐसे न जाने कितने लोग हेरा गए हैं और कभी न लौटेंगे। और विद्रोही की चेतना उस सच तक पहुँची हुई है कि जब तक ख़ुदा और रामचंदर रहेंगे और धरती पर भगवान रहेगा तब तक लोग अपने प्रियजनों से दूर जाते रहेंगे।

वास्तव में विद्रोही बहुत बड़ी रेंज वाले कवि हैं और उनपर क़ायदे से अलग-अलग आयामों से बात होनी चाहिए। छिटपुट लेखों से अधिक बात बनती नहीं। उनके पास सर्वथा नयी ज़मीन है और असाधारण बिम्ब हैं। विषयों का इतना वैभव और उनपर अल्टीमेट कविता कहने का हुनर विद्रोही की विरासत है। लेकिन सबसे अधिक चकित करती है उनकी राजनीतिक चेतना। इस राजनीतिक चेतना के दायरे में दुनिया की सारी महत्त्वपूर्ण घटनाएँ हैं और जिस जगह से वे अपनी निगाह में उसे ले रहे हैं वह भारत की जनता की वह बस्ती है जहाँ से क्रान्ति का दमामा बजेगा।

मोहनजोदड़ो के तालाब की आख़िरी सीढ़ी पर खड़ा कवि- विद्रोही

विहाग वैभव

भाषा-साहित्य के जिस मोड़ पर हम खड़े हैं यहाँ से देखने पर पाते हैं कि हिन्दी कविता, विशेषतः आधुनिक हिन्दी कविता ने एक समृद्ध और लंबी यात्रा तय की है। इस यात्रा में प्रतिगामी चौरस्ते भी आए और प्रगतिशील मूल्यों के अनेक पड़ाव भी। किन्तु हिन्दी-भाषी-समाज की मानसिक जैविकी और ढांचागत अवस्थिति ने हिन्दी कविता के प्रगतिशील स्वरों को भी भारतीय कला के मध्यवर्गीय अवसरवाद प्रतिगामी चरित्र से अप्रभावित नहीं रहने दिया। इस समस्या ने हिन्दी कविता को कई बार ईमानदार किन्तु कमज़ोर एवं अप्रभावी स्वर में सीमित कर दिया, तो कई बार प्रगतिशीलता का आवरण रच कर तमाम संत्रासजन्य स्वरों को विघटित कर दिया। यह सब कुछ एक हिन्दी कविता के पाठक को हताशाजनक स्थिति में डालने के लिए पर्याप्त था। किन्तु अभी इक्कीसवीं सदी होनी थी, अभी इक्कीसवीं सदी का कवि होना था। अभी रमाशंकर यादव 'विद्रोही' होना था।

रमाशंकर यादव 'विद्रोही' बीसवीं सदी के उत्तरार्ध में पैदा हुए और सन् 1980 से सन् 2015 तक लगभग लगातार देश के शीर्ष विश्वविद्यालय जेएनयू में रहे। जेएनयू विद्रोही का घर रहा। बहरहाल बात हम उनकी कविता पर केंद्रित करते हैं। जैसा कि मैंने ऊपर कहा कि कवि रमाशंकर यादव 'विद्रोही' और इक्कीसवीं सदी का अभी

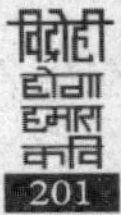

होना बचा हुआ था। मेरी इस बात का अर्थात यह है कि इक्कीसवीं सदी के हिन्दी कवि का निर्धारण करना अभी बेशक जल्दबाजी होगी, अतार्किक होगा किन्तु जो भी होगा उसमें विद्रोही की कविता का अवदान सम्मिलित होगा और इक्कीसवीं सदी की किसी भी कविता में विद्रोही की कविता की प्रतिछायाएँ होंगी, इसमें कोई संदेह नहीं। इक्कीसवीं सदी के मूल्यों को नज़रअंदाज़ करके आगे बढ़ना मुमकिन नहीं होगा और यह भी तय रहा कि इक्कीसवीं सदी न्याय की सदी है, समानता की सदी है, सच्ची स्वतंत्रता की सदी है, इतिहास की पुनर्व्याख्याओं की सदी है और सभ्यता समीक्षा की सदी है। इस सदी का कवि प्राचीनतम आधुनिक होगा और नवीनतम पुरातन होगा-

मैं साइमन
न्याय के कटघरे में खड़ा हूँ
प्रकृति और मनुष्य मेरी गवाही दें
मैं वहाँ से बोल रहा हूँ
जहाँ मोहनजोदड़ो के तालाब की आख़िरी सीढ़ी है

मोहनजोदड़ो के तालाब की सीढ़ी ईंट पत्थर की वही सीढ़ी नहीं है जिसे हम अब तक देखते समझते आए हैं। यह सीढ़ी एक समाज में, एक सभ्यता में सबसे निचले पायदान पर खड़े कवि की सीढ़ी है। कविता में आई सीढ़ी सभ्यता और समाज का पारिस्थितिक-अनुक्रम है। कवि का मोहनजोदड़ो के तालाब की आख़िरी सीढ़ी पर खड़े होकर बोलने का रहस्य भारतीय समाज में उत्तर-आधुनिकता के परिवेश और प्रभाव में खुलेगा। विद्रोही की कविता सभ्यता की सीढ़ी में सबसे निचले व्यक्ति की आवाज़ है। वह आवाज़ एक औरत की हो सकती है, एक दलित की हो सकती है, एक आदिवासी की हो सकती है। यहाँ तक कि वह आवाज़ विश्व के किसी कोने के किसी आदिम ग़ुलाम की भी हो सकती है। दिलचस्प बात है की विद्रोही की कविता का विस्तार किसी देश या किसी सभ्यता विशेष की सीमा का अनुपालन

नहीं करता। विद्रोही की संवेदना के तार विश्व के किसी भी कोने में हो सकते हैं, इतिहास के किसी भी प्रखण्ड में और किसी भी सभ्यता की आख़िरी सीढ़ी पर-

इसी तरह एक औरत की जली हुई लाश
आपको बेबीलोनिया में भी मिल जाएगी
और इसी तरह इंसानों की बिखरी हुई हड्डियाँ
मेसोपोटामिया में भी मिल जाएँगी

विद्रोही विश्व-चिंता के कवि हैं। यह उनकी संवेदना-संसार का विस्तार ही है कि वे कहते हैं-

और ये इंसानों की बिखरी हुई हड्डियाँ
रोमन ग़ुलामों की भी हो सकती हैं
और बंगाल के जुलाहों की भी
या अतिआधुनिक वियतनामी, फिलिस्तीनी, इराकी बच्चों
की भी

हिन्दी कविता की तथाकथित मुख्यधारा का काव्यबोध अभी भी 'शास्त्रीय-आधुनिक' तरह का है। जहाँ कविता में विद्रोह की उतनी ही स्वीकृति है, जितने से व्यवस्था को ख़ास फ़र्क न पड़े और विद्रोह होता हुआ दिखाई भी दे जाए। इसका कारक भारतीय कला का वही मध्यवर्गीय अवसरवादी चरित्र रहा है। ऐसी परिस्थिति में विद्रोही की कविता हिन्दी साहित्य और हिन्दी-अकादमिक दुनिया में ढेर सारी असहजताएँ पैदा कर देती है। विद्रोही की कविताओं से पारंपरिक कविता-बोध को नयी और कड़ी चुनौतियाँ मिलती हैं। इन समस्याओं से एक साथ निजात पाने के लिए हिन्दी कविता के भद्रजनों में, विचारकों-आलोचकों ने हाल-फ़िलहाल एक तरक़ीब निकाली है और वह तरकीब है- विद्रोही-कविता में 'कविताई' के अभाव का हवाला देते हुआ विद्रोही के कवि होने को खारिज करने की। पर यह इक्कीसवीं

सदी है। यह अभिव्यक्ति माध्यमों के विस्तार की सदी है। ऐसे में यह तरक़ीब बचकानी और हास्यास्पद है। किन्तु आरोपों के हवाले से विद्रोही-कविताओं की रचनात्मकता पर अवश्य बात करनी चाहिए। विद्रोही की चर्चित कविता है- नानी। कविता में कवि अपनी नानी को याद करता है। कविता में नानी को याद करना बेशक विशिष्ट बात नहीं है किन्तु याद करने केलिए चुना गया रूपक अवश्य ही मनीखेज और अलहदा है –

मेरे ज़हन में मेरी नानी की तस्वीर
कुछ इस तरह से उभरती है
जैसे बाजरे के बाल पर गौरेया बैठी हो

ऐसा नहीं है कि हिन्दी कविता में इससे पूर्व गौरेया न आई हो या बाजरे की बाल न आई हो, अवश्य आए हैं। किन्तु इस आत्मीयता से और इस संदर्भ में आए हों, मेरे अध्ययन में नहीं है। यह सिर्फ़ वही कवि कह सकता है जिसने लोक का अवलोकन ही नहीं बल्कि लोक को जिया हो। जिसके लिए कविता में लोक अलग से रेखांकित करने की आवश्यकता न हो बल्कि उसकी समूची अभिव्यक्ति ही लोक अभिव्यक्ति हो। पर जैसा कि मैंने पहले भी कहा विद्रोही का संवेदना संसार वैश्विक है, उसी तरह विद्रोही का लोक भी वैश्विक है-

मेरी नानी की देह,
देह नहीं, आरमीनिया की गांठ थी
पामीर की पठार की तरह
समतल पीठ वाली मेरी नानी
जब कोई चीज़ उठाने के लिए
ज़मींन पर झुकती थी
तो लगता था जैसे बाल्कन झील में
काकेसस की पहाड़ी झुक गई हो
बिल्कुल एस्कीमो बालक की तरह लगती थी मेरी नानी

ये कविता-पंक्तियाँ गवाही देती हैं कि विद्रोही की कविता का भूगोल कितना विस्तृत है। विद्रोही की कविता का स्पंदन ऐसा है कि जहाँ एक स्त्री की डांट से ज़मीन भी इंजन की तरह हाँफ सकती है। कहना न होगा कि या हिन्दी की कविता में विद्रोही की नानी ही कर सकती थीं, वह नानी जो सिर पर दही की डलिया उठाए भाषा के नगर में चली आ राही हैं और सभ्यता की उत्पादन प्रक्रिया में अपनी हिस्सेदारी को भलीभाँति पहचान सकती हैं।

दो

मानव सभ्यता के आगे अभिव्यक्ति का आकाश तब खुला, जब मनुष्य ने भाषा पायी। हम यह नहीं कह सकते कि सबसे पहले मनुष्य ने ही भाषा पायी पर, मनुष्य होने के नाते हमने मनुष्यों की भाषा सबसे पहले समझी। अब जब यह मानने में कोई बाधा नहीं है कि भाषा कविता कि सबसे प्राथमिक और अपरिहार्य इकाई होने के साथ ही एक सामाजिक संपदा है, तो ऐसे में कविता का कोई अवयव सामाजिक पारिस्थितिकी से अप्रभावित नहीं रह जाएगा। समाज, सामाजिक नियमों से संचालित होता है और सामाजिक नियमों में आचार-सत्ता, धर्मसत्ता, राजसत्ता और न्यायसत्ता की पर्याप्त भागीदारी होती है। यदि इकलौते कहने नें वैचारिक लोकतंत्र बाधित होता है तो यूँ कह लिया जाए कि आधुनिक हिन्दी कविता में कवि रमाशंकर 'विद्रोही' उस प्रथम श्रेणी के अग्रणी कवि हैं जिन्होंने उपरोक्त सभी सत्ताओं के आंतरिक समीकरणों को न केवल बख़ूबी समझा है बल्कि उसका सर्वाधिक रचनात्मक प्रयोग भी किया है। एक कविता का उद्धरण लीजिए –

> धर्म की भीख, ईमान की गर्दन होती है मेरे दोस्त!
> जिसको काटकर पुख्ता किए गए थे
> सिंहासनों के पाए
> सदियाँ बीत जाती हैं

सिंहासन टूट जाते हैं
लेकिन बाक़ी रह जाती है ख़ून की शिनाख्त
गवाहियाँ बेमानी बन जाती हैं
और मेरा गाँव सदियों की जोत से वंचित हो जाता है
क्योंकि कागजात बताते हैं कि
विवादित भूमि राम जानकी की है।

बीसवीं सदी के आख़िरी दशक और इक्कीसवीं सदी के अब तक की भारतीय राजनीति जब धर्म-सत्ता से संचालित हो रही है और न्याय-सत्ता, राजसत्ता तथा आचार-सत्ता और उसके प्रमुख इसके सहायक बने बैठे हैं, तो जिन संदर्भों में राम जन्मभूमि की विवादित ज़मीन अयोध्या से निकलकर पूरे देश में फैल गई, अयोध्या सिर्फ़ अयोध्या में न रह गई, उन्हीं संदर्भों में भारतीय दलित-पिछड़ों की वह जोत जो सदियों से वंचित रह गई है, दूषित न्याय-सत्ता, राजसत्ता और आचार-सत्ता के कंधे पर चढ़कर राम-जानकी के कब्जे में हो जाती है। रमाशंकर विद्रोही धर्म-सत्ता की इस ताक़त और उसके संभावित विस्तार को बख़ूबी समझते हैं-

धर्म देश से बड़ा है
उससे भी बड़ा है धर्म का निर्माता।

इस उद्धरण से यह समझना मुश्किल नहीं रह जाएगा कि समकालीन भारतीय राजनीति को वह धर्म संचालित कर रहा है जो देश से बड़ा है। बल्कि यूँ कहें कि इसे संचालित कर रहे हैं उस धर्म के निर्माता। अर्थात् विद्रोही के देश को धर्म-गुरु संचालित कर रहे हैं, धर्म-स्थल संचालित कर रहे हैं और धर्म-ग्रंथ संचालित कर रहे हैं।

रमाशंकर विद्रोही का अब तक का एकमात्र कविता-संग्रह 'नयी खेती', जसम के माध्यम से सन् 2011 में प्रकाशित हुआ है। संग्रह में कुल 86 कविताएँ संकलित हैं। इस संग्रह के दो हिस्से हैं। पहले हिस्से में

हिन्दी की 76 कविताएँ हैं, जबकि दूसरे हिस्से में अवधी के 10 गीतों को शामिल किया गया है। विद्रोही हिन्दी के साथ-साथ अवधी के भी अच्छे कवि हैं। संग्रह की तीसरी कविता 'औरत' शीर्षक से उद्धृत है। हम समझते हैं कि कवि जितना दुःख पर विचार करता है उतना ही दुःख के कारणों पर भी। इसी अर्थ में वह बौद्धिक कहलाता रहा है। 'औरत' कविता में रामशंकर विद्रोही औरत के मारे जाने, जलाए जाने से जितने दुःखी होते हैं उससे कहीं ज़्यादा दुःखी वे उसके कारणों से हैं। इस कड़ी में वे दुःख के कारणों की समीक्षा भी करते हैं। रमाशंकर विद्रोही लिखते हैं-

कुछ औरतों ने
अपनी इच्छा से
कुएँ में कूदकर जान दी थी-
ऐसा पुलिस के रिकार्डों में दर्ज है
कुछ औरतें
चिता में जलकर मरी थीं-
ऐसा धर्म की किताबों में लिखा है।

अब यदि हम कविता भाषा की व्यंजना पकड़ें तो पाएँगे कि कवि के कहने का आशय यह है कि वे कुछ औरतें जिनकी मृत्यु के बारे में पुलिस रिकार्डों में लिखा है कि उन्होंने अपनी इच्छा से कुएँ में कूदकर जान दी थी, ऐसा नहीं है। वह भारतीय व्यवस्था जिसमें एक स्त्री के लिए उसकी आधी उम्र का भाई भी उसकी पुलिसिंग करने का अधिकार रखता हो, उस व्यवस्था में हर पुरुष-संबंध एक स्त्री के लिए पुलिस है और स्त्रियों के संदर्भ में पुरुषों का दिया हुआ हर बयान पुलिस रिकॉर्ड है। इस अवस्था में यह समझना मुश्किल नहीं कि 'स्त्रियों की इच्छा की आत्महत्या' वस्तुतः पुरुषों द्वारा की गई हत्याएँ ही हैं। इसके पीछे पूरी पितृसत्तात्मक संरचना काम करती है। जिसके साथ इस देश की हर सत्ता खड़ी है। ये हत्याएँ अपनी निरन्तरता में बनी रहने के कारण संस्कृति में बहुत आसानी से शामिल हो जाती हैं

और सभ्यता बहुत ही सहजता से इसे स्वीकार कर लेती है। और एक समय वह भी आता है जब धर्म की किताबें स्त्री हत्याओं की पुरुषोचित व्याख्याएँ करने लगती हैं। लेकिन जब कवि ख़ुद को कर्ता कह रहा है और अपने कर्ता-व्यक्तित्व के साथ सक्रिय है तो उसे पता है कि-

एक औरत की लाश
धरती माता की तरह होती है दोस्तो!
जो खुले में फैल जाती है
थानों से लेकर अदालतों तक
मैं देख रहा हूँ के जुल्मों के सारे सबूतों को मिटाया जा रहा है
चंदन चर्चित मस्तक को उठाए हुए पुरोहित
तमगों से लैस सीनों को फुलाए हुए सैनिक
महाराज की जय बोल रहे हैं

अब जब कविता में भी, समाज में भी और विचार में भी एक औरत की लाश निचाट खुले में धरती माता की तरह फैल गई है तब यह देखना दिलचस्प हो गया है कि जुल्म के सारे सबूतों को मिटाने की कोशिश में लगे लोग कौन हैं? वह 'चंदन चर्चित मस्तक को उठाए हुए पुरोहित' हैं, अर्थात् वह इस देश का ब्राह्मणवाद है। वह 'तमगों से लैस सीनों को फुलाए हुए सैनिक' हैं अर्थात् वह इस देश की कार्यपालिका है और जब वे बड़े ज़ोर शोर से महाराज की जय बोल रहे हैं, तब यह तय हो जाता है कि औरत की हत्या की एक आरोपी इस देश की राजसत्ता भी है। कविता के आख़िरी हिस्से में कवि अपने आदिम होने की गंध को पहचानता है। जहाँ वह कहता है-

इतिहास में वह पहली औरत कौन थी
जिसे सबसे पहले जलाया गया
मैं नहीं जानता
लेकिन जो भी रही होगी
मेरी माँ रही होगी

लेकिन मेरी चिंता यह है कि
भविष्य में वह आख़िरी औरत कौन होगी
जिसे सबसे अंत में जलाया जाएगा
मैं नहीं जानता
लेकिन जो भी होगी
मेरी बेटी होगी-
मैं यह होने नहीं दूँगा

कवि रमाशंकर 'विद्रोही' सभ्यता-इतिहास के दिनांकों और तथ्यों को न भी जानते हों तो भी सभ्यता-विकास के संवेदनशील विवेक से बख़ूबी परिचित हैं। कवि अपने कवि मूल्यों से आबद्ध है, सभ्यता के नृविज्ञान से संबद्ध है। वह 'मैं यह नहीं होने दूँगा' कहकर यह तय कर देता है कि वह अपने जीवन मूल्यों के प्रति प्रतिबद्ध है। अब जब हम सभ्यता के विकास पर इतनी बात कर चुके हैं तो इसी संग्रह की एक अन्य कविता का अंश देख लेना चाहिए, जो हमारे विचारों को और पैनी दृष्टि देता है। जहाँ सभ्यता और इतिहास का एक विश्व बोध भी प्रस्तुत होता है और कवि की संवेदना-संसार का भी पता चलता है-

और ये इंसानों की बिखरी हुई हड्डियाँ
रोमन ग़ुलामों की भी हो सकती हैं
और बंगाल के जुलाहों की भी
या अतिआधुनिक वियतनामी फिलिस्तिनी इराकी बच्चों की
भी
साम्राज्य आख़िर साम्राज्य होता है
चाहे वो रोमन साम्राज्य हो चाहे वह ब्रिटिश साम्राज्य हो
या अति आधुनिक अमरीकी साम्राज्य हो
जिसका एक ही काम है कि-
पहाड़ों पर, पठारों पर
नदी किनारे, सागर तीरे

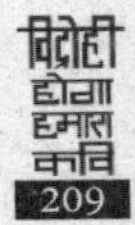

मैदानों में
इंसानों की हड्डियाँ बिखेर देना।

रमाशंकर 'विद्रोही' का कविता संग्रह 'नयी खेती' समकालीन हिन्दी कविता ही नहीं बल्कि संपूर्ण स्वातंत्र्योत्तर हिन्दी कविता के सम्मुख एक चुनौती की तरह प्रस्तुत होता है। यह चुनौती कविता-भाषा को लेकर है, जहाँ कविता-भाषा का हासिल है कि वह जन भाषा और सहित्यिक भाषा की दूरी ही मिटा देती है। यह चुनौती कविता के कथ्य को लेकर है, जहाँ कवि एक हाथी के विरुद्ध एक चूहे का पक्ष लेता है, यह चुनौती कविता के शिल्प को लेकर है, जिसमें मोहनजोदड़ो की आख़िरी सीढ़ी पर पड़ी हुई एक स्त्री-लाश इक्कीसवीं सदी के एक कवि से संवाद कर सकती है। इस संग्रह की अन्य कविताएँ जैसे- *गुरिल्ले, सवाल आदमी का है, मोहनजोदड़ो की आख़िरी सीढ़ी से, जन-गण-मन, नानी, नूरमियाँ का सूरमा, चूहे के पक्ष मे बयान, कविता और लाठी, पुरखे, हम गुलामी की आख़िरी हदों तक लड़ेंगे, जवाबी कार्यवाही, तुम कहने कहाँ देते हो* आदि अपनी अभिव्यक्ति में मुखर हैं। अवधी के उनके गीत जनसभाओं में जनता के सामूहिक कंठ से किसी नारे की तरह फूटते हैं। 'जनि जनिहा मनइया जगीर माँगता' सरीखे उनके गीत 'गोरख पांडेय' के जनगीतों का ही स्वाभाविक विकास हैं। ऐसे में रमाशंकर विद्रोही सच्चे अर्थों में जनकवि हैं।

विद्रोही
न्याय के कठघरे में खड़ा हिंदी का इकलौता साइमन

अभिषेक श्रीवास्तव

"मैं साइमन/ न्याय के कठघरे में खड़ा हूँ/ प्रकृति और मनुष्य मेरी गवाही दें...!"

यही कहते-कहते विद्रोही हमारे बीच से चले गये। न प्रकृति आयी, न उसके बनाये मनुष्य। न्याय का कठघरा तो अब भी भरा हुआ है। रोज़ किसी न किसी को इसमें खड़ा किया जा रहा है, लेकिन अपने हक़ में गवाही देने के लिए प्रकृति और पुरुष का आह्वान करने का साहस व नैतिक बल किसी में नहीं है। इस एक पंक्ति में छुपी है विद्रोही की विलक्षणता और विद्रोही का विलगाव, जो उन्हें इंसानी नफ़रतों और हिंसा के इतिहास में अद्वितीय बनाता है।

एक

विद्रोही पर लिखना एक 'चुनौती' है। इस वाक्य से अपना मजमून शुरू करते हुए बताना चाहूँगा कि यह चुनौती सात साल पहले भी आयी थी मेरे सामने। तब 2013 में दिल्ली में जन संस्कृति मंच ने पहली बार "साहित्य की दुनिया" में विद्रोही का औपचारिक प्रवेश रमाशंकर यादव के रूप में करवाया था। चेतनक्रांति की कविता से उधार लेकर कहें, तो विद्रोही के सर पर भी अब एक संग्रह की छत तन गयी थी। वही विद्रोही, जिन्हें घर की छत कभी नहीं भायी। जिन्हें रात-बेरात

गंगा ढाबे से उठाकर बरसों उनके शुभचिंतक उनके घर ले जाते रहे, लेकिन वे फिर-फिर भागकर जेएनयू के परिसर में लौट आते रहे। उन्हीं विद्रोही का नया अवतार जसम ने रमाशंकर यादव के रूप में गढ़ा था और संग्रह छापा था "नयी खेती"।

उस संग्रह की भूमिका के अंत में प्रणय कृष्ण लिखते हैं, "मुझे नहीं मालूम कि साहित्य की दुनिया उस कवि के प्रति क्या रुख तय करेगी जो लिख रहा है- तुम वे सारे लोग मिलकर मुझे बचाओ- जिसके ख़ून के गारे से पिरामिड बने, मीनारें बनीं, दीवारें बनीं/ क्योंकि मुझको बचाना उस औरत को बचाना है/ जिसकी लाश मोहनजोदड़ों के तालाब की आख़िरी सीढ़ी पर पड़ी है/ मुझको बचाना उन इंसानों को बचाना है/ जिनकी हड्डियाँ तालाब में बिखरी पड़ी हैं...।"

जिस 'साहित्य की दुनिया' का ज़िक्र प्रणय करते हैं, पूछा जा सकता है कि पहले कविता संग्रह के लोकार्पण के मौके पर सभागार में उस दुनिया के कितने प्रतिनिधि मौजूद थे? जो भी थे, सब जसम के लोग थे और दिल्ली में जसम के लोग का न्यूनतम मतलब है ढाई, अधिकतम मतलब है एक दर्जन। ज़ाहिर है 'साहित्य की दुनिया' ने इन कविताओं को बहुत कान नहीं दिया। न पहले, न संग्रह आने के बाद। प्रणय कृष्ण की "साहित्य की दुनिया" नैतिक बल के पैमाने पर बहुत पहले टूट चुकी थी।

"नयी खेती" नाम भले सटीक था, लेकिन यह खेती ज़मीन नहीं, आसमान में धान बोने की बात कर रही थी- 'कुछ लोग कह रहे हैं कि पगले आसमान में धान नहीं जमता/ मैं कहता हूँ कि अगर ज़मीन पर भगवान जम सकता है/ तो आसमान में धान भी जम सकता है।' और कनविक्शन देखिए- 'और अब तो दोनों में एक होकर रहेगा/ या तो ज़मीन से भगवान उखड़ेगा/ या आसमान में धान जमेगा।' यह कनविक्शन हाथी के बरक्स चूहे के पक्ष में खड़ा है और सुबह का लाल सूरज निकलते को प्रतीक्षारत है। इससे निकलता कवि का आशावाद यथार्थ की जबरदस्त ठोस ज़मीन पर फैलता है- 'मरने को तो चे ग्वेरा

भी मर गए और चंद्रशेखर भी/ लेकिन वास्तव में कोई नहीं मरा है/ सब जिंदा हैं जब मैं जिंदा हूँ/ इस अकाल में।' और सिर्फ़ जिंदा रहने की नहीं, बल्कि जिंदा करने की भी जिद है- 'मैं उन औरतों को/ जो कुएँ में कूदकर या चिता में जलकर मरी हैं/ फिर से जिंदा करूँगा/ और उनके बयानात को दुबारा कलमबंद करूँगा/ कि कहीं कुछ छूट तो नहीं गया!' यह जिद जिस कमिटमेंट से निकलती है, वह अंत में आता है, 'एक औरत की लाश धरती माता/ की तरह होती है दोस्तों।'

इसलिए मैंने तब भी कहा था और आज भी कह रहा हूँ, कि विद्रोही की कविताओं का कोई भी मूल्यांकन साहित्य के मौजूं पैमानों और मानकों पर न किया जा सकता था और न ही किया जाना चाहिए। ये पैमाने जिन्होंने बनाये होंगे, उन्हें मोहनजोदड़ो के तालाब की आख़िरी सीढ़ी पर पड़ी औरत की लाश से कोई वास्ता नहीं। इसीलिए सात साल पहले जब विद्रोही पर लिखने की चुनौती आयी, तब मैंने केवल एक सवाल पूछा था, "क्या हमारे किसी भी कवि में यह कनविक्शन है, जो ख़ुद को जनता का कवि घोषित कर सके?" यह सवाल अब तक जवाब की प्रतीक्षा में है। और चूहे डूबते जहाज को छोड़कर भाग रहे हैं।

दो

इस बार रामजी यादव ने जब चुनौती दी विद्रोही पर लिखने की, तो वापस उसी जगह मैं लौट गया जहाँ विद्रोही पर अपनी समझ को छोड़ आया था। एक कवि अगर यह कहे कि 'यह कविता करने का वक़्त नहीं, मार करने का वक़्त है' तो सोचना पड़ जाता है। फिर कविता बहुत पीछे छूट जाती है। ऐसा कहने का साहस तथाकथित 'हमारे हिंदी के कवियों' में तो किसी में नहीं दिखा है। एक कवि अगर यह कह सके कि 'तुम मुझे बचाओ/ मैं तुम्हारा कवि हूँ', तो देखना पड़ जाता है कि आख़िर यह कनविक्शन आ कहाँ से रहा है। क्या हमारे किसी भी कवि में यह कनविक्शन है, जो ख़ुद को जनता का कवि घोषित कर सके? वही पुराना सवाल।

शायद यही वजह थी कि इस बात को कहने वाला कवि अपनी उम्र की ढलान पर पहली बार एक संग्रह के साथ साहित्य की दुनिया में आता है, हालाँकि लोगों के बीच वह पहले से ही मौजूद था। पिछले तीन दशकों के दौरान जेएनयू से किसी भी तरह जुड़ा रहा कोई भी व्यक्ति केवल दो पंक्तियाँ पढ़कर समझ सकता है कि ये विद्रोही की हैं या किसी और की। जो विद्रोही को जानते हैं, उनके लिए उनकी कविताओं का संग्रह कोई ख़ास मायने नहीं रखता। उन्होंने विद्रोही को दिन-रात कविता खाते, पीते और जीते देखा है। जो उन्हें नहीं जानते, वे सिर्फ़ कविताएँ पढ़ कर कवि को जान ही नहीं पाएँगे क्योंकि विद्रोही की कविता 'वस्तुतः लाठी है'। लेकिन, 'ये वो लाठी नहीं है जो/ हर तरफ़ भंज जाती है... तुम इसे भगवान के खिलाफ भांजोगे, भंज जाएगी/ लेकिन तुम इसे इंसान के खिलाफ भांजोगे, न, नहीं भंजेगी/ कविता और लाठी में यही अंतर है।'

समकालीन कवियों से विद्रोही की कविता इसलिए भी अलग है क्योंकि विद्रोही अपने सामने वाली जेब में बाघ रखते हैं। वह कहते हैं कि 'आज मैं तुम दोस्तों के बीच/ कविता सुना रहा हूँ/ इसलिए मेरी जेब में एक ही बाघ है/ लेकिन जब मैं कविता सुनाता हूँ उधर, जिधर रहते हैं मेरे दुश्मन/ अकेले अपने ही बलबूते पर/ तब मेरी जेब में एक नहीं, दो बाघ होते हैं।' और विद्रोही इसलिए भी हमारे परिचित कवियों से अलहदा हैं क्योंकि 'मैं अहीर हूँ और ये दुनिया मेरी भैंस है/ मैं उसे दूह रहा हूँ और कुछ लोग उसे कुदा रहे हैं।'

जिस कवि की जेब में बाघ सोते हों, जिसकी कविता लाठी हो और यह दुनिया जिसकी भैंस हो, उसका लिखा ही उसका आत्मकथ्य है और समीक्षा भी। ऐसे कवि पर लिखने के लिए उससे बड़े या कम से कम बराबर कनविक्शन, साहस और नैतिक बल की दरकार है। आज हिंदी में यह असंभव है। इसीलिए विद्रोही पर लिखना मेरे लिए आज भी एक 'चुनौती' है।

तीन

विद्रोही अब हमारे बीच नहीं हैं। विश्वविद्यालय अनुदान आयोग के खिलाफ़ आंदोलन करते हुए उनकी मौत हुई थी। खबर आयी, तो सुनकर झटका लगा था। फिर एक सुकून भी था कि चलो, जेएनयू के ढाबों पर जिंदगी काट देने वाले शख्स को जीते जी वह दिन नहीं देखना पड़ा जब उसे परिसर से भगा दिया जाता। उनकी मौत से पहले ही वे विवाद में आ चुके थे। कई बार छात्रों को हस्तक्षेप करना पड़ा था उनके पक्ष में, वरना प्रशासन तो उन्हें परिसर से बाहर निकालने पर आमादा था। एकबारगी ऐसा लगा कि विद्रोही को जाना ही था। वे और नहीं सह पाते अपने संस्थान को ढहता देखते हुए, जहाँ आसमान की ओर मुँह कर के वे सिलसिलेवार गालियाँ बकते थे और छात्र उनके मुँह से कविता निकलने के इंतज़ार में खड़े रहते थे। वो ज़माना कुछ और था।

विद्रोही से जब मैं पहली बार मिला, तो बीएचयू वाले भास्करन जी की याद आ गयी, जिन्हें लड़के लिम्बडी बाबा कह के बुलाते थे। हर युनिवर्सिटी में ऐसे एकाध किरदार ज़रूर होते हैं। युनिवर्सिटी के बाहर भी ऐसे एकाध किरदार मिल जाते हैं। अपने पुराने दिनों में अटके, धुन के पक्के, किसी अदृश्य से संवाद करते हुए, किसी अज्ञात की आज्ञाओं को ढोते हुए, टिटिहरी की तरह मुँह ऊपर उचकाये, पहली नज़र में उजबक लेकिन दूसरी नज़र में प्यारे। बेहद प्यारे। विद्रोही बहुत प्यारे इंसान थे। ढाबे पर बैठे मिलते, तो हम लोग हमेशा की तरह आग्रह करते, एक ठे कविता सुनावा। उनका जवाब हम जानते थे-पहिले चाय पिलाओ। एक आदमी चाय लेने जाता, तो दूसरे से कहते-सिगरेट भी चाही। फिर एक हाथ में चाय और दूसरे में सिगरेट। मन भर धूँक लेते तो किसी पत्थर पर खड़े हो जाते। जैसे अंबेडकर की प्रतिमा होती है एक दिशा में उंगली उठाये हुए। जैसे बुद्ध होते हैं ध्यान लगाये हुए।

इसके बाद वे हमें मोहनजोदड़ो की आख़िरी सीढ़ी पर ले जाते और वहाँ पहुँचते-पहुँचते फेचकुल फेंकने लग जाते। बीच-बीच में पगुराते भी थे। विद्रोही कविता लिखते नहीं थे। विद्रोही कविता पढ़ते भी नहीं थे। वो कविता को पगुराते थे। तब तक, जब तक शब्द झाग न फेंक दें। कभी-कभार कविता सुनाते हुए बीच में ही उन्हें किसी अदृश्य से कोई संकेत मिलता और वे चुप हो जाते। एकदम सन्नाटा। फिर अचानक आकाश की ओर मुँह कर के दो-चार गाली बकते। गालियाँ विशुद्ध होती थीं। बिना मिलावट। लड़कियाँ अकसर शरमा जाती थीं। जब तक कुछ समझ में आता, वे छूट चुके बंदिश के किसी टुकड़े का पिछला सिरा पकड़ के आगे निकल जाते और फिर उसी रवानी में बोलते जाते। कविता और कविता का फ़र्क खत्म हो जाता। लगता कि एक ही कविता से कई कविताएँ पैदा हो रही हैं। गोया विद्रोही मने एक अंतहीन कविता, एक-दूसरे में गुम्फित लेकिन एक-दूसरे से उतनी ही स्वायत्त।

वह क्या था जो रमाशंकर यादव को विद्रोही बनाता था? मैं व्यक्तित्व की बात नहीं कर रहा। सिर्फ़ उनकी कविता की बात कर रहा हूँ।

"एक कलाकार की व्यक्तिगत ईमानदारी" लिखने वाले मुक्तिबोध के यहाँ भी इसका जवाब नहीं मिलता। मुक्तिबोध शब्द और भाव के द्वंद्व की बात करते हैं। वे रचनाकार के उस अंतर्संघर्ष की बात करते हैं जहाँ उसे अपने भावों को अँटाने के लिए सबसे उपयुक्त शब्द की तलाश रहती है। उपयुक्त और सही वज़न वाला शब्द न मिलने पर अभिव्यक्ति फ्रॉड का शिकार हो जाती है। यह फ्रॉड सचेतन भी होता है और अनजाने में भी। विद्रोही के यहाँ इस फ्रॉड को खोजना मुश्किल है। बहुत मुश्किल। भावों और शब्दों का ऐसा मेल कि अभिव्यक्ति बिलकुल इच्छित हो, कविता एकदम वही सम्प्रेषित करे जो अनुभूत था, और उसको बिलकुल उसी के अनुपात में ग्रहण भी कर लिया जाय, यह स्थापित आलोचना में रचना प्रक्रिया के नियमों और सिद्धांतों से आगे की बात है। बिलकुल यही प्रवृत्ति कमोबेश धूमिल के यहाँ हम

पा सकते हैं, लेकिन विद्रोही इस मामले में परफेक्शनिष्ट हैं। विद्रोही को एजेंडावादी आलोचना के मानकों पर आप नहीं कस सकते। आप उन्हें खारिज भी नहीं कर सकते क्योंकि अपने आंतरिक आवेग में जिन मूल्यों की बात वे करते हैं, वे मूल्य सार्वभौमिक हैं और उनका आवेग सच्चा है। पार्टीज़न नहीं।

चार

यहाँ थोड़ा ठहर कर एक पुराने क्लासिक दार्शनिक का सहारा लेना पड़ेगा जिसे अब भुला दिया गया है। ऐसी बातें सदियों में एक बार लिखी जाती हैं, लेकिन उनमें दिये सूत्र सर्वकालिक होते हैं। आइए, पहले इस सूत्र को पढ़ते हैं, फिर किताब पर आएँगे।

"हमें कवियों को उनके आवेगों से मुक्त हो जाने को नहीं कहना चाहिए। आवेग ही तो कवि का मूल तत्व होते हैं। सवाल केवल एक है जो पूछा जाना चाहिए- क्या वे कविता अपने आवेगों को व्यक्त करने के लिए लिखते हैं या फिर वे कविता लिखने के लिए आवेगों का आखेट करते हैं।"

यह बात आज से 100 साल पहले फ्रेंच दार्शनिक जुलियन बेंदा ने अपनी कालजयी पुस्तक "दि ट्रेज़न ऑफ दि इंटेलेक्चुअल्स" (बुद्धिजीवियों का विश्वासघात) में लिखी थी। यह पुस्तक पहली बार 1927 में अमेरिका से प्रकाशित हुई थी और उस दौर के बौद्धिक भ्रष्टाचार पर एक सुसंगत तार्किक आक्रमण थी। बेंदा ने कवियों से जो सवाल पूछा था, उसका संदर्भ बहुत व्यापक था। हिटलर के नाज़ी शासन और फासीवाद के उस दौर में यूरोप के "बौद्धिकों के विश्वासघात" को बेंदा ने अपनी किताब से नंगा कर दिया था। 'साहित्य की दुनिया' में विद्रोही की अस्वीकार्यता और एक रचनाकार के रूप में विद्रोही की विलक्षणता दोनों को एक साथ समझने में जुलियन बेंदा की स्थापनाएँ आज बहुत काम आ सकती हैं।

बेंदा मनुष्य को दो श्रेणियों में बांटते हैं। एक श्रेणी को वे 'मास' यानी जन कहते हैं जिसमें जनता है (बुर्जुआ और सर्वहारा दोनों), राजा हैं, मंत्री हैं, राजनेता हैं यानी इंसानी नस्ल का वह हिस्सा जिसे वे "लेमैन" यानी दुनियादार मानते हैं। ऐसे लोगों का समूचा काम अपने भौतिक हितों का पीछा करना होता है और ये लोग ज़्यादा से ज़्यादा यथार्थवादी (दुनियादार के अर्थ में) बनते हुए अंततः वही करते हैं जिसकी उनसे अपेक्षा की जाती है।

इस श्रेणी के समानांतर वे इंसानी नस्ल के दूसरे हिस्से को मानते हैं जो पहली श्रेणी के ऊपर निगरानी रखने का काम करती है। इन्हें वे "क्लर्क" कहते हैं। क्लर्क का मतलब दफ्तर में काम करने वाला व्यक्ति नहीं, इसका करीबी अर्थ अंग्रेज़ी के क्लेरिक से जाकर जुड़ता है यानी उपदेशक या कहें शिक्षक। यानी वे सभी लोग, जिनका प्राथमिक काम अनिवार्यतः दुनियादारी वाले लक्ष्यों का पीछा करना नहीं है। इनमें कवि, कलाकार, दार्शनिक, धर्मोपदेशक, लेखक, उपन्यासकार, चित्रकार, संगीतकार, विद्वान आदि आते हैं, जिनकी जिंदगी बहुसंख्य 'जन'के यथार्थवाद के विपरीत होती है।

वे कहते हैं कि दूसरी श्रेणी के लोग राजनीतिक आवेगों के मामले में हमेशा से पहली श्रेणी के खिलाफ रहे हैं। या तो लियोनार्दो दा विंची, गोएथे, मालेब्रांक आदि की तर्ज पर इन्होंने अस्तित्व के मानसिक आयाम को सर्वोच्च मानते हुए उदाहरण रचे हैं या फिर इंसानी अहम के परस्पर टकरावों को एक नैतिकतावादी नज़रिये से देखने समझने का काम किया है, जिस कतार में वे इरेस्मुस, इमैनुएल कांट, रेनॉ आदि को खड़ा करते हैं। मनुष्यता और न्याय के नाम पर इन लोगों ने एक ऐसे अमूर्त सिद्धान्त का प्रचार प्रसार किया, जो दुनियादार लोगों के राजनीतिक आवेगों के विपरीत था और उससे श्रेष्ठ भी था। इन "क्लर्कों" ने बेशक आधुनिक राज्य की स्थापना वैयक्तिक अहंकारों के अतिक्रमण के लिए ही की, लेकिन इनका काम मूलतः सैद्धान्तिक ही रहा।

वे कहते हैं कि ऐसे लोग भले ही इतिहास को आम जन की नफ़रतों और नरसंहारों से बचा नहीं पाये, लेकिन उनके कृत्यों को धर्म बनने से उन्होंने बेशक रोकने का काम किया और ऐसे कुकृत्य करने वाले जन को ख़ुद को महान स्थापित करने का मौका नहीं दिया। वे कहते हैं कि 'क्लर्कों' का इस बात के लिए शुक्रिया अदा किया जाना चाहिए कि मनुष्यता भले दो हजार साल तक शैतानी काम करती रही लेकिन उसने अच्छे कामों का सम्मान करना नहीं छोड़ा।

जुलियन यहीं अपनी मूल प्रस्थापना पर आते हैं: "अब, उन्नीसवीं सदी के अंत में एक बुनियादी अंतर पैदा हुआ है- 'क्लर्कों' ने राजनीतिक आवेगों का खेल खेलना शुरू कर दिया है। जो लोग जन के यथार्थवाद पर एक निगरानी का काम करते रहे, वे अब उसी के उत्प्रेरक बन गये हैं। "इस बदलाव को बेंदा" मानवता के नैतिक व्यवहार में उथल पुथल"का नाम देते हैं। यह बदलाव आया कैसे?

सबसे पहले, 'क्लर्कों' ने राजनीतिक आवेगों को ख़ुद अपना लिया और अलग-अलग राजनीतिक व नस्ली धड़ों का हिस्सा बन गये। वे कहते हैं कि जब विद्वान व्यक्ति बाज़ार में उतरता है और उसका हिस्सा बन जाता है, तो वह दुनियादारी और उससे जुड़ी भावनाओं की जीत को सुनिश्चित करने का काम कर रहा होता है, फिर चाहे वे भावनाएँ राष्ट्र, वर्ग या नस्ल से जुड़ी हुई हों। यहाँ वे एक कालजयी वाक्य लिखते हैं:

"जिस 'क्लर्क' की सराहना 'लेमैन' करते हों, वह अपने पद का विश्वासघाती है।"

आइए, इस कथन को एक ताज़ा मामले से समझने की कोशिश करते हैं।

पाँच

जुलियन बेंदा की शब्दावली में वरिष्ठ अधिवक्ता प्रशांत भूषण इंसानी नस्ल की दूसरी श्रेणी में आने वाले एक 'क्लर्क' हैं यानी विद्वान, उपदेशक, जन की चेतना के पहरेदार और उच्चतर मूल्यों के प्रचारक। सामान्य जन यानी लेमैन के बीच प्रशांत भूषण को लेकर क्या भावनाएँ हैं इसको जानने के लिए बहुत मशक्कत नहीं करनी पड़ेगी। कुछ दिनों पहले जब भूषण के ऊपर सुप्रीम कोर्ट ने आपराधिक अवमानना का मुकदमा कायम किया, तब उनके साथ कौन खड़ा था? वे तमाम लोग, जो जनता के हितों की बात करते हैं और जनपक्षीय मूल्यों में विश्वास करते हैं। आम जनता नहीं खड़ी थी उनके साथ। इसका पता सोशल मीडिया पर आयी टिप्पणियों से आसानी से लगाया जा सकता है। यहाँ तक कि दिल्ली की तमाम अदालतों के बार असोसिएशन भी प्रशांत भूषण के साथ नहीं थे। इस देश का बहुसंख्य जन (जिसमें जन प्रतिनिधि भी शामिल हैं) सुप्रीम कोर्ट के साथ था और प्रशांत को सज़ा देने के लिए विद्वेषपूर्ण बातें कह रहा था।

प्रशांत भूषण ने दो बार कोर्ट में अपना जवाब दाखिल किया। वे दोनों बार अपनी कही बात पर अड़े रहे। उनकी बात न्याय के सार्वभौमिक मूल्य से जुड़ी थी। वे किसी पार्टी, पक्ष या धड़े की नुमाइंदगी नहीं कर रहे थे। वे अपना बचाव भी नहीं कर रहे थे। वे न्याय से जुड़ी एक सामान्य व सर्वस्वीकृत बात कह रहे थे। जुलियन बेंदा के हिसाब से यह प्रशांत भूषण का क्लासिक 'क्लर्क' क्षण था, जिनकी कार्रवाइयों के पीछे कोई भौतिक लाभ या दुनियादारी जैसी चीज़ प्रत्यक्ष नहीं थी। वे एक अमूर्त सिद्धांत की पैरवी कर रहे थे जो यथार्थवादी जन की स्थापनाओं, धारणाओं और लक्ष्यों के ठीक विपरीत था और उससे श्रेष्ठ भी था। प्रशांत का पक्ष विशुद्ध सैद्धान्तिक था। यहाँ तक सब ठीक था।

अदालत का फ़ैसला आता है। उसके तुरंत बाद प्रशांत भूषण एक बयान जारी कर के कहते हैं कि वे एक रुपये का जुर्माना अदा करेंगे और फैसले की समीक्षा के लिए याचिका लगाएँगे। यहाँ प्रशांत 'क्लर्क' की केंचुल त्यागते दिख रहे हैं। उनका यह वक्तव्य दुनियादारी के हिसाब से सुविचारित है, न कि सार्वभौमिक मूल्य की रक्षा के हिसाब से लिया गया। एक रुपये का दंड चुकाने के बाद समीक्षा याचिका आदि का कोई अर्थ नहीं रह जाता। ज़ाहिर है, उन्हें जेल जाने और तीस साल तक वकालत न करने की सलाह इस माहौल में कोई नहीं देना चाहेगा, लेकिन यहाँ उनका केस हमारे लिए दार्शनिक विमर्श तक ही सीमित है। यहाँ हम सार्वभौमिकता के तराजू में एक पलड़े में नैतिकता और दूसरे में राजनीति को रखकर तौल रहे हैं। वक्तव्य जारी करने से पहले नैतिकता का पलड़ा भारी था। बाद में राजनीति का पलड़ा नीचे झुक गया।

जुलियन बेंदा जब 'क्लर्कों' के राजनीतिक आवेग अपनाने की बात कहते हैं, तो उनका आशय यही होता है। नैतिकता, सिद्धान्त और सार्वभौमिक सत्य के मामलों में राजनीतिक 'कंसिडरेशन' का घुस आना। बेंदा के मुताबिक बौद्धिक जगत में यह काम उन्नीसवीं सदी के अंत में ही शुरू हो चुका था। आज हम सौ साल बाद इसे अपने बुद्धिजीवियों के चयनित निर्णयों, समर्थन और विरोध की चयनित राजनीति में बहुत साफ़ देख पाते हैं।

आइए, कविता पर लौटते हैं।

छः

बेंदा की स्थापनाओं में यथार्थवाद यानी दुनियादारी की एक पहचान कर्म की आतुरता भी है। बस, कुछ हो जाए। कुछ कर गुजरा जाए। जो भी करें, उसका कोई न कोई नतीजा ज़रूर निकले। इन सबको वे सामान्य जन के लक्षण मानते हैं, जिसे अब बौद्धिकों ने अपना लिया है

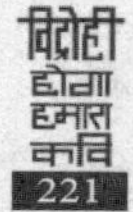

और इसीलिए बुद्धिजीवी अपने 'पद' से और मूल्यों की सार्वभौमिकता से विश्वासघात कर बैठे हैं। हिंदी के लोक वृत्त में ऐसा एक प्रकरण ऐतिहासिक हो चुके पुरस्कार वापसी अभियान का है जिसका ज़िक्र यहाँ करना समीचीन होगा।

वह रात बहुत उमस भरी थी। शायद यही समय रहा होगा, 4 सितंबर का दिन। कवि-कथाकार उदय प्रकाश अपने गाँव सीतापुर में थे जहाँ बिजली तीन दिन से नहीं आ रही थी। उनका सिर भयंकर दर्द कर रहा था। वे कन्नड के विद्वान एमएम कलबुर्गी की हत्या के बाद साहित्य अकादमी की चुप्पी से गहरे क्षुब्ध थे। उस रात फेसबुक मैसेंजर पर उनसे मेरी बात हो रही थी। वे बहुत दुःखी थे। मैंने बात ही बात में कह दिया कि इतने ही दुःखी हैं तो साहित्य अकादमी पुरस्कार वापस क्यों नहीं कर देते। कुछ ही घंटे बाद उन्होंने फेसबुक पर इसकी घोषणा कर दी। इसके बाद जो हुआ, वह इतिहास है।

यह बात शायद बहुतों के सामने पहली बार इस लेख के माध्यम से आ रही होगी कि पुरस्कार वापसी की शुरुआत उमस भरी रात में अंधेरे से घिरे शहडोल के एक गाँव में सिरदर्द से घुटते लेखक को एक पाठक द्वारा दी गयी चुनौती से हुई थी। पहला पुरस्कार उदय प्रकाश ने ही लौटाया था। उसके महीने भर बाद नयनतारा सहगल से लेकर अशोक वाजपेयी, मंगलेश डबराल, राजेश जोशी, और फिर लाइन लग गयी। उदय प्रकाश का यह कृत्य उस क्षण में विशुद्ध मूल्य जनित था। उस रात वे जुलियन बेंदा के 'क्लर्क' बन गये थे, जिसके लिए पुरस्कार लौटाना राजनीतिक आवेग का मामला नहीं था, बल्कि कलबुर्गी के हत्यारों के पीछे खड़े विचार के खिलाफ़ एक विशुद्ध सैद्धान्तिक प्रतिपक्ष रचना था। हाँ, ऐसा करते वक़्त वे इस आशंका से बेशक घिरे हुए थे कि कल को इसे प्रचारात्मक स्टंट न करार दिया जाए। उदय प्रकाश अक्सर राजनीति बनाम नैतिकता के द्वंद्व में घिरे रहते हैं। यह द्वंद्व उस वक़्त भी काम कर रहा था, लेकिन नैतिकता उस एक क्षण राजनीति पर हावी हो गयी थी।

उदय प्रकाश के पूरे महीने भर बाद पुरस्कार वापसी को आगे बढ़ाने में जिन्होंने भी शिरकत की, उसके पीछे "बस कहीं छूट न जाए" वाला भाव था। देर-सबेर आये निजी निर्णयों में राजनीतिक गुणा-गणित और नफा-नुकसान का हिसाब भी था। यह प्रतिध्वनि छुप नहीं सकती थी। बड़े कायदे से इस सामूहिक हो चुके कृत्य को राजनीतिक शक्ल दे दी गयी और बिहार चुनाव से जोड़कर दुचारित कर दिया गया। इसके दो परिणाम हुए। पहला, आज़ाद भारत में लेखकों की इतनी विशाल सामूहिक कार्रवाई ने जन समर्थन जुटाने के बजाय लेखकों को पार्टीज़न राजनीति का हिस्सेदार बना दिया। दूसरे, पुरस्कार वापसी के इतिहास का पहला पन्ना जो उदय प्रकाश के नाम होना था, वह सार्वजनिक रिकॉर्ड में नयनतारा सहगल और अशोक वाजपेयी के नाम हो गया। क्यों? इसलिए कि पुरस्कार वापसी के 'राजनीतिक अभियान' बनने का मुहावरा इन्हीं दोनों ने गढ़ा, उदय प्रकाश ने नहीं। विपक्षी दुष्प्रचार तो अपनी जगह था ही।

जुलियन बेंदा के मुहावरे में देखें तो 4 सितंबर 2015 को एक कवि ने अपने भीतर के आवेग को व्यक्त किया था। इसके बाद जो हुआ, वह आवेग के सामूहिक आखेट का मामला है। इसीलिए समूची कार्रवाई, जो ऐतिहासिक बदलाव का बायस बन सकती थी, धरी की धरी रह गयी और आज उसके पांच साल बाद अभिव्यक्ति का मूल आवेग भी नहीं बच रहा है। सारे के सारे बौद्धिक व्यापक और सार्वभौमिक मूल्यों की अभिव्यक्ति से बहुत दूर जा चुके हैं। उनकी अभिव्यक्ति की तात्त्कालिकता सतत्ता परिवर्तन तक सिमट कर रह गयी है जिसके लिए राजनीतिकरूप से पार्टीज़न होना पड़ता है। ज़ाहिर है, उसके बाद रचनात्मक आवेग में दम नहीं रह जाता। कविता नकली हो जाती है। कहानी नकली हो जाती है।

विद्रोही जब कहते हैं कि यह कविता करने का नहीं, मार करने का समय है तो वे अपने समय को आवाज़ दे रहे होते हैं। वे उस कवि

को बचाने की बात कह रहे हैं जो शिद्दत से महसूस करता है कि यह समय कविता का नहीं है। और ऐसा वही कह सकता है जो शुद्ध कवि हो, शुद्ध 'क्लर्क' हो। जिसकी कविता को किसी भौतिक लाभ-लोभ की चिंता न हो, वही कवि कविता का सच्चा दुश्मन भी हो सकता है। विद्रोही के अलावा बाक़ी कवियों के लिए कविता घास है। बकरी घास से दुश्मनी नहीं साध सकती। खाएगी क्या? विद्रोही पेट भरने के लिए कविता नहीं करते थे। कविता उनके व्यक्तित्त्व की उदात्ततम अभिव्यक्ति थी जिसका दुनियादारी से कोई लेना-देना नहीं था। यही उन्हें विलक्षण बनाता है और यही उन्हें 'साहित्य की दुनिया' में आउटसाइडर भी बनाता है।

विद्रोही का मूल्यांकन- एक कवि के बतौर और एक व्यक्ति के बतौर- मेरे खयाल से अलग-अलग नहीं किया जा सकता। दोनों में कोई फांक ही नहीं है। एक को समझ लिया तो दूसरे को अपने आप समझ जाएँगे। इसीलिए विद्रोही चुनौती हैं। विद्रोही की कविता चुनौती है।

मैंने तब भी लिखा था और अब भी इस बात पर कायम हूँ कि विद्रोही की कविता इक्कीसवीं सदी की कविता है और विद्रोही इक्कीसवीं सदी का कवि। इक्कीसवीं सदी, जिसकी नींव ही इंसानी नफ़रतों और मूल्य हीनता पर टिकी हुई है, विद्रोही उसका एक सार्वभौमिक प्रतिपक्ष हैं। हिंदी के कवि जिसे भूल चुके हैं, विद्रोही उस स्पार्टकस का वंशज है, जो फरमान देता है, 'जाओ कह दो सीनेट से- कि हम सारी दुनिया के गुलामों को इकट्ठा करेंगे/ और एक दिन रोम आएँगे ज़रूर।'

बीसवीं सदी में जिसे हम हिंदी की कविता के नाम से जानते रहे हैं, विद्रोही इक्कीसवीं सदी में उसके अंत का एक दैवीय फरमान हैं।

काव्य-संवेदना और भाषिक प्रतिकार का विवेक

संतोष अर्श

रमाशंकर यादव 'विद्रोही' जिस वक़्त कविता रच और सुना रहे थे वह समय हिन्दी में कवियों की अधिकता और कविता की कमी का समय था। बहुत से अभिजात अफ़सर-प्रोफ़ेसर और मध्यमवर्गीय गिरोही, सांस्थानिक-अकादमिक, अघोषित-स्वघोषित, प्रचारित-प्रकाशित-स्थापित, पालित और जुगाड़ू कवियों से इतर विद्रोही अपनी भाषा की कविता में एलिएनेट होकर किनारे छूट गए (थे) या कर दिये गए।

जेएनयू कैंपस की पथरीली ज़मीन पर उगी झाड़ियों की सुरंग में किसी विक्षिप्त की भाँति रहने वाले विद्रोही से कविता का साथ नहीं छूट सका। हिन्दी समाज ने उन्हें तीसरी दुनिया के सबसे प्रतिष्ठित विश्वविद्यालय की चहारदीवारी के भीतर महदूद या क़ैद कर देने की पूरी कोशिश की, लेकिन विद्रोही की आवाज़ बहुत बुलंद है। जिसने भी उनको कविता बाँचते सुना है, उसने इस बुलंदी को महसूस ज़रूर किया है। 'विद्रोही' को हिन्दी के मान्य कवियों की तरह सामाजिक प्रतिष्ठा, साहित्यिक सुरक्षा, वांछनीयता, अटेन्शन इत्यादि भले ही नहीं मिले, किन्तु कविता के अपने समय में वे पढ़ने-लिखने वाले आंदोलनकारी युवाओं के सबसे चहेते कवि बने और उनकी कविताएँ जिस उर्वर ज़मीन से अंकुरित हुई थीं, उसी में फूलने-फलने और पकने के बाद उन्हें हाथो-हाथ लिया गया। उन्हें इस तरह अपनाया गया कि उनकी

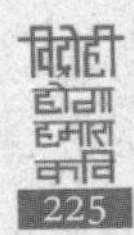

गूँज जनता का सम्वेत गान बन कर वृन्दगीतों की तरह वर्चस्वशाली सत्ताओं तक पहुँची। इस तरह विद्रोही के कवि-कर्म ने उन्हें जनकवि बनाया और उनकी कविताओं की मक़बूलियत ने उन्हें लोक की लाज का कवि ठहराया।

जनकवि रमाशंकर यादव 'विद्रोही' वर्तमान हिन्दी कविता के समानान्तर एक बोहेमियन कवि साबित हुए। उनकी लोकप्रियता का अनुमान हिन्दी समाज को उनकी मृत्यु पर हुआ जब उनका नाम सोशल मीडिया के महत्त्वपूर्ण मंच फ़ेसबुक पर ट्रेंड कर रहा था। सिगरेट-चाय माँगकर पीने वाले अनागरिक कवि की यह स्वीकार्यता देख कर दसियों संग्रहों में छपे और ज़बरदस्ती व्याख्यायित-आलोचित-शोधित सुकवि भौंचक्के रह गए। उन्हें कानोकान ख़बर नहीं थी कि राजधानी में कोई ऐसा कवि भी है। लेखकीय लिप्साओं से मुक्त 'विद्रोही' वाचिक परंपरा के अनूठे कवि थे, क्योंकि वे कविताएँ लिख कर पढ़ने के स्थान पर, खड़े होकर ज़बानी तैयार की गयी कविताओं का पाठ करते थे। आशुकविता की इस हुनरमन्दी के कारण उनकी बहुत-सी कविताएँ इधर-उधर बिखर गईं और केवल उतनी ही बचीं जितनी उनकी या उनके श्रोताओं की स्मृति में थीं। जन संस्कृति मंच ने उन्हीं बची हुयी कविताओं को एकत्र कर उनके एकमात्र संग्रह के रूप में प्रकाशित किया जो 'नयी खेती' (2011) के नाम से प्रसिद्ध है।

नाम के अनुरूप 'विद्रोही' की काव्य-संवेदना विद्रोही है, जिसमें व्यवस्था के बने-बनाए ढाँचे का नकार है, जो अपनी ध्वन्यात्मकता और आवृत्ति से प्रतिवाद की व्यंजना उत्पन्न करती है। विद्रोही की कविता में चाल-पछोर कर निकाला गया गद्य का वह रूखा, रूपवादी आभिजात्य नहीं है जो इधर की हिन्दी कविता पर कोहरे की भाँति छाया हुआ है। इसलिए इन कविताओं में मध्यवर्गीय रूपवादी शाब्दिक कलाभ्रम का अभाव है, जो वास्तव में वृद्ध पूँजीवाद की परछाईं है। इनमें वर्तमान कवि-कर्म की वह सजगता और व्यवस्थाप्रियता भी नहीं

है जो कवि अस्मिता को सामजिक रूप से स्थापित करके सामजिक स्वीकृति दिलाती है। इन सब के स्थान पर एक कौंध गए जीवन का खाँटीपन है, किसी अप्रचलित क़िस्म की निस्पृहता है, जो इस बात का प्रमाण देती है कि विद्रोही ख़ालिस जनकवि हैं। विद्रोही की कविता उस अपवंचित जन की कविता है जो गाँव-कस्बों, खेत-खलिहानों, कारख़ानों में जुटा हुआ है। या जो महानगरों के फुटपाथों पर रात गुज़ार रहा है, कुलीगीरी कर रहा है, रिक्शा खींच रहा है या खोमचे लगा रहा है। जातीय-वर्गीय षड्यंत्रों, दमन, उत्पीड़न से जूझते हुए जन की पैरवी विद्रोही-काव्य की अंतर्वस्तु है। इसलिए विचार के स्तर पर विद्रोही हिन्दी में नागार्जुन और अदम गोंडवी की काव्य-संवेदना को आगे बढ़ाते हैं। उनकी परंपरा का विकास करते हैं, किन्तु एक विरल संभाषणीय कथ्य और शिल्प के साथ वे हिन्दी कविता की मुख्तलिफ़ ज़मीन पर खड़े हैं।

विद्रोही ने अपने कवि-रूप को स्वयं गढ़ा है इसलिए कवि और कविता पर अभिव्यक्त हुए उनके विचार उनकी फक्कड़ छवि को कविताओं की संरचना तक खींच लाती है। जैसे अपने स्वयं के कवि के बारे में उनका मानना है-

न तो मैं सबल हूँ
न तो मैं निर्बल हूँ
मैं कवि हूँ।
मैं ही अकबर हूँ,
मैं ही बीरबल हूँ।

और निज-कविता के बारे में विद्रोही कहते हैं-

तो क्या/ आप मेरी कविता को सोंटा समझते हैं?/ मेरी कविता वस्तुतः/ लाठी ही है/ इसे लो और भाँजो!/ मगर ठहरो!/ ये वो लाठी नहीं है जो/ हर तरफ़ भंज जाती है/ ये सिर्फ़ उस तरफ़ भंजती है/ जिधर मैं इसे प्रेरित करता हूँ।

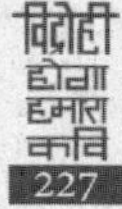

वे कविता को लाठी की तरह भाँजना और इसे दूसरों के हाथ में भी देना चाहते हैं। यह लाठी वर्चस्व की सत्ताओं के विरुद्ध एक रेज़िस्टेंस है जिसे विद्रोही का कवि अपने हाथ में लिए खड़ा है। कविता को लाठी की तरह भाँजने के लिए 'भाँजना' आना चाहिए। भाँजने का एक गूढ़ भाषिक अर्थ है, जो लट्ठबाजों को ही मालूम है। ऐसी व्यंजनाएँ वस्तुतः लोक-साहित्य की ध्वन्यात्मक छाया की निर्मिति हैं। इसलिए विद्रोही जब अपनी कविताओं में कहीं कविता की परिभाषा देते हैं तो कविता को अपने 'स्व' के और भी नज़दीक खींचने की कोशिश करते हैं। यह कोशिश भी कविता से व्यंग्यात्मकता उत्पन्न करने की चेष्टा जैसी लगती है। जैसे कविता के विषय में उनका एक काव्यात्मक विचार है:

कविता क्या है
खेती है
कवि के बेटा-बेटी है,
बाप का सूद है, माँ की रोटी है।

इस वक्तव्य के पीछे कवि का वर्गीय दृष्टिकोण है। कवि या कलाकार साहित्य-कला में अपने वर्ग का प्रतिनिधित्व करता है। विद्रोही निम्न-मध्यवर्गीय किसान-मज़दूर वर्ग से मुख़ातिब हैं। यह वर्ग अनेक प्रकार की आधिपत्यवादी सत्ताओं द्वारा शोषित है। न केवल शोषित है, बल्कि उसकी आइडेंटिटी भी शोषण के इस बहुआयामी घटाटोप में धुँधली हो गई है। सत्ताओं से यह मानवीय संघर्ष विद्रोही काव्य का जाग्रत सम्वेदन है।

चूँकि विद्रोही वाचक कवि हैं इसलिए उनकी कविताओं में भावावेग अधिक है। यह भावावेग उन्हें लोकानुरागी कवि बनाता है। भावाकुलता लोक-साहित्य की परंपरा का विशेष लक्षण है। बिना भावावेगों के साहित्य से लोक को जोड़ पाना कठिन है। इस कारण विद्रोही की कविता में एक सरल बहाव है जो सामान्य-साधारण जन

को भी अपनी ओर खींचता है, कविता से कनेक्ट करता है। लोगों में स्वयं को घुलाकर यानी कवि द्वारा अपनी अस्मिता को अपनी वर्गीय अस्मिता में मिलाकर काव्य रचना की गयी है। जन समूह के दुःख और मुक्ति के नग्मे कविता में आवेगों से ही स्थान बना पाते हैं। विद्रोही की कविता का आवेगमय प्रवाह परिवर्तन और मुक्ति का प्रयोजन है, संवेदनात्मक आवेगों के सहज प्रवाह का मूर्तीकरण है। वर्ड्सवर्थ के प्रसिद्ध कथन में 'शांतचित्तता' के स्थान पर यदि 'विक्षोभ' रख दें तो वह विद्रोही काव्य की प्रकृति का गुणवाचक बन जाय। इस कथन का सत्व यह भी है कि विद्रोही अपने शब्द-विन्यास में जन-प्रेम के दुःख और स्मृतियों को गूँथ कर कविता में एक उल्लास रचते हैं। प्रत्येक तरह की धर्मांधता, अन्यायिक संस्कृति, और स्वीकृत सामाजिक मान्यताओं की हिंसक प्रवृत्तियों के प्रति विद्रोह करते हैं।

विद्रोही की कविताओं में प्रतिकार का स्वर मुखर है, संश्लिष्ट भी है। यह वर्गीय शोषकों के प्रति क्षोभ और रोष के रूप में है। धर्म, ईश्वर की सत्ता और उसकी कट्टरता, संकीर्णता के विरुद्ध है। स्त्री की ओर से उसके शोषकों और उन पितृसत्तात्मक सामाजिक ढर्रों के विरुद्ध है जो स्त्री-अस्मिता की चोरी करते हैं। जातीय विद्रूपताओं के बरक्स है, उन धारणाओं के विरुद्ध जो जाति आधारित शोषण की संस्कृति निर्मित करती हैं। विद्रोही की भिड़न्त सभी तरह की शोषक सामाजिक-आर्थिक-सांस्कृतिक संरचनाओं के विरुद्ध है। उन्हें पूँजीवादी शोषण के समक्ष जनता की शक्ति पर यक़ीन है और जन-आस्था आवेग बन कर विद्रोही की कविताओं में हिलोरें मारती है:

हम एक बित्ता कफ़न के लिए/ तुम्हारे थानों के थान फूँक देंगे/ और जिस दिन बाहों से बाहों को जोड़कर/ हूमेगी ये जनता/ तो तुम नाक से ख़ून ढकेल दोगे मेरे दोस्त

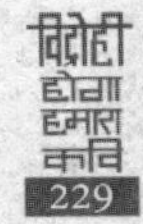

जनता के दु:खों का घड़ा जब भर जाएगा तब वह अपने दु:खों का हिसाब लेने के लिए खड़ी होगी ऐसा विश्वास कवि की कविताओं में अभिव्यंजित होता है। वस्तुतः सच्चा जनकवि वही है, जिसमें प्रगाढ़ जन-आस्था हो। विद्रोही जन-आस्था के कवि हैं। और यह जन-आस्था व्यंजना बनकर उनकी कविताओं में अर्थ ग्रहण करती है:

जनता मारती जाती है और रोती जाती है/ और जब मारती है तो/ किसी की सुनती नहीं/ क्योंकि सुनने के लिए उसके पास/ अपने ही बड़े दु:ख होते हैं

जनप्रतिबद्धता विद्रोही की कविताओं का प्राथमिक भाव है। उनकी तमाम कविताओं में जन अपनी वर्गीय विषमताओं के साथ खड़ा होता है। उसे साधारण से विशिष्ट बनाने के लिए कवि भी कविता में उसके साथ खड़ा होता है। कवि उसके दु:खों का ऐतिहासिक कारण उसे बताता है, और उसे सहज करने के प्रयास कविता में करता है। यह प्रवृत्ति विद्रोही की कविताओं में एक संकल्प की भाँति है:

मेरी पब्लिक ने मुझको हुक्म है दिया/ कि चाँद तारों को मैं नोंच कर फेंक दूँ/ या कि जिनके घरों में अगिन ही नहीं/ रोटियाँ उनकी सूरज पर मैं सेंक दूँ

विद्रोही जनता के सत्य को सरल बनाने और उसे प्रमाणित करने के लिए वैश्विक प्रसंगों को कविता में प्रस्तुत करते हैं। ऐसे प्रसंग प्रायः उनकी इतिहास-दृष्टि से उद्भूत हैं। अर्थान्वितियों में ये इतिहास-दर्शन बन जाते हैं। विद्रोही की यह दृष्टि विश्व-राजनीति और उसकी भौगोलिक संस्कृति से चिह्नित होती है। उनकी लंबी कविताओं में अब्राहम लिंकन से लेकर चे ग्वेरा, फिदेल कास्त्रो, बिल क्लिंटन, हेमिंग्वे, स्पार्टकस तक आते हैं। सवाना के जंगलों से लेकर बंगाल के मैदानों तक की वैश्विक भौगोलिकता भी उनकी कविताओं में रचाव ग्रहण करती है। प्राचीन सभ्यताओं- सिंधु, मोहनजोदड़ो, बेबीलोनिया, मेसोपोटामिया

के उल्लेख से वे अपनी कविताओं को ऐतिहासिक और भौगोलिक विस्तार देते हैं। ये सभी काव्य-लक्षण विद्रोही की सजग विश्वदृष्टि का परिचय देते हैं और उनकी कविताओं की सांद्रता में वृद्धि करते हैं।

विद्रोही की काव्य-संवेदना में आधुनिकता और उत्तर-आधुनिकता के रंग-ढंग एक साथ मिलते हैं। स्वयं पर बनी बायोग्राफिकल डाक्युमेंट्री फ़िल्म 'मैं तुम्हारा कवि हूँ' (निर्देशक नितिन पमनानी) में वे एक स्थान पर आधुनिकता की स्वनिर्मित परिभाषा देते हुए पहले आधुनिकता पर रवीन्द्रनाथ टैगोर के विचार को उद्धृत करते हैं। वे कहते हैं कि 'टैगोर ने आधुनिकता की परिभाषा दी, True modernism is freedom of thought and independence of mind (सच्ची आधुनिकता विचार की स्वतन्त्रता और मस्तिष्क की स्वाधीनता है), लेकिन इसे मैं इस प्रकार कहता हूँ कि, true modernity is fearlessness of consciousness (सच्ची आधुनिकता चेतना की भयमुक्तता है)।' चेतना की भयमुक्त अभिव्यक्ति के मद्देनज़र विद्रोही की कविता का मूल्यबोध आधुनिकता से उत्पन्न है, इसमें कोई संशय नहीं, किन्तु भारतीय समाज की वर्गीय और जातीय विषमता इस प्रकार की है कि उसके सत्य को कविताओं से प्रकट करने के लिए विद्रोही कहीं उत्तर आधुनिक भी हैं। 'समूह' और 'स्व' की इस द्वंद्वात्मक टकराहट में विद्रोही आधुनिकता और उत्तर-आधुनिकता का द्वंद्व जादू की तरह हवा में रचते हैं। उँगलियों को घुमाकर, पृथ्वी को हथेली पर नचाकर, अपनी एक कविता में वे स्वयं कह रहे हैं कि वे उत्तर आधुनिक हैं:

मैं फैंटास्टिक होने लगता हूँ/ और सारा भूगोल/ उस भूगोल का ग्लोब/ मेरी हथेलियों पर नाचने लगता है।/ और मैं महसूसने लगता हूँ/ कि मैं ख़ुद में एक प्रोफाउंड/ उत्तर आधुनिक पुरुष पुरातन हूँ।/ मैं कृष्ण भगवान हूँ/ अंतर सिर्फ़ यह है कि/ मेरे हाथों में चक्र की जगह/ भूगोल है, उसका ग्लोब है।/ मेरे विचार सचमुच में उत्तर आधुनिक हैं।/ मैं सोचता हूँ कि इतिहास को/ भूगोल के माध्यम से, एक कदम आगे ले जाऊँ/ कि भूगोल की जगह/ खगोल लिख दूँ।

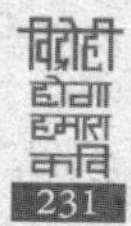

आधुनिकता और उत्तर आधुनिकता के ये भिन्न रंग विद्रोही की कविताओं में सुसंगति के साथ बिखरते हैं। महाआख्यानों के लघुखण्ड, हाशिए की अस्मिताओं की ओर से विद्रोही की कविताओं में जो डिकन्सट्रक्शन है, निश्चय ही ये उत्तर-आधुनिक प्रभाव हैं। विद्रोही अपनी कविताओं में नारीवादी हैं। इस नारीवाद को शार्प करने के लिए उन्होंने जो वैचरिकी अपनाई है वह उनके समकाल के कवियों से भिन्न, मगर उत्तर-आधुनिक प्रभावों वाली ही है। स्त्री की ऐतिहासिक स्थिति को लेकर विद्रोही ने सुंदर कविताएँ रची हैं। ये स्त्रीवाद की ही रूपात्मकता ग्रहण करती हैं। स्त्री अस्मिता की तलाश में वे मोहनजोदड़ो के तालाब की अंतिम सीढ़ी तक जाते हैं, जहाँ एक औरत की जली हुई लाश पड़ी है:

मैं वहाँ से बोल रहा हूँ/ जहाँ मोहनजोदड़ो के तालाब की आख़िरी सीढ़ी है/ जिस पर एक औरत की जली हुई लाश पड़ी है/ और तालाब में इंसानों की हड्डियाँ बिखरी पड़ी हैं/ इसी तरह एक औरत की जली हुई लाश/ आपको बेबीलोनिया में भी मिल जाएगी

विद्रोही के स्त्रीवाद में भावुक सरलता है। उसमें उलझाव और जटिलता नहीं है। पूँजीवादी दैहिक, यौनिक फ़िज़ूल आक्रामकता नहीं है। सत्य को मार्गच्युत करने वाली अशक्त संभाषणीयता नहीं है। एक विस्तृत भावभूमि है, जिससे सत्य संकुचित नहीं होता। सत्य को सरलीकृत करने के ऐसे प्रयास उनकी स्त्रीवादी कविताओं में और भी स्पष्ट दिखाई देते हैं:

एक औरत जो माँ हो सकती है/ बहिन हो सकती है/ बेटी हो सकती है/ मैं कहता हूँ/ हट जाओ मेरे सामने से/ मेरा ख़ून कलकला रहा है/ मेरा कलेजा सुलग रहा है/ मेरी देह जल रही है/ मेरी माँ को, मेरी बहिन को, मेरी बीवी को/ मेरी बेटी को मारा गया है/ मेरी पुरखिनें आसमान में आर्तनादकर रही हैं।/ मैं इस औरत की जली हुई लाश पर/ सिर

पटक कर जान दे देता/ अगर मेरी एक बेटी न होती तो.../ और बेटी है कि कहती है/ कि पापा तुम बेवजह ही/ हम लड़कियों के बारे में इतने भावुक होते हो!/ हम लड़कियाँ तो लकड़ियाँ होती हैं/ जो बड़ी होने पर चूल्हे में लगा दी जाती हैं

भारतीय समाज में पितृसत्ता की खोज के लिए विद्रोही प्रचलित पौराणिक दंतकथाओं और मिथकों में भी सेंध लगाते हैं। उननें पितृसत्ता के प्रारम्भ और उसकी स्थापना को ढूँढने की जो बेचैनी है, वह स्त्रीवाद की ओर से या स्त्री-अस्मिता के साथ निष्ठा से खड़े होने के उद्देश्य के लिए है। पितृसत्ता की स्थापना को एक पौराणिक रूपक में वे ढूँढ भी लेते हैं:

इतिहास में पहली स्त्री की हत्या/ उसके बेटे ने उसके बाप के कहने पर की/ जमदग्नि ने कहा कि ओ परशुराम/ मैं तुमसे कहता हूँ कि अपनी माँ का वध कर दो/ और परशुराम ने कर दिया।/ इस तरह से पुत्र पिता का हुआ/ और पितृसत्ता आई

विद्रोही का स्त्रीवाद भारतीय समाज की अंतिम स्त्री तक पहुँचत है। यह केवल उस स्त्री तक सीमित नहीं है, जिसके समक्ष केवल देह, यौनिकता और आर्थिक असमानता के प्रश्न हैं। गाँव-कस्बों की औरतों तक वे जाते हैं और स्त्रियों की स्थिति पर सिर्फ़ कारुणिक सहानुभूति प्रकट नहीं करते, बल्कि उसके साथ खड़े हो कर, उसके लिए संघर्ष करने के लिए तैयार हैं। इस संदर्भ में विद्रोही की 'औरतें' शीर्षक लंबी कविता समकालीन हिन्दी कविता में विशेष है:

कुछ औरतों ने/ अपनी इच्छा से/ कुएँ में कूद कर जान दी थी/ ऐसा पुलिस के रिकार्डों में दर्ज है।/ और कुछ औरतें/ चिता में जल कर मरी थीं/ ऐसा धर्म की किताबों में लिखा है/....मैं एक दिन पुलिस और पुरोहित/ दोनों को एक ही साथ/ औरतों की अदालत में तलब कर दूँगा/ और बीच की सारी अदालतों को/ मंसूख कर दूँगा।

विद्रोही की 'औरतें' कविता में स्त्री की वर्गीय स्थिति पर भी ज़ोर है। जैसे कि विद्रोही जानते हैं कि स्त्री की वर्गीय स्थितियाँ भिन्न होती हैं। वर्गीय स्थितियों के अनुसार स्त्री के साथ हो रहे अन्याय और अत्याचार भी भिन्न होते हैं। भारत जैसे समाज में जहाँ केवल लैंगिक असमानता ही नहीं है, वर्गीय और जातीय असमानताएँ भी हैं, वहाँ विद्रोही उस स्त्री के साथ अपनी कविता में पूरे विवेक के साथ खड़े हैं, जो सबसे अरक्षित स्थिति में, सबसे उपेक्षित स्थान पर खड़ी है:

मुझे महारानियों से ज़्यादा चिंता/ नौकरानियों की होती है/ जिनके पति जिंदा हैं/ और बेचारे रो रहे हैं/ कितना ख़राब लगता है एक औरत को/ अपने रोते हुए पति को छोड़कर मरना/ जबकि मर्दों को रोती हुई औरतों को मारना भी/ ख़राब नहीं लगता।/ औरतें रोती जाती हैं/ मरद मारते जाते हैं/ औरतें और ज़ोर से रोती हैं/ मरद और ज़ोर से मारते हैं।/ औरतें ख़ूब ज़ोर से रोती हैं/ मरद इतने ज़ोर से मारते हैं कि/ वे मर जाती हैं।

'औरतें' कविता स्त्री-न्याय की रचना है। इसमें भारतीय पितृसत्ता के ऐतिहासिक स्वरूप की परतें खोली गई हैं। पितृसत्ता को धर्म और ईश्वर के साथ-साथ राजनीतिक सत्ताओं का भी प्रश्रय मिलता रहा है। तभी पितृसत्ता ऐतिहासिक रूप से शक्तिशाली रही है और जिसकी सूक्ष्म जकड़न से स्वतंत्र होने के लिए स्त्री अब तक संघर्ष कर रही है। स्त्री के क़त्ल की ऐसी गवाहियाँ हिन्दी कविता में कम हैं। निश्चय ही यहाँ भी विद्रोही समूह और स्व के द्विपाक्षिक मैनर में खड़े हो जाते हैं, जिससे वे यथार्थ के वर्णक नहीं, बल्कि उसके उपांग के रूप में हैं। महावृत्तान्त सुना नहीं रहे हैं, उसके बीचोबीच वे खड़े हैं:

एक औरत की लाश/ धरती माता की तरह होती है दोस्तों/ जो खुले में फैल जाती है/ थानों से अदालतों तक।/ मैं देख रहा हूँ कि/ ज़ुल्म के सारे सबूतों को मिटाया जा रहा है।/ चन्दन चर्चित मस्तक को उठाए

हुए पुरोहित/ और तमगों से लैस सीनों को फुलाए हुए सैनिक/ महाराज की जय बोल रहे हैं/ वे महाराज जो मर चुके हैं/ और महारानियाँ सती होने की तैयारियाँ कर रही हैं/ और जब महारानियाँ नहीं रहेंगी/ तो नौकरानियाँ क्या करेंगी?/ इसलिए वे भी तैयारियाँ कर रही हैं।

विद्रोही अपनी कविता में स्त्री के वकील बनते हैं और पीड़ित स्त्रियों की वकालत करते हैं। इस एडवोकेसी में उनके पास सही दलीलें और मजबूत साक्ष्य हैं, तर्क हैं। उनके पास स्त्री पर हुए ऐतिहासिक अत्याचारों के पुलिंदे हैं। वे दस्तावेज़ हैं जो पितृसत्ता को स्त्रियों के लिए असभ्य और अमानवीय सिद्ध करते हैं। विद्रोही ने स्त्री की वर्गीय स्थितियों को अंतर-ज्ञानात्मक धैर्य से निहारा है। इस निहारने में न्याय और करुणा की बीनाई प्रयुक्त है जो कविता की आँख में प्रस्फुटित होती है। इस निगाह से कवि स्त्री पर ढाए गये ऐतिहासिक ज़ुल्मों को सूचीबद्ध करने व सही तरह से जानने का दावा करता है:

मैं उन औरतों को/ जो कुएँ में कूदकर या चिता में जल कर मरी हैं/ फिर से जिंदा करूँगा/ और उनके बयानात को/ दुबारा कलम्बंद करूँगा/ कि कहीं कुछ छूट तो नहीं गया/ कि कहीं कुछ बाक़ी तो नहीं रह गया/ कि कहीं कोई भूल तो नहीं हुई/ क्योंकि मैं उस औरत के बारे में जानता हूँ/ जो अपने एक बित्ते के आँगन में/ अपनी सात बित्ते की देह को ता-ज़िंदगी समोए रही और/ कभी भूलकर बाहर की तरफ़ झाँका भी नहीं।

विद्रोही की स्त्री-संवेदना विशिष्ट इतिहास-बोध से स्फूर्त है। यह हमें मर्माहत करती हैं, झकझोरती है। इस सम्वेदन की छाया में स्त्री का सामूहिक रूप चित्रित हुआ है। वह कहीं भी व्यक्तिपरक सौंदर्य के मांसल रूप में नहीं है, बहन, बेटी और दादी-नानी के रूप में है। मेहनतकश के रूप में है, वह वर्गीय स्थितियों के संग है और एक साझी दुनिया का स्वप्न लेकर विद्रोही का पुरुष उसके साथ शाना-ब-शाना है।

धर्म और ईश्वर के प्रति विद्रोही का औज़ार तार्किक आधुनिकता है। इनकी राजनीतिक शक्तियों के बल पर होने वाले शोषण के बरक्स रचा गया नैरेटिव 'व्यक्ति' की स्वतंत्रता की बाधक अवधारणाओं के लिए है। विद्रोही तर्कसंगत, वैज्ञानिक वैचारिकी के कवि हैं। ऐतिहासिक भौतिकवाद से प्राप्त सत्य के तर्क में, मनुष्य-मनुष्य समान है, स्त्री-पुरुष समान हैं। उनमें भेद पैदा करने वाली प्रतिक्रियावादी शक्तियों के समक्ष कवि अपनी रचनात्मक क्षमताओं को आज़माता है। व्यक्ति का शोषण करने वाली किसी भी तरह की सत्ता जिसे स्वीकार्य नहीं है। धर्म और ईश्वर की सांस्थानिक सत्ताएँ वर्चस्ववादी हैं, क्योंकि उससे जुड़ा हुआ आनुषंगिक दर्शन शोषण को सही ठहराता है। प्रभुता बनाये रखने के लिए केवल बाहुबल पर्याप्त नहीं होता है। इसके लिए वैचारिक, नैतिक एवं निर्मित मनोवैज्ञानिक धारणाएँ भी प्रभु-वर्ग से सम्बद्ध होती हैं। धर्म का दीर्घकालिक राजनीतिक रूप आधिपत्यवाद का उपकरण है। यह अधीनस्थ समूहों पर नियन्त्रण पाने के लिए नियतिवादी नैतिक अधिरचना को उन पर थोपता है। विद्रोही अपनी 'धरम' शीर्षक कविता में लिखते हैं:

धर्म आख़िर धर्म होता है/ जो सूअरों को भगवान बना देता है/ चढ़ा देता है नागों के फन पर/ गायों का थन/ धर्म की आज्ञा है कि लोग दबा रखें नाक/ और महसूस करें कि भगवान गंदे में भी गमकता है/ जिसने भी किया है संदेह/ लग जाता है उसके पीछे जयंत वाला बाण/ और एक समझौते के तहत/ हर अदालत बंद कर लेती है दरवाज़ा।

भारत में जाति आधारित शोषण धर्म के आनुषंगिक रूपों से जुड़ा रहा है। धर्म की दुर्व्याख्याओं से उसे वर्चस्व और अन्याय के उपकरण की भाँति प्रयोग किया जाता रहा। वर्ण-व्यवस्था जातीय आधार पर होने वाले भेद-भाव को भी धर्म से जोड़ती थी और उसे न्यायसंगत बनाकर प्रस्तुत करती थी। जाति-भेद को एक धार्मिक अनुमति प्रदान रही है। धर्म से सम्बद्ध होने के कारण इसे स्वीकार्यता मिलती थी। सामन्ती

अथवा पूँजीवादी वर्ग का आधिपत्यवाद कामगार वर्ग को बिना टुकड़ों में विभाजित किये पूर्ण नहीं हो सकता। जाति ऐसा जटिल सत्य है कि जन्म से इसमें प्रवेश होता है तो निकास मृत्यु से। विद्रोही कविता में इसे सोदाहरण प्रस्तुत करते हैं:

मर्यादा पुरुषोत्तमों के वंशज/ उजाड़ कर फेंक देते हैं शंबूकों का गाँव/ और जब नहीं चलता इससे भी काम/ तो धर्म के मुताबिक़/ काट लेते हैं एकलव्यों का अँगूठा/ और बना देते हैं उनके ही खिलाफ़/ तमाम झूठी दस्तख़तें।

धर्माधारित जातीय श्रेष्ठता की भावना सामाजिक संरचना से बद्धमूल है। जातीय श्रेष्ठता की भावना को स्थापित करने में शास्त्रों और मिथकों का विशेष प्रयोग किया गया है। तमाम धर्मग्रंथों में वर्ण और जाति के आधार पर भारतीय समाज के लोगों को उच्च-हीन, हेय-श्रेष्ठ कहा गया है। जाति-भेद एक चक्रीय प्रक्रिया बन जाता है। इस प्रकार सामजिक अधिरचना के निम्न वर्गों के दोहरे शोषण की प्रक्रिया जन्म लेती है:

धरम देश से बड़ा है/ उससे भी बड़ा है धरम का निर्माता/ जिसके कमज़ोर बाज़ुओं की रक्षा में/ तराशकर गिरा देते हैं/ पुरानी पोथियों में लिखे हुए हथियार/ तमाम चट्टान तोड़ती छोटी-छोटी बाहें/ क्योंकि बाभन का बेटा/ बूढ़े चमार के बलिदान पर जीता है।

धर्म ईश्वर को ऐच्छिक रूप देता है। विद्रोही यान्त्रिक भौतिकवाद के अनुसार जड़-जगत को ही सत्य मानते हैं और इसके सिवाय किसी अन्य पारलौकिक सत्ता को अस्वीकार करते हैं। इस एथिस्टिकल या अनीश्वरवादी एप्रोच से वर्चस्व की शोषणकारी सत्ताओं को बरहना करते हुए वे ईश्वर को राजा यानी वर्चस्व या पूँजी की सत्ता का सहयोगी मानते हैं:

और ईश्वर तो ख़ैर राजा के घोड़ों की/ घास ही छीलता रहा/ बड़ा नेक था बेचारा ईश्वर/ राजा का स्वामिभक्त/ पर अफ़सोस है कि अब नहीं रहा/ बहुत दिन हुए मर गया/ और जब मरा तो राजा ने उसे क़फ़न भी नहीं दिया/ दफ़न के लिए दो गज़ ज़मीन भी नहीं दी।/ किसी को नहीं पता है कि ईश्वर को कहाँ दफ़नाया गया।/ ख़ैर ईश्वर मरा अंततोगत्वा/ और उसका मरना ऐतिहासिक सिद्ध हुआ/ ऐसा इतिहासकारों का मत है/ इतिहासकारों का मत ये भी है/ कि राजा भी मरा/ उसकी रानी भी मरी/ और उसका बेटा भी मर गया/ राजा लड़ाई में मर गया/ रानी कढ़ाई में मर गयी/ और बेटा, कहते हैं कि पढ़ाई में मर गया।

उन्नीसवीं शताब्दी के अंत में जर्मन दार्शनिक फ्रेडरिक नीत्शे ने ईश्वर की मृत्यु की घोषणा कर दी थी। दुनिया के बड़े हिस्से में धर्म और ईश्वर पर आधारित अंधविश्वास व पाखण्ड भौतिकवादी जीवन के समक्ष अशक्त हो गया। वैज्ञानिक आविष्कारों और नवीन ज्ञान की प्रशाखाओं ने मनुष्य का जीवन पहले से अधिक सुलभ और सरल कर दिया। किन्तु भारत में धर्म और ईश्वर आधारित पाखण्ड, अंधविश्वास और शोषण बरकरार रहा। विशेष कर विद्रोही के वर्गीय समाज में, जहाँ ज्ञानोदय की किरणें अब तक अपने वास्तविक रूप में नहीं पहुँच सकी हैं। ईश्वर की झूठी घोषणाओं के प्रतिपक्ष में अपनी बात रखते हैं:

ये ख़ुदा का हल्ला झूठा है
ये मेरा हाजी कहता है
लुकमे के लिए लुक़मान अली
अल्ला-अल्ला चिल्लाता है

'नयी खेती' शीर्षक कविता जिसके नाम पर उनके संग्रह का भी नाम है। ईश्वर के विरुद्ध एक घोषणा है। प्रगतिवादी कवियों ने ईश्वर के विरुद्ध हमेशा प्रतिवाद रचा है, क्योंकि वे ईश्वर के नाम पर होने वाले शोषण को वर्गीय दृष्टिकोण से देखते रहते थे। नागार्जुन ने कभी 'कल्पना के पुल हे भगवान' कविता लिखी थी। विद्रोही की नयी खेती कविता का किसान कहता है कि ईश्वर है नहीं, उसे उगाया गया है।

धर्म, क्षेत्र और जाति के विभेदीकरण से होने वाले सांप्रदायिक, क्षेत्रीय दंगों की पड़ताल भी विद्रोही करते चलते हैं। उनकी कविताओं में मज़हबी दंगों के साथ-साथ अन्य तरह के सामाजिक विभेदों पर होने वाले रक्तपात और ख़ूँरेज़ी पर गहरी चोट है। वे समझाते चलते हैं कि ये विभेद राजनीतिक हैं। और इन विभेदों का सहयोगी नव-साम्राज्यवाद है:

यह हादसा है/ यहाँ से वहाँ तक दंगे/ जातीय दंगे/ सांप्रदायिक दंगे/ क्षेत्रीय दंगे भाषाई दंगे/ यहाँ तक कि क़बीलाई दंगे/ आदिवासियों और वनवासियों के बीच दंगे/ यहाँ राजधानी दिल्ली तक होते हैं/ और जो दंगों के व्यापारी हैं/ वे यह भी नहीं सोचते कि इस तरह तो/ यह जो जम्बूद्वीप है/ शाल्मल द्वीप में बदल जाएगा/ और यह जो भारत खंड है, अखंड नहीं रहेगा/ खंड-खंड हो जाएगा।

पूँजीवाद के उत्तर-आधुनिक रूप ने अस्मिताओं की टकराहट बढ़ा दी है। उसने राजनीति को जन-केंद्रितता से अपदस्थ कर दिया है। सांस्कृतिक अतीतमोह और जातीय श्रेष्ठता की मिथकीयता का नव-संचार हमारे समय की क्षुद्र राजनीति ने किया है। इसलिए परिवर्तित राजनीतिक अस्मिताओं का द्वंद्व बढ़ता जा रहा है। जितना अधिक सामाजिक विभेद होगा, राजनीति और सत्ताएँ उतनी निरंकुश होती जाएंगी तथा शोषण की प्रक्रिया उतनी ही आसान होती जाएगी। अमरीकी संस्कृति के उपभोग ने भारत के सभी वर्गों में अस्मिता का संकट बढ़ाया है। यह संकट खाते-पीते, क्रयक्षमतायुक्त मध्यवर्ग में अधिक है। मानवीय अस्मिता की बहुआयामिता को केवल राजनीतिक सींखचों में क़ैद कर देने से वर्ग-चेतना संकट में है :

ये बदमाश लोग कुछ मान नहीं रहे हैं/ न सामाजिक न्याय मान रहे हैं/ न सामाजिक जनवाद की बात मान रहे हैं/ एक मध्ययुगीन सांस्कृतिक तनाव के चलते/ तनाव पैदा कर रहे हैं/ टेंशन पैदा कर रहे हैं/ जो

अमरीकी संस्कृति की विरासत है।/ ऐसा हमने पढ़ा है/ यह सब बातें मैंने मनगढ़ंत नहीं गढ़ी हैं/ पढ़ा है और अब लिख रहा हूँ/ कि दंगों के व्यापारी/ मुल्ला के अधिकार की बात उठा रहे हैं/ साहूकारों, सेठो, रजवाड़ों के अधिकार की बात उठा रहे हैं।

सांप्रदायिक राजनीति में पूँजीवाद के हित निहित होते हैं। सांप्रदायिकता को हवा देकर पूँजी अपने साम्राज्य का विस्तार करती है। फ़ासीवाद सदा ही पूँजी के रथ पर सवार हो कर आता है। विद्रोही की कविताएँ इस उत्तर आधुनिक नव-साम्राज्यवाद को चिह्नित करती हैं। वे ऐतिहासिक साम्राज्यवाद के लक्षणों को अपनी कविता में उद्धृत करते हैं और उसे अपने समय के साम्राज्यवाद से जोड़ते हैं। विद्रोही का यह इतिहासबोध उनके पाठक को उसके समय को जानने का अवकाश देता है। यह अवकाश कविता की संप्रेषणीयता में वृद्धि करता है:

साम्राज्य आख़िर साम्राज्य ही होता है/ चाहे वो रोमन साम्राज्य हो/ चाहे वो ब्रिटिश साम्राज्य हो/ या अतिआधुनिक अमरीकी साम्राज्य।/ जिसका एक ही काम है कि/ पहाड़ों पर/ पठारों पर/ नदी किनारे/ सागर तीरे/ मैदानों में इन्सानों की हड्डियाँ बिखेर देना।/ जो इतिहास को तीन वाक्यों में/ पूरा करने का दावा पेश करता है/ कि हमने धरती पर शोले भड़का दिए/ कि हमने धरती में शरारे भर दिए/ कि हमने धरती पर इन्सानों की हड्डियाँ बिखेर दीं।

विद्रोही की कविताएँ ऐतिहासिक और कालिक साम्राज्यों के इतिहास को बोधगम्यता बनाकर वस्तुगत सत्य के रूप में प्रस्तुत करती हैं। ये जनविरोधी नीतियों के सामने एक एक्टिविस्ट की भाँति खड़ी होने की व्यंजना से भरी हुई हैं। विद्रोही की काव्य-संवेदना भाषिक और ध्वन्यात्मक विन्यास में अन्तर्गुम्फित है। उनकी लंबी कविताएँ बौद्धिक सम्प्रेषण का सरल मुहावरा बनती जाती हैं। लंबी कविता के रचाव में जो टेन्शन और कन्टिन्युटी होती है, वह इनमें दर्शनीय है। यह

तनाव गद्य की गत्यात्मकता में अन्तर्व्याप्त सत्य के अर्थ का तनाव है। वाचक कवि जन-संवाद करने के लिए जिस भाषा का प्रयोग करते हैं ये कविताएँ उसी जन-भाषा में ढल कर सांस्कृतिक अवबोध की प्रतिरोधी कविताएँ बन जाती हैं।

विद्रोही की कविताओं का शिल्प क़ाबिले-गौर है। इसमें कुछ बातें हिन्दी की मौज़ूदा कविता से बेहद ज़ुदा हैं। कतिपय ऐसी लंबी कविताएँ जिनमें पंक्तियों का दोहराव है और जिन्हें विद्रोही साँसों के उतार-चढ़ाव के साथ पढ़ते थे, उनकी लय तार की तरह तनती जाती है, जिन्हें ये कविताएँ उनकी आवाज़ में सुनने को मिली हैं वे इस दोहराव का मूल्य समझ सकते हैं। यह लोक-साहित्य की परंपरा का दोहराव है। इसमें अंत्यानुप्रासिक शब्द प्रयोग और वाक्यों का दोहराव भी है। जैसे कि एक कविता में-

> राजा लड़ाई में मर गया
> रानी कढ़ाई में मर गयी
> और बेटा, कहते हैं कि
> पढ़ाई में मर गया।

लड़ाई, कढ़ाई और पढ़ाई के काफ़िए से कविता में नाटकीयता (Dramaticity) पैदा होती है और वाचक के श्रोता को बाँधती है। इससे भावक काव्य-बिद्ध होता है। ऐसा प्रयोग हम 'औरतें' कविता में भी देखते हैं। यह उदबोधन उत्पन्न करने में सफल है:

> औरतें रोती जाती हैं
> मरद मारते जाते हैं
> औरतें और ज़ोर से रोती हैं
> मरद और ज़ोर से मारते हैं

व्यंग्य को मुक्त करने में ऐसे प्रयोग ख़ूब सफल हुए हैं। 'डार्विन सूत्र' भी ऐसी ही कविता है जिसमें मनुष्य मनुष्य की समानता व्यंजित करने के लिए ऐसा ही प्रयोग है:

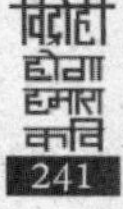

लेकिन मैं कहता हूँ कि
यही मज़ाक किसी दिन सुज़ाक हो जाएगा
क्योंकि जनता बहुत कज़्ज़ाक है।

शिल्प में स्मृति है और इसमें भौगोलिक प्रतीकों का प्रयोग भी शामिल है। स्मृति में दादी-नानी हैं। 'नानी' कविता इस संदर्भ में विशेष है। नानी की स्मृति को भूगोल के रूपकों और ऐतिहासिक आर्किटेक्चर से उपमा देकर उदात्त बनाने के प्रयास इस कविता में दीखते हैं। यह स्मृति को भौगोलिकता के विस्तार और वास्तु के अनूठेपन से प्रगाढ़ कर देती है:

और मेरी नानी की नाक, नाक नहीं पीसा की मीनार थी.../ और मेरी नानी की देह, देह नहीं आर्मीनिया की गाँठ थी/ पमीर के पठार की तरह समतल पीठ वाली मेरी नानी/ जब कोई चीज़ उठाने के लिए ज़मीन पर झुकती थी/ तो लगता था/ जैसे बाल्कन झील में काकेसस की पहाड़ी झुक गयी हो/ बिलकुल एस्किमो बालक की तरह लगती थी मेरी नानी/ और जब घर से निकलती थीं/ तो लगता था जैसे, हिमालय से गंगा निकल रही हो...

कहीं-कहीं उपमाएँ देने के इस प्रयोग में उत्प्रेक्षा का फ़लन है। और इन उपमाओं में त्वरा के साथ नयापन भी है। ऐसे बहुत प्रयोग हैं, जिनमें से कुछ देखने चाहिए-

और जब चीख कर डाँटती थी/ तो ज़मीन इंजन की तरह हाँफने लगती थी.../ और गला, द्वितीया के चंद्रमा की तरह/ मेरी नानी का गला पता ही नहीं चलता था/ कि हँसुली गले में फँसी है या गला हँसुली में फँसा है...

ये उपमाएँ लोकजीवन के अनुपम सौंदर्य की धारक हैं जो कवि के लोकजीवी मन की रसना को प्रदर्शित करता है। 'हँसुली' एक

सांस्कृतिक स्त्री-आभूषण है जो चंद्रमा की भाँति दिखता था और चाँदी का ही बनता था, परन्तु विद्रोही की नानी का तो गला ही द्वितीया के चंद्रमा जैसा है। अर्थालंकारों का अतिक्रमण करने के लिए विद्रोही ने एक सचमुच के अलंकार का प्रयोग किया है इस कविता में। लोकजीवन के अंतर्जगत में प्रचलित मुहावरे, दंतकथाएँ और किंवदंतियाँ भी हैं, जिनमें लोक मगन रहता है। विद्रोही ने अपनी कविताओं में इन दंतकथाओं के मिथकीय पात्रों और घटनाक्रमों का काव्यात्मक उपयोग किया है। इनसे जो व्यंग्य ध्वनित हुआ है उससे कविताओं का अर्थविस्तार हुआ है। दंतकथाओं के पात्रों के नाम और उनके उद्धरण से कवि अपनी बात कहता है, क्योंकि वह लोक की रुचियों से अन्तःप्रेरित है। 'मर्यादा पुरुषोत्तमों के वंशज, उजाड़ कर फेंक देते हैं शंबूकों का गाँव', 'तू तो है सुकन्या, और तेरा नूर मियाँ है च्यवन ऋषि', 'हे राजा दक्ष की प्रजाओ! अब तुम मुझ व्यास से सुनो वह कथा', 'और इधर साधू बनिया का जहाज, लतापत्र हो चुका है, कन्या कलावती हठधर्मिता कर रही है' जैसे लोकजीवन की कथाओं के उद्धरण और पात्रों के नामों को काव्यपंक्तियों में प्रयोग कर विद्रोही उन्हें डिकोड करते हैं। यह उनकी कविताओं के शिल्प का ही एक हिस्सा है।

विद्रोही जी की कविताओं का पाठ करते हुए कुछ बातें अनायास स्पष्ट हो जाती हैं जैसे कि उन्हें भारतीय पौराणिकता का गहरा ज्ञान था। महाभारत, रामायण आदि का उनका अध्ययन गहन था। विश्व भर में हुए विद्रोहों, जनक्रान्तियों से उनका जज़्बाती लगाव था, उनसे जुड़ी हुयी घटनाएँ और बातें उन्हें ज़बानी स्मरण थीं। विश्व-भूगोल का प्रयोग कर उन्होंने अपनी कविताओं को अतिशयोक्ति से अलंकृत किया है और ऐतिहासिक घटनाओं से उनमें नाटकीयता उत्पन्न की है। 'नानी' कविता में उन्होंने अपनी नानी को 'आदमियत का एक पेड़' और स्वयं को उसका एक 'पत्ता' कहा है। पत्ते से जुड़े ऐसे विरल रूपक महान

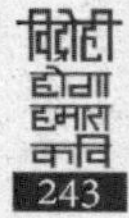

कवि पाब्लो नेरूदा के यहाँ भी प्राप्त होते हैं। मंगेलश डबराल के यहाँ जैसे 'लाल रुमाल' और 'गुड़हल का लाल फूल' है वैसे ही विद्रोही जी के यहाँ एक 'जात का बदजात ये आभीर बच्चा लाल' है। कहना ये कि विद्रोही जी जिस 'आदिम निरन्तरता' की बात अपनी कविताओं में करते हैं वे उसी से बने हैं और उसी से नैरन्तर्य-प्राप्त है उनकी उत्तेज़क, ऊष्म, संघर्षी काव्य-चेष्टा। गोया गँवई जंगलों में भागती हुई कोई नीलगाय है उनकी कविताई और आवाँ से ताज़े पककर निकले खनकते टेराकोटा के बर्तन हैं उनके शब्द। 'मोहनजोदड़ो के तालाब से' विद्रोही जी की निस्बत साभ्यतिक अन्तर्विरोधों और सभ्यता में व्याप्त अन्यायिक संस्कृति को व्यक्त करने के लिए है। वे जितनी बार सभ्यता के उस तालाब की आख़िरी सीढ़ी पर खड़े होकर अपनी बात कहते हैं, इन्सानियत के सन्देशवाहक़ (पैग़म्बर) की भाँति प्रकट होते हैं।

विद्रोही की भाषा में पूर्वी अवधी की मिठास है जिस पर भोजपुरी का पतला वरक़-सा चमकता है। ग़ज़ल और शेर कहने के मश्क में उर्दू-अरबी की इज़ाफ़त भी उनकी भाषा तक पहुँची है। ग़ज़लों और नज़्मों में शहरे-मदीना, नूरे-ख़ुदा, सज़्दा-ए-नमाज़ी, दीदे-ग़म जैसी सामान्य इज़ाफ़त और नस्ल, वस्ल, महज़बीं, शमशीर जैसे शब्द हैं। अवधी गीतों में अवधी का निखरा हुआ रंग है तो खड़ी बोली की कविताओं में भी अवधी के 'आंजन' जैसे बेहद पुराने और आँचलिक संस्कृति की सवारी गाँठने वाले शब्द मिलते हैं। अवधी के गीत अवध के किसान जीवन की श्रमसिक्त भाषा की मिट्टी से रचे गए हैं-

> अमवा इमिलिया महुअवा की छइयाँ
> जेठ बइसखवा बिरमइ दुपहरिया

कविता में सांस्कृतिक स्मृति की अभिव्यक्ति होती है। स्मृति की इस काव्यात्मक अवस्था में देशकाल की संस्कृति भी संपृक्त रहती है। विद्रोही की कविताएँ अवधी किसान-मजदूर (जन) की संस्कृति को प्रस्तुत करती हैं। यहाँ यह ध्यान देने की बात है कि वे जन के संघर्ष को

भी उसी काव्यात्मक गतिशीलता के साथ प्रस्तुत करते हैं जिस प्रकार वे उसकी संस्कृति को कविता में रचने हतु प्रयुक्त करते हैं। धर्म और स्त्री के संबंधों के मध्य स्त्री के आत्माभिमान और उसकी अस्मिता को लोक शैली में व्यक्त करते हुए विद्रोही कहते हैं:

"घरे सनी बने गईं बने में हरी गईं
हेरेव पे मिलीं त निकारि देहेन दुलहा
इही का कहा चाहे राम कय रमायन
इही का कहा चाहे सिया जी क बिरहा"

अवध में राम और रामायण की व्याप्ति जनजीवन में इतनी गहरी और प्रगाढ़ है कि जिन राम के नाम का उल्लेख किये बिना कोई मांगलिक कार्य अथवा लोकगीत आदि पूर्ण नहीं होता है उनके धर्म निर्वाह पर कवि ने प्रश्न किया है। विद्रोही सीता के चरित्र को सामान्य स्त्री से जोड़कर देखते हैं, और उनके वनगमन से लेकर त्यागे जाने की प्रक्रिया को प्रश्नांकित करते हैं। वे कहते हैं जब भगवान से ही धर्म का निर्वाह नहीं हो सका, तब हम मनयी (मनुष्य) से धर्म का निर्वाह कैसे हो सकता है?

"हारि भगवान गयेन अपनी सरतिया
एकहुँ धरम मोरे हरी से न निबहा।"

भगवान अपने वचन को हार गये हैं। किसी एक धर्म का निर्वाह भी उनसे नहीं हो सका है। विद्रोही की कविताओं में कृषक–पशुपालक संस्कृति के प्रगाढ़ रंग प्राप्त होते हैं। कृषक संस्कृति स्थिर होती है। उससे बने सामाजिक संबंध स्थिर होते हैं। भूमि यहाँ सांस्कृतिक आधार है। कृषक संस्कृति की उत्पत्ति भूमि से होने वाले उत्पादन के द्वारा विकसित होती है। जन आंदोलनों के प्रभाव से भूमि को देखने की कृषकों की पारम्परिक दृष्टि बदल गयी। जमींदारी उन्मूलन और भूमि के समान वितरण के प्रति जागरूकता ने अवधी कविता में ऊँचे स्वर के साथ जगह बनायी। अवधी कवि जमुई खाँ 'आज़ाद' ने एक कविता में कहा था–

"बिना कटे भिटवा गड़हिया न पटिहैं
अपनी खुसी से धन धरती न बंटिहैं"

भिटवा ऊँचे टीलों को कहते हैं। गड़हिया गड्ढों को। भिटवा और गड़हिया प्रायः वर्गों के प्रतीक हैं। ये वर्गीय दृष्टि प्रगतिवाद से उपजी है। कम्युनिस्ट आंदोलनों के प्रयास से धन और धरती में अपना हिस्सा माँगने की जनचेतना अवधी की आधुनिक कविता में स्थान बनाती है। इस अन्तर्वस्तु से अवधी कविता एक आंदोलनकारी स्वरूप ग्रहण करती है। विद्रोही की कविता में पूरा भूमि आंदोलन समाया हुआ है। वे भूमि की ऐतिहासिक शिनाख्त करते हुये ब्रिटिश उपनिपेशवादी स्थितियों से आज तक की भूमि-नीतियों को जन जीवन से एक एकमेक कर देते हैं -

"मोरी उसरे की खेतिया कंकरिया जमीं
जइसय पोरखा पुरनिया कइ सोरिया जमीं

इ अंगरेजिया ज़मीं जमींदरिया जमीं
कासकरिया जमीं भूमिधरिया जमीं

इहै सिकमी ज़मीं अधिकरिया जमीं
गाँधी नेहरू के बाप कै जगीरिया ज़मीं"

ज़मीन को विद्रोही एक अमूर्त सांस्कृतिक अवधारणा में बदलते हुए उसे ऐतिहासिक और वर्गीय दृष्टिकोण से देखते हैं। इसी प्रकार पशुपालक संस्कृति में 'मथानी' एक उपकरण है। दही बिलोने और नवनीत निकालने का। विद्रोही अपनी माँ से उस मथानी को घुमाने के लिए कहते हैं। वह भी इस प्रकार कि मथानी के घुमने के साथ ही संसार घूम जाए। धरती और आकाश के मध्य बैठी उनकी माँ मथानी से दही मथ रही है –

"ऊपर आसमान बाटइ निचवा महियवा
महइ महतारी मोरी बिचवइ दइयवा

धुमइ दे मथानी अम्मा नाचइ दुनियवा
रिसी नाचइं बाबू नाचइं पुलिस औ सिपहिया”

अपनी माँ की मथानी से वे ऋषि, बाबू, पुलिस और सिपाही को भी नचा देना चाहते हैं। वे एक आधिपत्यवादी सत्ता और राज्य की ओर संकेत करते हैं जो श्रमजीवी की शत्रु है। धर्म और राज्य मिलकर श्रमजीवियों के अन्तहीन शोषण की युक्तियाँ बनाते हैं। पशुपालकीय संस्कृति के अन्य चित्रात्मक वर्णन भी विद्रोही की कविताओं में दिखते हैं। इन चित्रों में सामाजिक निर्वासन की आयरनी भी झलकती है। पशुपालकीय संस्कृति को प्रायः श्रीकृष्ण के मिथकीय चरित्र से जोड़कर देखा जाता है। विद्रोही कहते हैं कि हम भी चरवाहे हैं परन्तु हम कृष्ण–कन्हाई नहीं हैं। जीवन यापन के कटु संघर्ष में हमें देहात से नगर तक भटकना पड़ता है-

“यहि पार चरइं मोरि भइंसि पड़ियवा
वहि वार चरइ मोर ललका बहउवा

जब ले बाजत रहे हमरी बंसुरिया
तब ले तरास माने सेर कय बेटउवा

सुना मोरे मितवा हम त नांय कन्हई
मोरा घर नाहीं कउनव नदिया किनरवा
हम त हई मीत मनयी बिरहिया
फुंकतय तापत गउआँ सहरवा

तौहक़ा बतावत बाटी मितवा दुलरुआ
बहुतय ख़राब बाटी जुनवा पहरवा”

विद्रोही स्वयं को ‘बिरहिया मनयी’ (विरह का मनुष्य) कहते हैं। ग्राम–जीवन से निर्वासित जन जब रोजगार की खोज में महानगरों का रुख करता है तब वह एक विरहपीड़ा भी साथ लेकर निकलता है। यह उसके सांस्कृतिक अथवा प्राकृतिक हैबिटैट से उसका निर्वासन होता

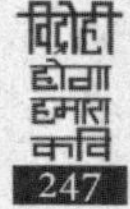

है। इस प्रकार की निर्वासन की पीड़ा जीवन से संपृक्त हो जाने वाली टीस बन जाती है। यह आत्मनिर्वासित स्व की खोज ही बिरहिया मनई की चेतना में घर कर लेती है। ऐसा शोषित मनुष्य जिसे गाँव से नगर तक जलते-फुँकते ही जाना है। विद्रोही की कविताओं में अवध की कृषक–पशुपालक सांस्कृति के संश्लिष्ट वर्णन प्राप्त होते हैं। किसान से मजदूर बनने, महानगर की ओर पलायन करने से लेकर शोषण, अन्याय, अभाव, असमानता की विसंगतियों के साथ लोक संघर्ष भी एक काव्य तत्त्व की भाँति व्यंजित होता है। यह एक निरन्तर चलने वाला जीवन संग्राम है जो अभिजात आँखों से ओझल, अदृश्य है किन्तु विद्रोही जैसे कवियों की कविताओं में घट रहा है। खेत–खलिहान में एक लड़ाई छिड़ी है और विद्रोही अवध की ज़मीन को धान का कटोरा (Bowl of Rice) बताते हुए कहते हैं –

"धान कय कटोरा मोरी अवध कइ जमिनिया
धरती अगोरय मोरी बरखा बदरिया

मुरबउ ग़रीब लइकइ फरुहा कुदरिया
तोरइ चले बबुआ जुगधिया क परती

पहिलय उअरवा पथरिया पे परिगा
छटकी कुदारि मोरा खुलिगा कपरवा"

अवध की धरती को बरखा भिगोती है। आषाढ़ लगते ही बादल घुमड़ आये हैं। बूँदें पड़ने से तप रही धरती ठंडी हो गयी है। लेकिन खेतिहर मजूर को परती ज़मीन गोड़नी है। परती की पथरीली हो गयी ज़मीन पर कुदाल के पहले ही प्रहार के नीचे पत्थर पर पड़ जाने से कुदाल छिटक गयी है और सिर फट गया है। यह वृत्तांत बताता है कि अच्छी ज़मीनें होने के बावज़ूद ग़रीब को परती की ज़मीन गोड़नी पड़ रही है। यह वर्गीय संघर्ष का एक रूपक है। यह भूमि-स्वामित्व की असमानता की स्थिति को व्यक्त करने के लिए है। विद्रोही की अनेक कविताएँ

प्रायः ऐसे ही रूपकों को रचती हैं। विद्रोही की अवधी कविताओं में प्रायः बिरहा शैली की प्रगीतात्मकता का प्राचुर्य है। वे स्वयं अपनी कविताओं को 'बिरहा' कहते हैं। इनमे बिरहा–गायन और संगीत के तत्त्व भी उपस्थित हैं। ये गत्यात्मक और लयात्मक हैं। इनमें अवध की जनसंस्कृति के विशिष्ट लक्षण प्राप्त होते हैं। यह संस्कृति अवधी लोक जीवन में प्रचलित मिथकों और पौराणिक तत्वों से ही अनुप्राणित नहीं है, अपितु इसकी व्यंजना जन संघर्ष से प्रस्फुटित होती है। यह कृषक जीवन की संघर्षशील चेतना का उद्घोष है।

दूसरी तरफ़ शे'र कहने की कोशिश विद्रोही की बड़ी मासूम है। इस नाकामी में वज़ह उनका संभाषण (रेटरिक) ही है। फिर भी उनके शे'री मिज़ाज की टोह लेने के लिए दो-तीन शे'र देखे जा सकते हैं-

1- ना तो मैं रंगीन हूँ ना तो मैं ग़मगीन हूँ।
दोस्तों मैं आपकी बंदूक की संगीन हूँ॥

2- आग भड़काने के पीछे अपना ही घर फूँक डालें।
सोचिएगा मत के ख़ाली शायरी करते हैं हम।

3- मेरी हरक़तों से ख़ुदा भी ख़फ़ा है
खुराफ़ात फिर भी किये जा रहा हूँ।

खैर, इस शेरी हुनर को निरन्तर रखने के लिए जिस अनुशासन और गढ़ाव की आवश्यकता होती है वह विद्रोही के पास नहीं है।

विद्रोही की लंबी कविताएँ उनकी रचनात्मक क्षमता का पता देती हैं। इतनी लंबी कविताएँ ज़बानी याद रखना ही गैरमामूली रचनाशीलता है। इनमें एक ख़ास तरह की बुज़ुर्गी के साथ जो नौजवानी है वह भारतीय ग्रामीण जीवन की जिजीविषा से संपृक्त है। इसमें व्यंग्य मिश्रित ठिठोली भी है और द्रवीभूत कर देने वाली गहरी संवेदना श्रोता और पाठक के अंतस्थ को भेद देती है। व्यंग्य मुँह बिराने जैसा

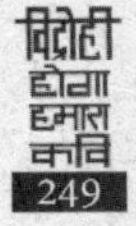

नहीं है, बल्कि वेदना से परिहास (ह्यूमर) कर उसे घनीभूत करने के लिए है। विद्रोही अपनी सामने वाली जेब में एक बाघ को सुलाने वाले कवि हैं। जब उनके सामने वाली जेब में एकाध बाघ पड़े हों, तो उन्हें कविता सुनाने में सुभीता रहता है। विद्रोही को अपनी कविता से, अपने बोहेमियन जीवन से प्रेम है। उनका यह प्रेम उनकी कविताओं में छलकता और बहता है। विद्रोही की आंदोलनकारी छवि उनके शब्दों और काव्य-पंक्तियों में रह-रह कर उभरती है, जो यह बताती है कि एक्टिविस्ट कवि एक बड़ा कवि होता है और आठ-दस अच्छी कविताएँ लिख कर भी वह काव्य-राशि में आठ-दस संग्रहों जितना अवदान दे जाता है। विद्रोही को अपने कवि में कोई ओछापन नहीं दिखता यह जानते हुए भी कि वह हिन्दी कविता की मुख्यधारा से बहिष्कृत हैं। जब भी उन्हें यह लगा उन्होंने एक अच्छी कविता लिख कर हिन्दी कविता की दुनिया को चुनौती दी कि देखो तुम्हारे कवियों से कम अच्छी कविता मैं नहीं लिखता। हिन्दी के बड़े और अलग आस्वाद के कवि केदारनाथ सिंह ने 'सन् 47 को याद करते हुए' शीर्षक से विभाजन पर एक कविता लिखी है। जिसकी प्रतिस्पर्धा में विद्रोही ने हिन्दी को एक अनमोल कविता 'नूर मियाँ' दी है। केदारनाथ सिंह की कविता के नूर मियाँ भी सुरमा बेचते थे और विद्रोही के नूर मियाँ भी। लेकिन विद्रोही के नूर मियाँ के सामने केदारनाथ सिंह के नूर मियाँ कहीं नहीं ठहरते। विद्रोही की इस कविता में एक अंतर्कथानक है, जिसमें कवि की दादी को नूर मियाँ का सुरमा बेहद पसंद है। कवि की दादी नूर मियाँ का एक सींक सुरमा डालती हैं तो आँखें गंगा-जमुना की तरह भर्रा जाती हैं। भारत के बँटवारे में नूर मियाँ पाकिस्तान चले गए और कवि की दादी का देहांत हो गया। लेकिन इस कविता में उदात्त गंगा-जमुनी तहज़ीब का जो चित्र उभरा है, ऐसा हिन्दी कविता की दुनिया में दुर्लभ है। बिना किसी अतिरंजना के विद्रोही की 'नूर मियाँ' हिन्दी में विभाजन पर रची गई सर्वश्रेष्ठ रचना है। इस कविता

का अंतिम पैरा अत्यन्त मार्मिक है। इतना कि पाठक-श्रोता को भिगो जाए। जिस नूर मियाँ का सुरमा आँखों में डाल कर कवि की दादी 'बिटौनी बनी फिरती' थीं और बुढ़ापे में भी सुई में डोरा डाल लेती थीं, वे नूर मियाँ विभाजन में पाकिस्तान चले गए। कवि कहता है:

और मेरा जी करे कहूँ/ कि ओ रे बुढ़िया/ तू तो है सुकन्या/ और नूर मियाँ है तेरा च्यवन ऋषि/ नूर मियाँ का सुरमा तेरी आँखों का च्यवनप्राश है

केदारनाथ सिंह के नूर मियाँ बस्ती छोड़ कर जाने कहाँ चले गए। पाकिस्तान ही गए होंगे। लेकिन केदारनाथ सिंह के नूर मियाँ का जाना उद्वेलित नहीं करता। सामान्य-सी बात लगती है:

...कि एक दिन अचानक तुम्हारी बस्ती को छोड़ कर/ क्यों चले गए थे नूर मियाँ/ क्या तुम्हें पता है/ इस समय वे कहाँ हैं/ ढाका या मुल्तान में/ क्या तुम बता सकते हो/ हर साल कितने पत्ते गिरते हैं पाकिस्तान में ___(सन् 47 को याद करते हुए, केदारनाथ सिंह)

इस जाने में एक बेगानापन है। केदारनाथ सिंह के नूर मियाँ केवल केदारनाथ सिंह के हैं। स्लेट पर जोड़-घटाव करके वे नूर मियाँ का मुद्दा उलझा रहे हैं, नूर मियाँ के ग़म से बेगाना कर रहे हैं। विद्रोही के नूर मियाँ का जाना दिल में ख़लिश पैदा करता है। वे केवल उनके ही नूर मियाँ नहीं थे, बल्कि उनकी सुकन्या दादी के च्यवन ऋषि भी थे। उनका जाना भारतीय लोकजीवन की तहज़ीबी रवायतों का मर जाना है:

और वही नूर मियाँ पाकिस्तान चले गए/ क्यों चले गए पाकिस्तान नूर मियाँ?/ कहते हैं कि नूर मियाँ के कोई था नहीं/ तब क्या हम कोई नहीं होते थे नूर मियाँ के?/ नूर मियाँ क्यों चले गए पाकिस्तान?/ बिना हमको बताए?/ बिना हमारी दादी को बताए हुए/ नूर मियाँ क्यों चले गए पाकिस्तान?

"तब क्या हम कोई नहीं होते थे नूर मियाँ के?" यह प्रश्न जिस सदन में खड़ा किया गया है उसमें विभाजन की त्रासदी का सन्नाटा पसरा हुआ है। नूर मियाँ का सुरमा च्यवनप्राश ही नहीं सिन्नी और मलीदा भी था। च्यवनप्राश के संग सिन्नी-मलीदा भारत की गंगा-जमुनी तहज़ीब के इतने बड़े प्रतीक हैं कि विद्रोही की यह कविता विभाजन पर हिन्दी पट्टी की चुप्पी की भरपाई अकेले कर देती है। विभाजन पर जो भी साहित्य लिखा गया, हिन्दी पट्टी के बाहर के लेखकों द्वारा लिखा गया। इस पर हिन्दी पट्टी बहुत बुरी तरह से चुप रही थी। विद्रोही की इस कविता का समापन किसी महाआख्यान के अंतिम पर्व जैसा है। नूर मियाँ का बनाया हुआ, गाय के असली घी का सुरमा लगाने वाली दादी के अंतिम संस्कार के समय कवि नूर मियाँ को याद करता है, वे नूर मियाँ जो पाकिस्तान चले गए:

और अब न वे सुरमे रहे और न वो आँखें/ मेरी दादी जिस घाट से आई थीं/ उसी घाट गईं।/ नदी पार से ब्याह कर आई थीं मेरी दादी/ और नदी पार ही जाकर जलीं।/ और जब मैं उनकी राख को/ नदी में फेंक रहा था तो/ मुझे लगा ये नदी, नदी नहीं/ मेरी दादी की आँखें हैं/ और ये राख, राख नहीं/ नूर मियाँ का सुरमा है/ जो मेरी दादी की आँखों में पड़ रहा है।/ इस तरह मैंने अंतिम बार/ अपनी दादी की आँखों में/ नूर मियाँ का सुरमा लगाया।

दादी और नूर मियाँ की पात्रता में विभाजन का जो आख्यान विद्रोही ने इस कविता में रचा है वह शब्दों की सृजनात्मक संभावनाओं को निचोड़ लेने की कविता की प्रवृत्ति से अवगत करा देता है। विद्रोही की काव्य प्रवृत्तियाँ कविता में सामान्य जन को रिझा लेने के रस से डब-डब भरी हुई हैं। विद्रोही कहीं ऐसे किसान हैं जो ईश्वर को धरती से उखाड़ने के लिए आसमान में धान बो रहे हैं और कहीं ऐसे 'अहीर' हैं जो इस दुनिया को अपनी भैंस समझ कर दुहना चाहते हैं । भैंस

को वे कहीं महिषी कहीं श्यामा कहते हैं। और इसे उपहास व अपमान के भाव से जोड़ने की अभिजात चालाकी को वर्ग-शत्रुता के आधार पर देखते हैं। यह किसान और पशुपालक अपनी कविता में ज़माने से ऊँची आवाज़ में पूछ लेता है कि चरवाहों और घसियारिनों के ख़ून में कितना ख़ून होता है और कितना पानी। विद्रोही की कविता में श्रमशील जनता की मुक्ति की जो आस है, वह अपनी भी मुक्ति के साथ है। 'मुक्ति कभी अकेले नहीं मिलती' और विद्रोही अकेले मुक्ति के चक्कर में नहीं हैं। परिवर्तन की चाह ने उन्हें एक्टिविस्ट कवि बनाया। ऐसा कवि जो निर्लिप्त और निरपेक्ष था। जो कहता था कि 'इंडियन सोसाइटी एक बास्टर्ड सोसाइटी है। जो न तो कवि को ईनाम देती है न उसे दंड देती है।' कवि जो छात्र आंदोलनों में सत्ता की बैरिकेडिंग से अपनी शोषित देह का सीना भिड़ा कर कविताएँ पढ़ता था। छात्र उनकी कविताओं पर हँसते-रोते-गाते थे। संघर्ष की ऊर्जा पाते थे। विद्रोही बड़े-बड़े लोगों को मार कर मरना चाहते थे, किन्तु उनकी मृत्यु एक छात्र आंदोलन के दौरान ही हुई। पता नहीं उस समय 'दानों में दूध' और 'आम में बौर' आया था कि नहीं; क्योंकि इस विद्रोही कवि ने अपनी मृत्यु की योजना एक कविता में कुछ ऐसी बनाई थी-

फिर मैं मरूँ- आराम से
उधर चल कर बसंत ऋतु में
जब दानों में दूध और आम में बौर आ जाता है
या फिर तब जब महुआ चूने लगता है
या फिर तब जब वनबेला फूलती है
नदी किनारे मेरी चिता दहक कर महके
और मित्र सब करें दिल्लगी
कि ये विद्रोही भी क्या तगड़ा कवि था
कि सारे बड़े-बड़े लोगों को मार कर तब मरा।

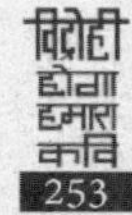

सचमुच विद्रोही बहुत तगड़ा कवि है। और तगड़े कवि कभी मरते नहीं हैं, उनके शब्द वनबेला की तरह फूलते और महुए की भाँति चूते रहते हैं।

स्त्रियों का दोस्त कवि रमाशंकर

सीमा सिंह

जो अपने स्वभाव में जितना फक्कड़ जितना निर्भीक है अपनी कविताओं में उतना ही स्पष्ट और नियंत्रित। उनकी कविताओं का कोई एक रंग नहीं है, न ही कोई एक देश। वे किसी एक दशक या एक समय के भी कवि नहीं हैं, अपितु उनकी कविताओं में दुनिया की तमाम सभ्यताओं का समय स्पंदित हो रहा है। अभिव्यक्ति, अनुभूति और काव्य संवेदना के स्तर पर रमाशंकर यादव 'विद्रोही' की कविताओं का स्वर एकदम स्पष्ट और तीव्र है। वे मूलतः प्रतिस्थापनाओं के कवि हैं, उन पर जनवाद का स्पष्ट प्रभाव है, जो उनकी तमाम कविताओं में ध्वनित होता है, परन्तु उनका कथ्य और शिल्प उन्हें तमाम कवियों से एक अलहदा रास्ते पर खड़ा करता है। वे किसी सुख की तलाश में कविता नहीं करते, बल्कि कविता और कवि-कर्म उनकी दृष्टि में पूर्णतः स्पष्ट है। कविता उनकी वह लाठी है जिसे वे जिधर चाहेंगे वह उधर ही भँजेगी :

"मेरी कविता वस्तुतः
लाठी ही है
इसे लो और भाँजो
मगर ठहरो!
ये वो लाठी नहीं है जो
हर तरफ़ भँज जाती है
ये सिर्फ़ उस तरफ़ भँजती है
जिधर मैं इसे प्रेरित करता हूँ"

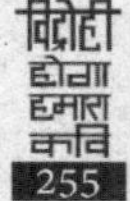

ऐसे में कवि की कविताएँ उधर ही गईं जिधर कवि ने चाहा, वह मोहनजोदड़ो की सीढ़ियों से होते हुए पीसा की मीनार तक पहुँचीं, फिर पामीर के पठारों, हिमालय की चोटियों से गुज़रती हुई दुनिया के तमाम कूचों तक पहुँचीं। कथ्य की दृष्टि से विद्रोही की कविताओं की कोई एक धुन नहीं है। अलबत्ता दुनिया के तमाम पिछड़े और पीड़ित लोगों को उनकी कविता में जगह मिलती है। उनका कवि कर्म एक ज़रूरी कृत्य की तरह था। वहाँ कविता कोई मुक्ति का मार्ग नहीं थी, बल्कि सबकुछ वही थी। जब वे कविता सुनाते थे तो उनकी वेदना, गुस्सा, आक्रोश उनके प्रश्न किसी तीव्र वेगमय झरने के समान गिरते और सुनने वालों को स्तब्ध कर देते। इस दृष्टिकोण से उनकी स्त्री विषयक कविताएँ बेहद प्रभावशाली हैं, अपने कथ्य और पाठ दोनों में। उनकी स्त्री केन्द्रित कविताएँ स्त्री अस्मिता की तलाश में सभ्यता की अंतिम सीढ़ी तक जाती हैं, जहाँ पहुँच कर कवि यह जानना चाहता है कि आख़िर ऐसा क्यों है कि हर सभ्यता के मुहाने पर एक स्त्री की ही जली हुई लाश है? मोहनजोदड़ो की आख़िरी सीढ़ी कविता में वे कहते हैं-

"मैं वहाँ से बोल रहा हूँ
जहाँ मोहनजोदड़ो के तालाब का आख़िरी सीढ़ी है
जिस पर एक औरत की जली हुई लाश पड़ी है ....
मैं सोचता हूँ बारहा सोचता हूँ
कि आख़िर क्या बात है कि
प्रचीन सभ्यताओं के मुहाने पर
एक औरत की जली हुई लाश मिलती है
और इंसानों की बिखरी हुई हड्डियाँ मिलती हैं
जिनका सिलसिला
सीथिया की चट्टानों से लेकर
सवाना के जंगल तक फैला है।"

जब वे यह प्रश्न करते हैं तो यहाँ किसी एक सभ्यता या एक लोक की बात नहीं है, बल्कि पूरे विश्व में स्त्री अस्मिता के हवाले से यह प्रश्न उठाते हैं। उनकी स्त्री विषयक कविताओं की शायद यही विशेषता है कि वहाँ किसी प्रकार की जटिलता नहीं है। वे सीधी और मारक हैं। विद्रोही का पुरुष एक स्त्री का मन रखता है, वह जानता है कि उसकी पुरखिनें दु:खी हैं बेहिसाब दु:खी, वे न जाने कब से आसमान में आर्तनाद कर रही हैं-

"मैं कहता हूँ
तुम हट जाओ मेरे सामने से
मेरा ख़ून कलकला रहा है
मेरा कलेजा सुलग रहा है
मेरी देह जल रही है
मेरी माँ को, मेरी बहन को, मेरी बीवी को
मेरी बेटी को मारा गया है
मेरी पुरखिनें आसमान में आर्तनाद कर रही हैं"

इस कविता में ख़ून का कलकलाना एक तरह का नया प्रयोग है और इसी तरह मेरी देह सुलग रही है कवि के बेहिसाब गुस्से को दिखाता है। वह मर जाना चाहता है पर जानता है कि मरना पर्याप्त नहीं होगा, क्योंकि उसके सामने उसकी बेटी और वे तमाम स्त्रियाँ हैं जो साम्राज्यवादी ताक़तों के सामने जलने को विवश हैं:

"मैं इस औरत की जली हुई लाश पर
सिर पटक कर जान दे देता
अगर मेरी एक बेटी न होती तो,
और बेटी है की कहती है
कि पापा तुम बेवजह ही
हम लडकियों के बारे में इतने भावुक होते हो
हम लड़कियाँ तो लकड़ियाँ होती हैं
जो बड़ी होने पर चूल्हे में लगा दी जाती हैं।"

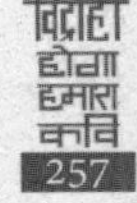

चूल्हे में लगा देना भारतीय स्त्रियों का वह प्रतीक है जो अतिआधुनिक कहे जाने वाले दौर में भी नहीं बदला। विद्रोही की कविताओं में स्त्रियों को लेकर इस तरह के तमाम कथन हैं जो आरम्भ से उसकी स्थापना में ज़रूरी बना दिए गए। यही कारण है कि वे पितृसत्ता के शुरू होने और स्थापित होने के कारण को खोज लेते हैं:

"इतिहास में पहली स्त्री की हत्या
उसके बेटे ने अपने बाप के कहने पर की
जमदग्नि ने कहा, ओ परशुराम!
मैं तुमसे कहता हूँ कि अपनी माँ का वध कर दो
और परशुराम ने कर दिया
इस तरह पुत्र, पिता का हुआ
और पितृसत्ता आयी"

पितृसत्ता की इतनी सरल और वास्तविक शब्दों में शायद ही किसी ने व्याख्या की हो, जो पाठक को सीधे हिट करती है। स्त्रीवादी कविताओं में विद्रोही अकेले कवि ठहरते हैं, जिनके पास इस सत्ता से सीधे टकराने की हिम्मत है। वे अपने कथ्य में धर्म की उस धुरी तक जाते हैं जहाँ सभ्यता के आरंभ से ही स्त्री और उसके अधिकारों को जलाया जा रहा है। वे उसके पक्ष में अपना बयान जारी करते हैं और उस कवि को बचाने की गुहार लगाते हैं जो स्त्रियों के साथ लाठी लेकर खड़ा है।

धार्मिक कथाओं और मित कथन के ऐसे प्रयोग कविता की अर्थवत्ता को और बढ़ा देते हैं, जिसकी अर्थ ध्वनियाँ दूर तक जाती हैं। विद्रोही की स्त्रीवादी कविताओं में किसी एक लोक या एक देश की स्त्रियों की बात नहीं है, वे समूची स्त्री जाति की बात करते हैं और दुनिया की प्रत्येक सभ्यता में स्त्री की स्थिति को देखते हैं। "औरत" शीर्षक से एक लम्बी कविता इस दृष्टि से महत्त्वपूर्ण कविता है। जहाँ कवि एक ऐसी अदालत की अवधारणा रचता है, जहाँ पुलिस और पुरोहित दोनों

को औरतों की अदालत में तलब करता है और उन पर हुए अत्याचारों की पुनः समीक्षा करता है:

"मैं एक दिन पुलिस और पुरोहित
दोनों को एक ही साथ
औरतों की अदालत में तलब करूँगा
और बीच की सारी अदालतों को
मंसूख कर दूँगा ।
....
मैं उन औरतों को जो
कुएँ में कूदकर या चिता में जलकर मरी हैं
फिर से जिन्दा करूँगा
और उनके बयानों को
दोबारा कलमबंद करूँगा
कि कहीं कुछ छूट तो नहीं गया"

जो कहने और लिखने से छूट गया है कवि उसे दर्ज करना चाहता है। पीढ़ी दर पीढ़ी यह कैसा दुःख है जो सिर्फ़ स्त्रियों के माथे मढ़ दिया गया है। कवि कोई गल्प नहीं सुना रहा, बल्कि इतिहास में घटित हुई हिंसा को बदल देना चाहता है। इस अंतहीन संघर्ष में उसका स्वर करूणा से भर उठा है:

"मैं उस औरत के बारे में जानता हूँ
जो अपने एक बित्ते के आँगन में
अपनी सात बित्ते की देह को
ता-जिन्दगी समोये रही और
कभी भूलकर बाहर की तरफ़ झाँका भी नहीं
और जब बाहर निकली तो
वो नहीं, उसकी लाश निकली"

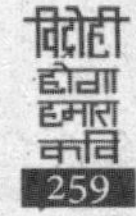

यहाँ बित्ते भर का आँगन एक ऐसा प्रतीक है जो औरतों के जीवन में उनकी इच्छा जाने बगैर थोप दिए गए। परम्पराओं में मुक्ति का कोई मार्ग था यह औरत जानती थी, इसलिए आँगन से जब बाहर निकली तो उसकी लाश निकली। यह दृश्य इतना मार्मिक है कि पढ़ते हुए आप उदास हो जाते हैं और यही कविता की ताक़त है। विद्रोही की कविताओं में स्त्री दु:ख का ऐसा स्पैक्ट्रम है जो आँखों में उतर आता है। यहाँ कोई लक्षणा व्यंजना नहीं है, बल्कि कवि अभिधा में सीधे अपनी बात कहता है और 'अभिधा उत्तम काव्य है' यह आचार्यों का भी मानना है:

"औरतें रोती जाती हैं
मरद मारते जाते हैं
औरतें और ज़ोर से रोती हैं
मरद और ज़ोर से मारते हैं
औरतें ख़ूब ज़ोर से रोती हैं
मरद इतनी ज़ोर से मारते हैं कि वे मर जाती हैं"

यह हिंसा सिर्फ़ शारीरिक नहीं, मानसिक भी है जो सदियों से जारी है। स्त्रियों की इस दु:खद स्थिति के कारण कवि भी दु:खी है, यह दु:ख बार-बार विद्रोही की कविताओं में छलक पड़ता है। इतिहास में पहली स्त्री कौन थी जिसे जलाया गया कवि नहीं जानता, लेकिन वह कमिटमेन्ट करता है कि भविष्य में ऐसा नहीं होने देगा। यह "नहीं होने दूँगा" का भाव कवि के चरित्र को स्पष्ट करता है और यहीं से वह रास्ता खुलता है, जो अन्याय के विरुद्ध खड़ा है:

"इतिहास में वह पहली स्त्री कौन थी
जिसे सबसे पहले जलाया गया
मैं नहीं जानता
लेकिन जो भी रही होगी
मेरी माँ रही होगी

लेकिन मेरी चिंता यह है कि
भविष्य में वह आख़िरी औरत कौन होगी
जिसे सबसे अन्त में जलाया जायेगा
मैं नहीं जानता
लेकिन जो भी होगी
मेरी बेटी होगी
मैं यह नहीं होने दूँगा।"

विद्रोही की इन कविताओं में न तो कोई घोषित नारा है न ही कोई वाद, ये नितांत मौलिक कविताएँ हैं। वे स्मृतियों के आधार पर इन कविताओं को रचते हैं और स्त्री जीवन की व्यथा सुनाते हैं ।

एक कवि की कविता में उसका विस्तृत लोक और जीवन अनुभव उसकी भावनाओं को स्पंदित करता है और यही कविता के रूप प्रकट होता है। विद्रोही की कविताओं में उनका लोक और स्मृतियाँ पूरी तरह उपस्थित हैं। वे कहते हैं कि मैं अहीर हूँ और यह दुनिया मेरी भैंस है। यह स्वीकारोक्ति वही कवि कर सकता है जिसकी जड़ें अपनी ज़मीन से जुड़ी हों। स्मृति आधारित कविताओं में वे अपनी ननिहाल को याद करते हुए अपनी नानी का जो चित्र खींचते हैं वह एक मेहनतकश स्त्री का सजीव चित्र है। जिसकी आँखें, नाक, पीठ, देह सब इतने मज़बूत हैं कि कवि नानी की आँखों में आपादमस्तक डूब जाता है:

"मेरी नानी की आँखें!
उमड़ते हुए समंदर-सी
लहराती हुई उन आँखों में
आज भी आपादमस्तक डूब जाता हूँ"

इन कविताओं में कोई मध्यवर्गीय शहर की स्त्री नहीं है यह उस मेहनती स्त्री की तस्वीर है जिसने अपनी मेहनत से आसमान का लोहा पिघला दिया है। नानी शीर्षक इस कविता में विद्रोही नानी के माध्यम

से इसी मेहनतकश स्त्री का बिम्ब खींचते हैं, जिसकी पीठ पीसा की मीनार है और जिसका गला द्वितीया के चन्द्रमा की तरह ख़ूबसूरत है। जब वह दही की डलिया सर पर उठाए चलती तो लगता दुनिया को सर पर उठाए हुए जा रही है, श्रम और व्यापार का यह एक सुंदर दृश्य है, जो कलात्मक सौन्दर्य को प्रदर्शित करता है। जिससे कई अर्थ-ध्वनियाँ निकलती हैं-

"सिर पर दही की डलिया उठाए
जब दोनों हाथों को झुलाती हुई चलती थी मेरी नानी
तो लगता था जैसे सिर पर दुनिया उठाए हुए जा रही है
जिसमें मेरे पुरखों का भविष्य छिपा हो
मेरा जी करे कि मैं पूछूँ
कि ओ री बुढ़िया! तू क्या है?
आदमी कि आदमी का पेड़
पेड़ थी दोस्तों! मेरी नानी आदमियत की
जिसका कि मैं एक पत्ता हूँ"

आदमियत का पेड़ एक सुंदर और अर्थपूर्ण रूपक है, जो स्त्री के मनुष्यत्व भाव को दर्शाता है। वही है जो सम्पूर्ण सृष्टि में इस बचा सकती है संजो सकती है। ऐसी स्त्री के बिना इस पृथ्वी पर जीवन की संकल्पना एक हिलते हुए पत्ते के समान है जो न जाने कब गिर जाए। विद्रोही को पढ़ते हुए हम पाते हैं कि उनकी कविताओं में आयी स्त्रियाँ संघर्षशील और क्रियाशील स्त्रियाँ हैं। भले ही सभ्यता और व्यवस्था ने इन्हें भरसक दबा कर रखा हो फिर भी इन्होंने अपनी राह खोजी और गढ़े हुए दृश्यों को बदलने का प्रयास किया।

परिचय

1. **सरफ़राज़ हामिद**
   बीए ऑनर्स फ्रेंच, एमए, भारतीय मध्यकालीन इतिहास (जेएनयू)
   नई दिल्ली, पूर्व सहसचिव, जेएनयू छात्रसंघ, नयी दिल्ली
   पूर्व सह सचिव, जेएनयू छात्रसंघ (2013-14)
   09871262977

2. **असरार ख़ान**
   वरिष्ठ पत्रकार और राजनीतिक कार्यकर्ता
   जनसत्ता अपार्टमेट, वसुंधरा, गाजियाबाद
   09354093958

3. **कृपाशंकर यादव**
   अध्यापन
   ग्राम अहिरी फिरोजपुर, सुल्तानपुर, उत्तर प्रदेश
   08948742958

4. **अमिता कुमारी**
   प्राचार्य, सिंघल पब्लिक स्कूल, नयी दिल्ली
   09891522093

5. **प्रो. चौथीराम यादव**
   प्रख्यात आलोचक

6. **प्रणय कृष्ण**
   प्रोफ़ेसर, इलाहबाद विश्वविद्यालय, प्रयागराज
   7838302388

7. **आशतोष कुमार**
वरिष्ठ आलोचक, संपादक आलोचना
प्राध्यापक दिल्ली विवि, नयी दिल्ली
09953056075

8. **कमलेश वर्मा**
गर्वनमेंट कॉलेज सेवापुरी, वाराणसी में अध्यापन
09415256226

9. **रामजी यादव**
कथाकार और पत्रिका 'गाँव के लोग' के संपादक
वाराणसी में निवास
09454684118

10. **विहाग वैभव**
युवा कवि
08858356891

11. **अभिषेक श्रीवास्तव**
स्वतंत्र पत्रकार और जनपथ ब्लॉग के मेंटर
08800114126

12. **संतोष अर्श**
युवा कवि-आलोचक
असिस्टेंट प्रोफ़ेसर, डी.ए.वी. पी.जी. कॉलेज, बुलंदशहर
09919988123

13. **सीमा सिंह**
कवि
लखनऊ, उत्तर प्रदेश
7607857536